醫統江山

卷9

驚心動魄

石章魚 著

世界上沒有人會永遠走運
一直遊走在姬飛花和權德安之間
想要左右逢源
他，現在終於嘗到了苦果

目錄

第一章

埋伏

姬飛花長眉豎起，怒吼道：「孽障！」
右手揚起，一股無形吸力將湖水牽引而起，
形成一道弧形水柱，直撞擊在巨蟒的頭顱之上。
五彩巨蟒以頭顱撞向水柱，尾部就勢橫掃而出，
湖面之上一股腥臭強勁的罡風刮起。

姬飛花吃完了紅薯，接過胡小天遞給他的白色毛巾慢慢擦了擦手，一雙溫潤如玉找不到任何瑕疵的手掌，在燈下似乎蒙上了一層光暈。姬飛花道：「該來的始終都要來，你待在房間內，沒有咱家的吩咐，決不可出來。」

他站起身緩緩向房門的方向走去，人還沒到門前，房門無風自開。

一望無垠的雪野之中，三匹黑色駿馬宛如三道黑色的閃電劃過雪野，以驚人的速度向碧雲湖的方向接近。

姬飛花凌風而立，紅色長袍被北風扯向身後，勾勒出他足以讓無數女人折腰的傲人曲線。一雙長眉宛如利劍般斜插入鬢，雙眸有如寒星，冷冷投射到遠方天際。

胡小天拿著他的貂裘來到他的身後，輕輕將貂裘幫他披在肩頭。

姬飛花沒有回頭，冰霜般冷酷的精緻面孔上卻浮現出些許的暖色。

胡小天道：「小天誓死護衛大人！」這種狀況下他別無選擇，必須和姬飛花站在一起。

姬飛花點了點頭，身軀一震，黑色貂裘倒飛了出去，將胡小天包裹在其中，一股強大的內勁帶著胡小天倒飛入茅草屋內，然後輕輕落在了地上，彷彿有人抱著他將他輕輕放下一樣。在胡小天落地之後，房門蓬的一聲關閉。

姬飛花慢慢將長髮挽起，從一旁折下一根枯枝作為髮簪插入髮髻之中。

正中一匹黑色駿馬一馬當先，黑衣騎士縱馬已經衝上長橋，瞬間已至長橋中段。姬飛花雙目殺氣凜然，他向前猛然跨出一步，足尖落地之後，幾乎沒做任何的停留，身軀自長橋之上騰躍而起，於虛空之中握緊右拳，一拳向前方轟擊而去。

雪白粉嫩的拳頭飛速運行之中掀起狂飆，一股無可匹敵的罡風圍繞他的右拳旋轉形成，進而形成一個巨大的風團。

黑衣騎士瞳孔驟然收縮，他的身體從馬背之上彈射而起，飛掠到上空五丈左右，腰間長刀鏘然出鞘。

狂烈的罡風讓黑色駿馬為之嘶鳴，駿馬硬生生停下腳步，一雙後腿釘在長橋橋面之上，前蹄高揚而起，姬飛花的右拳裹著狂風猛然擊落在駿馬的前胸，足有一千五百斤的高頭大馬被姬飛花一拳打得橫飛了出去，又如一只斷了線的紙鳶，飛起在空中兩丈有餘，在嘶鳴聲中鮮血狂奔，向後方緊隨而至的黑衣騎士砸落下去。

長刀出鞘之後長達四尺，黑衣武士手腕擰動，轉動刀柄機括，鏘！自刀身之中彈射出暗藏的一節，長刀擴展為六尺五寸，雙手持刀，高擎過頂，以泰山壓頂之勢向姬飛花力劈而去。

六尺五寸的長刀在內力激發之下蔓延出一道長達一丈的刀芒，伴隨著長刀揮舞的動作，刀芒脫離刀身，宛如一道絢爛奪目的閃電向姬飛花的頭頂劈落。奔行的過程之中，刀芒不斷擴展，瞬間已經擴展到兩丈長度。

姬飛花足尖一頓，長橋從中斷裂開來，前方的一截橋面筆直豎起，垂直地迎向刀芒。

被姬飛花一拳打飛的駿馬此時已經落地，猛然撞擊在第二匹黑馬之上，血肉橫飛，第二名黑衣殺手在血雨之中飛起，渾身沾染了碎肉和鮮血，他的身體如同一支離弦的利箭，手中長劍筆直向前，人劍合一，以不可思議的速度穿越腥風血雨，跨越斷裂的長橋，攜裹著一往無前的氣勢向姬飛花的胸口刺去。

刀芒和橋面撞擊在一起，發出驚天動地的轟然巨響，一道雪亮的光芒勢不可擋地劈開橋面，姬飛花唇角泛起一絲譏諷的冷笑，右手螺旋握緊，橋面驟然向內收縮，然後蓬的一聲炸裂開來，分裂成無可計數的木屑，這些木屑掩蓋住刀芒，宛如群蜂亂舞，又如一張鋪天蓋地的大網將握刀的殺手裹在其中。頭頂木屑包繞成的圓球在空中驟然壓縮，然後迅速擴張開來，殺手的肉體和長刀盡數被圓球撕裂，血雨漫天。姬飛花揮動長袖，一道透明的水流呈弧形越過他的頭頂，在他的上方形成一道透明的拱頂，將血雨碎肉盡數遮擋在外。

第二名殺手已經飛掠到距離姬飛花不到三尺的地方，劍鋒和空氣在高速的摩擦中溫度迅速提升，湖面上濕冷的水汽遭遇到驟然升高的溫度，化為白霧，白霧又在殺手身體的撕扯下形成一道筆直的白煙，如同一條長達十餘丈的白色長龍。

姬飛花的右拳已經握緊，一拳迎向這條長龍，他竟然要用肉身去對抗鋒利無比的利劍。姬飛花出拳時有一個明顯的旋轉動作，螺旋勁圍繞他的右拳形成一個旋轉的漩渦，白色長龍率先接觸到的便是這個漩渦，長龍如同陷入了一個無盡的深淵，在姬飛花強大的螺旋勁力面前扭曲變形，力量被離心拆解，原本聚力於中心最強大的一點卻成為最薄弱的一環。

姬飛花的拳頭從漩渦中探伸進去，在殺手的眼前放大，準確無誤地擊中殺手的面門，骨骼碎裂的聲音響起。

姬飛花長袍之上纖塵不染，濃烈的血腥氣息卻隨著夜色無聲無息地蔓延開來。

三名刺客只剩其一，一聲馬嘶，最後一名刺客縱馬從兩匹黑馬的屍體上越過，黑色駿馬如同飛龍在天，在刺客的操縱之下，越過斷橋三丈寬度的裂隙，人馬合一如同神兵天降，刺客在抵達長橋的入口處已經揮動手中流星錘，錘似流星，頭顱大小的流星錘鼓動風雷之聲，直奔姬飛花的面門砸落。

姬飛花身軀微震，一股內勁將紅袍震得飄飛而起，遮在他頭頂的透明拱頂頃刻間化為漫天雨幕，四散而飛。目光冷冷覷定那狂奔而來的黑色流星錘，左手五指張開，說時遲那時快，流星錘已經來到近前，如同石沉大海，風雷之聲頃刻消散，流星錘被姬飛花穩穩抓在掌心。然後他的手臂向下一沉，將流星錘重重砸入前方的橋面，喀嚓一聲，橋樑再度斷裂，強大的力量將鐵鍊扯得筆直，馬上的黑衣人被強勁的力道扯得自馬上飛了起來，黑衣人一手抓住鐵鍊，一手想要從後背抽出長劍，可沒等他完成這個動作，姬飛花一腳已經橫掃在他的胸膛之上，宛如甩鞭般抽打在黑衣人的胸膛上，肋骨寸寸斷裂，骨骼的殘端刺入他的肺部，口鼻之中湧出大量的血沫，身體重新倒飛回去，後輩重重撞在坐騎的頭部，一人一馬從傾瀉斷裂的橋樑之上滑入水中。

黑色的湖水之中湧出宛如黑煙般的血跡。

姬飛花頃刻之間解決了三名殺手，冷冷道：「既然來了，為何不敢現身，何必讓手下人白白送死！」

喀嚓！喀嚓！仍然露出水面的長橋一點點塌陷，姬飛花望向水面，遠方的水底有兩道橙色的光線以驚人的速度向他的腳下奔行而來，在漆黑的湖面上形成了一個巨大的夾角。

兩條光線的交匯處竟然是湖中的茅草屋。

姬飛花冷哼一聲，足尖一頓，身後殘橋宛如爆炸般接二連三的斷裂，和茅草屋分離開來，茅草屋的下方木柱也全都斷裂。

身在茅草屋中的胡小天還以為天崩地裂，沒等他逃出茅屋，就感覺到整座茅屋升騰而起，旋轉著向岸上飛去，室內的傢俱物件到處亂飛，胡小天嚇得哇哇大叫。

茅屋脫離水面飛向岸邊雪野的同時，兩道橙色的光線在水下相遇，伴隨著一聲驚天動地的爆炸，白色的強光帶著一道水柱沖天而起，從茅草屋原來所在的水面向上狂沖，水柱竟高達十丈。

姬飛花的腳下橋樑已完全斷裂，站立在一尺寬三尺長的木板之上，任憑水波蕩漾，身軀紋絲不動，靜靜望著眼前沖天水柱，臉上竟然沒有一絲一毫的畏懼表情。

水柱在光影的折射下異彩流光，姬飛花在沖天水柱面前身材顯得格外嬌小，腳下的木板迅速向湖心行進。

茅草屋飛越湖水穩穩平落在湖畔雪野之上，胡小天頭暈腦脹，用肩頭撞開房門，撲倒在雪地上。空中忽然傳來嗡鳴之聲，正西的方向黑壓壓一片雲層迅速向他的頭頂籠罩而來，飛近一看，全都是巨大的蝙蝠。

胡小天心頭大駭，正準備撲入茅舍，躲避蝙蝠群。

雪地中忽然立起十八道白色身影，齊齊揚起手中弩箭，瞄準了正中的胡小天。

胡小天嚇得魂飛魄散，心中叫苦，我命休也，想不到我胡小天今日要命喪於此。

伴隨著一聲呼喝，十八名弩箭手齊齊將手中的弩箭瞄準了天空，咻！咻！咻！弩箭破空之聲不絕於耳，射入蝙蝠形成的黑雲之中，一旦射入目標，就馬上發生爆炸，綠色的火焰擴展至一丈左右的範圍，但凡火焰波及到的地方，蝙蝠無一倖存，天地之間到處瀰漫著一股焦臭的味道。

蝙蝠在箭雨的射擊下陣型頃刻潰散，兩名黑甲飛翼武士自蝙蝠群中現出身來，兩人周身甲冑，憑藉一雙合金羽翼盤旋在虛空之中。十八名弩箭手將手中弩箭瞄準了空中目標，箭雨向上射擊，弩箭射擊在他們的外甲之上發出鏘鏘鏘不絕於耳的聲音，竟然無法射入分毫。

兩名黑甲武士揚起雙臂，暗藏在雙臂之中的袖箭向下射擊，頃刻之間地面上已經有三人被射殺倒地。

西南方向叢林之中忽然發出崩的一聲巨響，一支兒臂粗細的弩箭從弩車中激發而起，正撞擊在空中一名飛翼武士的胸膛，鐵甲雖然堅韌，卻無法阻擋弩車強大的射擊力，弩箭擊碎胸甲，射入他的胸膛，自他的後心又將背甲撞碎，黑甲武士哀嚎一聲，身軀從空中一個倒栽蔥落了下去。

胡小天看到那黑甲武士朝著自己撞擊下來，慌忙向後側身，躲過對方的身體，冰冷鋒利的鐵翼貼著胡小天的面頰掠過，這鐵翼如同刀鋒深深插入雪地之中。

胡小天嚇出了一身冷汗，倘若被鐵翼擊中，只怕腦袋也要被削掉半個。

崩！第二支弩箭從弩車中射出，瞄準了剩下的那名鐵翼武士，那武士看到同伴被當場射殺，發出一聲悲鳴，弩箭來臨之時，拉動胸前機括，羽翼輪番收起，身體在空中連番旋轉，躲過弩箭，重新舒展開來，雙臂平伸，袖箭追風逐電般射去，操縱弩車的兩名箭手躲避不及，被袖箭接連射中，鐵翼武士在空中一個轉折，雙手之中多出了一杆長槍，看到同伴已經落在雪地之上，鮮血仍然不停流淌，一旁胡小天驚魂未定地望著屍體。

鐵翼武士一聲怒吼，雙翅回縮，俯衝的速度增加了數倍，手中長槍一挺，直奔胡小天的咽喉所在，渾然不顧下方弩箭如簧。

胡小天倉促間抓起地上的合金羽翼，羽翼在撞擊地面之時已經折斷，僅有一絲相連，所以胡小天沒有花費太大力氣就將之拗斷，以羽翼為盾擋住對方全力一擊。

噹的一聲巨響，火花四濺，長槍驚天動地的一擊竟然沒有將羽翼穿透，強大的力量撞擊在羽翼之上，胡小天立在雪地上的雙腳向後飛速滑動，在地上形成兩條長長軌跡。

鐵翼武士將同伴之死完全歸咎到胡小天的身上，一擊未能得手，身體已經落在地面之上，長槍回縮，宛如長蛇吐信，再度刺向胡小天。身後墨色羽翼迅速回收到背甲之中。

胡小天被剛才的一擊已經震得雙臂痠麻，沒等他恢復過來，對方的第二次攻擊已經來到面前。胡小天唯有奮起餘勇，再次舉起羽翼擋住長槍。卻想不到對方中途變招，槍尖突然揚起，以槍做棍，力劈而下。槍桿狠狠砸在鐵翼之上，強大的力量讓胡小天再也拿捏不住，鐵翼失手落下。對方手腕一抖，長槍幻化出數十個槍尖向胡小天籠罩而來。

沖天水柱宛如一條奔騰咆哮的銀龍，升騰到最高點之後，在虛空中再度炸裂，湖面上恰似撒下一片碎銀，又如同落下一場傾盆大雨。

姬飛花催動足下木板，在湖面上高速滑行，在他的身後留下一道筆直的白色水線。原本平靜無波的湖心水流忽然逆時針旋轉起來，水流越轉越急，迅速、形成一個一丈直徑的漩渦。

姬飛花雙目冷冷覷定那漩渦，雙掌在水面上隔空拍落，有質無形的內力擊中湖面，發出波的一聲巨響，姬飛花的身軀冉冉升起，如一朵紅雲升騰在湖面之上。

漩渦旋轉的速度卻突然緩慢，一條五彩斑斕的巨蟒從漩渦之中飛撲而出，血盆大口直奔姬飛花的身軀噬去。

姬飛花長眉豎起，怒吼道：「孽障！」右手揚起，一股無形吸力將湖水牽引而起，形成一道不次於巨蟒長度的弧形水柱，竟直撞擊在巨蟒的頭顱之上。五彩巨蟒以頭顱撞向水柱，尾部就勢橫掃而出，湖面之上一股腥臭強勁的罡風刮起，姬飛花的身軀在短時間內拔高數丈，躲過巨蟒的橫掃。原本平靜的小湖頃刻間波濤洶湧，姬飛花雙掌交錯輪番擊打在湖面上，一道道沖天水柱接連炸起，巨蟒極其狡猾，襲擊不成，馬上就鑽入湖底。

西北方向一名灰袍男子凌波踏浪，破浪而來，他手中一柄黑黝黝的長弓，拉得如同十五滿月，弓弦之上搭著一支羽箭，無論長弓還是箭鏃都比尋常的弓箭長上許多，那男子身材高大，高鼻深目，一雙碧眼在暗夜中閃爍著妖異的綠色光芒，他赤裸著雙腳，腳下踏在另一條巨蟒的背脊之上，目光離合之間，右手鬆開弓弦，羽箭直奔姬飛花的射去。羽箭筆直行進，射出的速度遠超尋常的箭手。

姬飛花右手弧形揮出，擊打在湖面之上，掀起的水浪在他的身體前方形成一道透明的幕牆，羽箭射入水牆之中，毫無阻滯地將之穿透，去勢不歇繼續射向姬飛花的心口。

以姬飛花的卓絕武功也不敢硬撼其鋒，躲過羽箭，身軀繼續飛升到虛空之中，連續幾個轉折，越升越高。

灰袍男子不慌不忙，再次挽起長弓，此次拉弓姿勢更為奇特，竟然是背身拉弓，同時搭起三支羽箭。但聽得，咻！咻！咻！三聲尖嘯，三支羽箭呈品字形直奔姬飛花而去。

姬飛花躍升到了最高點，躲過了其中的兩隻羽箭，一把抓住其中一支，那羽箭在他的手中卻蓬地炸裂開來，綠色的煙霧瞬間將姬飛花的身軀包繞在其中，姬飛花發出一聲驚呼，自高空中身軀筆直墜落下去。

那灰袍男子看到姬飛花中箭，不由得大喜過望，從腰間抽出一柄彎刀，嘴中發出奇怪的呼嘯，水下的那條五彩斑斕的蟒蛇猛然自水下騰躍而起，帶著他的身體飛到半空之中，灰袍男子朝著姬飛花落下的方向飛撲過去，手中彎刀掬起一抹足以撕裂夜色的寒光，向姬飛花的身軀攔腰斬去。

胡小天失去鐵翼的防護，在對方如潮攻勢之下唯有後退，他連連後退，退到樹林之中，利用樹木來掩護自己，對方的長槍在這種狀況下也失去了用武之地。

眼看胡小天沿著樹幹向上迅速爬升，那黑甲武士暴吼一聲，手中長槍一分為二，他從雪地之上騰躍而起，雙腳在樹幹之上來回踩踏，身軀不停上升。

胡小天的金蛛八步雖然玄妙，可畢竟欠缺實戰經驗，對方的死纏硬打步步緊逼已經逼迫得他喘不過氣來，心中暗罵，老子又沒有殺你同伴，冤有頭債有主，你追著我作甚？眼看兩人之間的距離越來越近，他橫下一條心正準備跟黑甲武士拚死一戰。忽然一張大網從他的身邊籠罩下去，正好將那名黑甲武士籠罩在其中。

黑甲武士驚慌失措，拚命掙脫試圖從網中掙扎起身。此時一道黑色身影從樹上飛掠而下，手中一根長棍狠狠撞擊在黑甲武士的頭盔之上，雖然頭盔並未變形，可是長棍傳來的巨大力量，震得對方顱腦已經是一片稀爛，七竅流血，顯然是無法活命了。這名在危急關頭為胡小天解圍的人，正是姬飛花的車夫吳忍興。

樹林之中又湧出十多名武士，胡小天此時方才知道姬飛花原來早有準備，他是故意將敵人吸引到碧雲湖，在此設下圈套，從而將對方一網打盡。

彎刀冷森森的光芒距離姬飛花的身軀不到一尺，灰袍男子似乎看到姬飛花被斬為兩段的情景，綠色的雙目充滿光熱和興奮。眼看這一刀就要達成目標，一隻白玉無瑕的手掌突然伸了出來，一下就握住了彎刀，刀光彷彿沉入了手掌之中，瞬間消失得無影無蹤。

灰袍人驚詫莫名地睜大了眼睛，他驚呼道：「不可能，你明明中了七傷神箭……」

姬飛花笑靨如花，右手如同急電般探伸了出去，春蔥般的兩根手指宛如蘭花吐蕊，普普通通的二龍探珠，一雙手指已然插入灰袍人的雙目之中。

灰袍人爆發出一聲慘叫，他抬腳踢向姬飛花，試圖擺脫對方的攻擊。崩的一聲脆響，彎刀在姬飛花的掌心之中崩落成為千百個碎片，旋即以內力激發，如同強弓勁弩催發一般全都射入灰袍人的體內，灰袍人的身體因為痛苦而縮成了一團，然後又被強大的內勁震開。姬飛花如同一個紅色的精靈，以不可思議的速度向灰袍人逃跑的方向追去，在瞬息之間連續在對方的身體之上打了七拳。

兩條五彩斑斕的巨蟒自水下騰躍而出，血盆大口一前一後向姬飛花噬去。姬飛花飛速行進的身軀在夜空中完全成為一道紅光，這道紅光圍繞著巨蟒螺旋飛轉，乍看上去如同一條紅色的靈蛇在和巨蟒彼此糾纏，紅光倏然從巨蟒的身邊消失，姬飛花出現在湖心一塊漂浮的木板子上。

兩條巨蟒仍然保持著從水底騰躍欲飛的姿態，然後就看到牠們長長的身體分裂開來，數十條肉段以緩慢的速度解體然後落入漆黑冰冷的湖水之中。

姬飛花的手中握著一柄一尺三寸的彎刀，刀如彎月，寒氣凜然，刀尖之上一滴殷紅色的血珠終於熬不住重力的糾纏，在夜風中緩緩滑落。姬飛花輕聲歎了口氣，左手撚起蘭花指整理了一下鬢角凌亂的髮絲，柔聲道：「解龍，你這是何苦來哉？」

是役，姬飛花損失了七名手下，殺掉了對方五名高手，斬殺兩條巨蟒，解龍被重創逃離。此人雙目被廢，身中姬飛花七拳，能夠逃走絕非是因為他厲害，也不是因為他夠運氣，而是姬飛花故意放他離去。

吳忍興將死去的兩名鐵翼武士的頭盔除去，被他一棍轟殺的那人頭顱早已在裡面震得稀爛，自然無從認出他的本來面目，另外一名被弩機射殺的武士面部保持完好，吳忍興辨別那些人的身分之後，回到姬飛花面前通報：「提督大人，死去的五人應該是黑風九騎中的三個，這兩名黑甲飛翼武士應該是兄弟，都是過去全都隸屬於天機局。

姬飛花喃喃道：「洪北漠這個老賊，這次為了害我，居然出動了這麼多骨幹力量。」

胡小天此時走了過來，剛才的那場大戰仍然歷歷在目，看到姬飛花的出手，他方才知道何謂真正的高手，擦了擦額頭的冷汗道：「他們全都是洪北漠的人？」

姬飛花點了點頭道：「不錯，解龍是洪北漠最得力的幫手，今次前來是想趁著咱家身體虛弱之時加害於我。」

吳忍興道：「主公因何要放走他？」

姬飛花呵呵笑道：「以其人之道還治其人之身，咱家損耗這麼大的內力去救文雅，我倒要看看洪北漠肯不肯出手去救解龍。」

胡小天暗暗嘆服，姬飛花無論武功還是手段都是超人一等，難怪他會在宦官之中彗星般崛起，甚至危及到了權德安在宮中的地位。

姬飛花的目光投向夜色中的碧雲湖，低聲道：「解龍的七傷箭有毒，只怕這碧雲湖內的生靈要遭殃了。」他向吳忍興吩咐道：「老吳，傳我的命令，將碧玉湖暫時封鎖起來，以免造成無辜百姓中毒死傷，儘快安排玄天館的人過來解毒。」

「是！」

眾人打掃戰場的時候，姬飛花來到那座茅草屋前，經過這場浩劫，茅草屋也已經變得面目全非，隨時都有崩塌的危險，姬飛花望著那茅草屋，緩緩點了點頭，揚起右掌，一股罡風擊落在茅草屋之上，在轟隆隆的聲響之中，茅草屋徹底崩塌，激起煙塵一片。

胡小天站在姬飛花的身邊，呆呆望著眼前的一片廢墟，被姬飛花神功震駭之餘，心中又隱隱感到有些後怕。

姬飛花歎了口氣，神情充滿了失落，他今晚佈局本來想要將洪北漠引出，將之徹底剷除，卻沒有想到洪北漠老奸巨猾並沒有親自前來，只是派來了他的幾個得力手下。

湖面上漂起了白花花的一片東西，胡小天定睛望去全都是死魚，湖水沾染了七傷神箭上的毒素，導致湖中魚兒大片死亡，姬飛花之所以下令封鎖碧雲湖，就是為了避免不明真相的百姓撈死魚去吃。

胡小天道：「這毒藥好生厲害。」

姬飛花道：「須彌天的大徒弟在下毒上還是很有一套的。」

「須彌天？」

姬飛花點了點頭道：「天下第一用毒高手，人稱毒聖，解龍就是他最得意的門生。」

胡小天忽然想到了葆葆身上所中的蛇毒，難道就是解龍所為？倘若真是如此，解龍死有餘辜了。

姬飛花道：「你聽說過這個人？」

胡小天點了點頭道：「在西川的時候曾經聽說過這個人，我知道他是天下第一毒師，還知道他是黑苗人，只是沒想到這個老頭兒的徒弟也如此了得。」

姬飛花聽他這樣說，不由得笑了起來。

胡小天被姬飛花笑得不由得愣住了，自己的這番話並沒有任何的好笑之處，卻不知姬飛花因何發笑？

姬飛花道：「須彌天是個女人！」

「什麼？」胡小天目瞪口呆，他一直以為這位名震天下的用毒高手是個黑苗老頭兒，卻想不到須彌天竟然會是一個女人。

姬飛花道：「咱家曾經跟她有過一次照面，倘若讓我在她和洪北漠之間挑選一個敵人，我絕不會選她。」

胡小天想起剛才那場慘烈的戰鬥，洪北漠的手下都如此厲害，更何況洪北漠？而姬飛花話裡的意思，分明表示須彌天要比洪北漠更加可怕，胡小天忽然想到了一個問題，姬飛花重創了須彌天的得意門生解龍，會不會因此和須彌天結怨？胡小天道：「須彌天會不會為她的徒弟報仇？」

姬飛花微笑道：「解龍對姬飛花而言只是一個逆徒罷了，她和洪北漠之間，永遠也不可能聯盟。」

胡小天不知姬飛花為何會擁有如此強大的信心，只希望今晚這樣的事情以後再也不會遇到。姬飛花為何一定要自己陪他前來，難道僅僅是為了讓自己親眼目睹這場戰鬥？

姬飛花似乎從胡小天的目光中察覺到了他的內心所想，輕聲道：「你回去之後，將今晚看到的一切原原本本地告訴權德安，看他會怎麼說？」

胡小天道：「今晚的事情，他會不會有份參與？」

姬飛花呵呵笑道：「他肯定在佈局，但並不是在這裡。」

已是三更時分，宣微宮內仍然亮著燭光，大康皇帝龍燁霖仍然沒有入睡，在他的身邊一位老太監垂手而立，正是司禮監掌印太監權德安。

「為何不坐？」龍燁霖的聲音顯得有氣無力。

權德安恭敬道：「在陛下面前，哪有奴才坐的地方。」

龍燁霖聽到這句話似乎有所感觸，不由得歎了口氣道：「經歷了這麼多的事情，最忠於朕的那個始終都是你。」

權德安道：「老奴為陛下肝腦塗地在所不惜。」

龍燁霖又歎了口氣，雙目盯住燭影搖曳的宮燈，低聲道：「他居然抗旨不尊。」

權德安道：「已經出宮去了，至今仍然沒有回來。」

龍燁霖道：「他是不是對朕產生了懷疑？」

權德安輕聲道：「應該不可能。」

「為何你不讓人追出去，趁著這個機會將他一網打盡？」龍燁霖的情緒突然變得激動了起來。

權德安道：「今晚的事情實在是有些蹊蹺，以他的武功內力，本不該受創如此之重，若是派人追趕出去，只怕會中了他的圈套，而且我們的計畫就會完全暴露。」

龍燁霖道：「機不可失，失不再來。」

權德安道：「他沒有那麼簡單，匆匆離宮應該是感覺到有些不妙，擔心我們會趁著他虛弱的時候下手。現在咱們最大的優勢在於，他並不知道陛下體內的毒已經肅清，他已經無法掌控陛下的生死。」

龍燁霖握緊雙拳，表情顯得極度糾結和痛苦：「不殺此賊，朕誓不甘休！」

權德安道：「陛下還需多幾分忍耐，天機局和十萬御林鐵衛盡在他的掌握之中，剷除此人必須先將這兩方控制住，否則後果不堪設想。」

龍燁霖咬牙切齒道：「忍……忍……忍，你讓朕忍耐到什麼時候？朕這個皇帝處處受此閹賊的制擊，在朕的宮中，朕甚至想自由呼吸一口氣都不能。」

權德安道：「最遲一年，老奴深信可以將此惡賊連根拔起。」

馬車在青灰色的天空下緩慢行進，胡小天將車簾掀起了一角，向外面望去，東方天地交接的地方顏色變得越來越淡，大片的白將地平線的輪廓強調得異常分明，漸漸溫暖的紫色出現在這空白中，迅速填補了空白，紫色的底部變得越來越紅，最後又幻化成金黃的顏色，一輪紅日掙扎了黑夜的束縛，終於透出了地平面。

胡小天轉臉望去，姬飛花靠在車廂的另外一邊似乎已經睡去，黑髮如雲堆積在肩頭，肌膚嬌豔如雪，溫潤如玉的面龐上隱隱透出紅暈。胡小天眨了眨眼睛，倘若不知道他的來歷，肯定會認為眼前就是一個女人。腦海中回憶起姬飛花昨夜威風八面殺伐果斷的場面，和眼前這個柔弱嬌媚的形象成為一天一地的對比。

姬飛花卻在此時突然睜開了雙眸，明澈如水的眼睛盯住了胡小天的雙目，胡小天有些心虛地將頭垂了下去。

姬飛花道：「你盯著咱家看了半天，心裡究竟在想些什麼？」

胡小天這時方才知道自己剛才的舉動並沒有瞞過姬飛花，他慌忙解釋道：「小天只是關心大人的傷情，絕無其他的想法。」

姬飛花看到他緊張的表情不由得笑了起來，當真是笑靨如花，明豔不可方物。

胡小天暗歎妖孽，難怪當今皇上龍燁霖被他迷了個七葷八素，如此嫵媚妖嬈的人物，即便是男人看到也不免心動，胡小天不禁有些擔心了，長此以往，自己的性取向該不會在潛移默化中改變？

馬車已經進入皇宮的範圍，姬飛花正襟危坐，臉上再不見絲毫的嫵媚妖嬈之氣，雙目冷酷如冰，沉聲道：「明月宮你不會待得太久，咱家答應你，儘快將你調離出去。」

胡小天聽他應允了這件事，不由心中竊喜不已，明月宮乃是是非之地，他實在不願繼續在那裡待下去：「多謝大人。」

姬飛花話鋒一轉又道：「只是你還需先為咱家做一件事。」

「大人只管吩咐。」

姬飛花遞給他一瓶丹藥：「這裡面有七顆藥丸，你每天將其中一顆混入她的飲食之中，做完這件事，你就算完成了在明月宮的使命。」

胡小天心中一驚，脫口道：「小天斗膽問一句，這裡面是什麼？」

姬飛花道：「你只需按照我的吩咐去做，其他的事情不用多問。」

胡小天雖然心中並不情願，可是在姬飛花的面前也不敢頂撞，將那玉瓶收了起來。看來姬飛花終究還是對文雅起了殺意，剛剛救了她的性命，現在又要殺她。

回到明月宮，已是第二天正午，新來的幾名太監宮女齊齊過來相見，對胡小天這位明月宮總管都表現得非常尊敬，胡小天先問了文雅的狀況，聽說她已經醒了，只是目前簡皇后正在裡面探視，胡小天想了想還是沒有進去，先去探望了葆葆。

敲了敲房門裡面無人應聲，推門進去之後方才發現房間內空無一人，胡小天心中大駭，還以為葆葆遭遇了不測，慌忙叫小太監過來詢問，問過之後方才知道葆葆一早被人接去了凌玉殿。胡小天一聽就火冒三丈，林菀這個女人真是膽大妄為，且不說葆葆自己不想回去，現在葆葆重傷未癒，身體虛弱，必須要靜養，哪能禁得起如此折騰。

他曾經領教過林菀的毒辣手段，再想起葆葆對她懼怕的神情，胡小天心如火燎，恨不能兩肋生出雙翅，瞬間趕到凌玉殿將葆葆解救出來。

胡小天風急火燎地趕到了凌玉殿，迎面遇到凌玉殿的太監宮女，他們似乎對胡小天的到來早已有了準備，笑瞇瞇招呼道：「胡公公來了，娘娘在裡面等著你呢。」

胡小天冷冷掃了這幫宮女太監一眼，大步走入凌玉殿內。

耳邊聽到撫琴之聲，宛如高山流水極其悅耳，凌玉殿內只有林菀身穿湖綠色長裙，獨自坐在琴台之上，專注撫琴，似乎並沒有留意到胡小天的到來。胡小天一心牽掛葆葆的安危，哪還顧得上欣賞林菀的琴藝，大聲道：「胡小天參見林昭儀！」

林菀手指一動停下撫琴的動作，餘音嫋嫋，一雙嫩白的手掌覆蓋在琴弦之上，頃刻間聲息全無。林菀幽然歎了一口氣道：「胡公公，難道覺得本宮的琴藝不佳嗎？緣何要打斷本宮撫琴？」

胡小天道：「小天此來所為何事，林昭儀心中應該明白。」

林菀呵呵笑道：「本宮又不是你肚子裡的蛔蟲，你不說，我怎能知道？」

胡小天道：「把葆葆交出來！」

林菀的手指提起一根琴弦，鏘的一聲音波傳出，隨之震動得周邊空氣嗡嗡作響，一雙美眸殺氣凜然：「胡公公難道不懂風月？本宮好心為你撫琴，你卻不知好歹！」

胡小天道：「在下從來都不懂什麼所謂的風月，焚琴煮鶴的事兒倒是常幹，不如我也來吹奏一曲，和林昭儀來個琴瑟和鳴如何？」

林菀微笑道：「你若是不在乎她的死活，只管試試！」繃緊的琴弦張到了極致，崩的一聲從中斷裂。林菀霍然站起身來，一雙鳳目之中兩道利劍般的光芒向胡小天逼視而來。

胡小天冷笑道：「我這輩子最討厭的就是別人威脅我，既然林貴妃有要求，我就只能滿足你。」

他抽出復甦笛，湊到唇間，用力吹響，對於林菀這種陰險毒辣的女人，絕不可以輕易受她威脅。他們彼此都掌握了對方的弱點，現在比拚的就是誰的心腸更硬，誰的手段更狠，若是心存半點的猶豫和仁慈，就只會受制於人。

林菀在胡小天吹響復甦笛的剎那，雙手揚起，將兩根銀針插入自己的顳部。雙足在地上重重一頓，身軀宛如一道綠電猛然撲向胡小天。

此舉大大出乎胡小天的意料之外，想不到林菀竟然有了克制復甦笛的方法，他隨手操起一旁的椅子照著林菀迎頭砸了過去，撕破臉皮的最大好處在於根本無需顧忌對方的身分和地位，大家誰都不乾淨，who怕who！

林菀一掌拍落在椅子上，將座椅打得四分五裂，胡小天卻趁著她拍打座椅的功夫，身軀倒退到抱柱前，雙手反轉，雙足急蹬，竟然背身攀援抱柱而上，瞬間已經爬升到抱柱的頂部，嘴上片刻不停，吹得口沫橫飛，可今兒復甦笛似乎完全失去了效用，林菀根本沒有半點反應。

林菀騰空而起，揚起左手，五指之上全都帶著精鋼指套，宛如鳥爪般張開直奔胡小天的面門抓來。

胡小天以玄冥陰風爪應對，手腕一沉，爪面外翻，繞過對方的鋼爪，抓向林菀的脈門。

兩人在半空之中連續拆了五招，以快打快，胡小天的背脊緊貼著抱柱，在交手的同時圍繞抱柱螺旋下降，相對而言林菀的功力顯然還要高出他一籌。

兩人的雙足同時落在實地之上，胡小天忽然一揚手道：「暴雨梨花針！」林菀嚇了一跳，就是遲疑片刻的功夫，被胡小天找到可乘之機，一腳狠狠踢在她的小腹之上。

不是胡小天不懂得憐香惜玉，而是眼前這位絕對不能留情。林菀痛得悶哼一聲，身軀向後退出一丈有餘，旋即再度揉身而上，雙手乍分乍合，五指上的精鋼指套脫手激射而出。

胡小天看到指套來勢兇猛，慌忙閃身躲在抱柱之後，只聽到奪！奪！奪！奪！聲音不絕於耳，精鋼指套深深射入抱柱之中。胡小天驚出了一身的冷汗，這娘們兒當真是野味難尋，他大聲道：「且慢！我有話說！」

林菀怒道：「有話快說，有屁快放！」

胡小天藏身在抱柱之後，笑道：「你好歹也是大康昭儀，形象那是必須要顧及一些的，說話一定要文雅溫柔方才能夠討得陛下歡心，這不用我教你吧。張口放屁，閉口放屁，難怪皇上要把你打入冷宮！」

林菀咬牙切齒道：「今日必將你這閹賊挫骨揚灰，方解我心頭之恨。」

胡小天道：「殺了我，你體內的毒素恐怕這輩子都無法清除乾淨，再說，憑你的功夫也沒有殺了我的本事。」

林菀嘴上雖然說得狠毒，可是她並沒有繼續進擊，胡小天的這番話並沒有誇大其詞，真要是打起來，她略占上風，但是想要殺掉胡小天也沒有那麼容易。

林菀道：「你給我出來！」

胡小天笑道：「林昭儀此言差矣，我出不出來要由我自己做主，不是你想讓我出來我就出來，小天雖然地位卑賤，可男人的這點自尊還是有的，你越想讓我出來，我就偏不讓你如意。」

林菀羞惱交加，氣得滿臉通紅，咬牙切齒道：「閹賊，終有一日我要將你碎屍萬段，扒皮抽筋方解心頭之恨。」

胡小天此時緩緩從抱柱後現出身來，笑瞇瞇望著林菀道：「小天自問沒有得罪昭儀的地方，愛之深恨之切，昭儀對我難道產生了非分的想法，若真是如此，千萬要斷絕這等念頭，你是昭儀，皇上的小老婆，真要是動了春心，有了不守婦道的想法，那可是要抄家滅祖的。你自己找死就算了，千萬別連累我！」

林菀氣得七竅生煙：「放屁！今日我就要了你的性命。」

胡小天笑道：「君子動口不動手，咱們打下去無非是兩敗俱傷的結局，不如坐下來心平氣和地談談。」

林菀道：「跟你沒得談！」

胡小天道：「林昭儀既然跟我沒得談，那就是嫌我不夠資格，皇后如何？夠不夠資格？倘若皇后不夠，皇上的份量總該夠了，對了，皇上好像還不知道他有位便宜岳父，更不知道他的這位岳父大人姓洪……」

「閉嘴！」林菀尖叫道。

胡小天呵呵笑道：「小天早就跟林昭儀說過，我就是一塊破破爛爛的瓦片，林昭儀何苦跟我拎不清過不去？也不怕辱沒了您的身分。」

林菀氣得胸口起伏不已，自己怎麼遇上了這麼一位憊懶人物，拎不清？你小子才是個拎不清的麻煩。可她又不得不承認胡小天所說的的確很有道理。自己跟他鬧下去絕對討不到好處，而且胡小天並非是她首先要剷除的對象，想起自己的重要使命，林菀瞬間冷靜了下來，望著胡小天嬉皮笑臉的無賴模樣，忽然警醒，這小子根本在存心激怒自己。

林菀道：「你不是瓦片，我也不是瓷器，可真是要惹火了我，本宮一樣可以不惜代價和你玉石俱焚。」

胡小天道：「不求同生，但求共死，小天何德何能，居然被昭儀如此眷顧。」

林菀已經識破了他的用意，知道他存心激怒自己，心態反倒平和起來，微笑道：「算上葆葆，本宮還賺上一個。」

胡小天道：「她是你的妹子啊，你難道真忍心對她下手？」表面上雖然嬉皮笑臉，可心中仍然不免有些擔心，林菀這女人陰狠毒辣，惹火了她，只怕什麼事情都幹得出來。

林菀道：「本宮在這世上根本就沒有任何親人，她也未曾將我當成親人，否則又怎會將本宮出賣？胡小天，你若當真顧惜她的性命，你就乖乖為我做一件事。」

胡小天道：「說來聽聽。」

林菀向他招了招手，胡小天對這女人一點信任感都沒有，擔心她會對自己突施殺手，雖然朝她走了幾步，仍然保持著一定的距離。

林菀櫻唇一撇，不屑道：「膽小鬼！害怕本宮吃了你嗎？」

胡小天道：「俺娘說了，女人都是吃人不吐骨頭的妖魔鬼怪，越是漂亮的女人越是如此，讓我見到漂亮女人一定要離得遠一些。」

林菀明知他在胡說八道，可聽出這句話也在恭維自己漂亮，自然是心中大悅，看到胡小天生得鼻直口方，眉清目秀，心中暗歎，可惜了這副好皮囊，居然是個太監。林菀哼了一聲道：「你一個太監，沒有女人會對你感興趣。」

她回到琴台前坐下，從裡面取出了一個四四方方的盒子，打開之後裡面仍然是個盒子，層層疊疊一共打開了五個盒子，現出裡面豆腐塊大小的一個錦盒。

胡小天看到她將這錦盒包裹得如此嚴密，料想其中應該是非常重要的東西。

林菀小心翼翼將那錦盒拿了出來遞給胡小天。

「裡面是什麼？」胡小天將錦盒放在掌心，隱約聽到沙沙的聲音，這聲音分明來自於錦盒內。

林菀道：「一些小蟲子，你可千萬要小心了，一旦放了出來，後果很嚴重啊。」

胡小天原本還有打開一觀的念頭，聽她這樣說，趕緊將小盒子放下：「咱倆好像不熟啊，沒必要送這麼大一份禮給我。」

林菀一雙媚眼泛起秋波：「本宮送出去的東西哪有還回來的道理，我給你一天的時間，將這小盒子裡的東西撒在文雅的床榻之上，事情是不是非常簡單呢。開啟的方法，你一定要牢牢記住了。」

胡小天道：「你跟她多大仇啊？」內心中不禁為文雅的命運暗暗感到憂慮，先是姬飛花給了他一瓶藥丸，讓他分成七天放在文雅的飲食內，現在林菀又讓他將毒蟲撒在文雅的床榻上，看來文雅已經成為多方首要剷除的對象。

林菀道：「你無需過問，你只需要記得一件事，若是明天這個時候，我得不到想要的結果，你就等著替葆葆收屍吧。」

胡小天怒道：「威脅我？」

林菀道：「不是威脅，是實話，你若不信，大可跟我賭一賭。」

胡小天道：「我怎麼知道葆葆就在你的手裡？」

他投鼠忌器，只能想著先穩住林菀，爭取見到葆葆，確保她性命無憂。

林菀道：「明天你就會知道，本宮一向耐不住性子，若是你不按照我說的去做，本宮絕對會讓她死無葬身之地。」

胡小天抿了抿嘴唇，重新將那盒子拿起，怒視林菀道：「你也給我記住了，若是你膽敢跟我玩花樣，葆葆哪怕少了一根汗毛，我都讓你後悔來到這個世界上。」

林菀微笑道：「葆葆總算沒有看錯你，果然是情深義重，胡小天，我不怕告訴你，從我進入皇宮之後，就早已當自己是個死人，你幫我做成這件事，從此以後咱們劃清界限，再無糾葛，我還會幫助你和葆葆離開皇宮，以後你們比翼齊飛，過上雙宿雙棲的小日子。」

胡小天對林菀的話是一點都不相信，無奈葆葆被林菀掌握在手中，唯有先答應下來，將她先行穩住人，然後在考慮解救之法。

至於她讓自己做的事情，拖得一天是一天，反倒是文雅的情況有些不妙了，姬飛花想要對付她，現在林菀也要對付她，這位文才人莫非犯了太歲？搞得一個個都要除之而後快？

第二章

鐵箱中的紅色毒蠍

胡小天方知上當，想要離開這毒氣的範圍，
卻見那黑色鐵箱內密密麻麻的紅色毒蠍爬了出來，
瞬間已經爬到了他的雙足雙腿之上，
胡小天心頭大駭，萬萬沒有想到會是這樣一個下場。

黃昏時分胡小天方才回到明月宮，簡皇后已經走了，聽說文雅已經甦醒，胡小天馬上進入宮內探望。

文雅恢復的速度遠遠超乎胡小天的想像，昨晚還人事不省，今天居然已經可以下地自如行走。胡小天來到宮室內的時候，文雅正在窗前畫案之上靜靜看著那幅蜜蜂採花圖，這幅畫正是文博遠所繪，也是當初她想要送給安平公主龍曦月的禮物，可是因為胡小天的一番話，龍曦月拒收。

胡小天沒想到文雅居然一直將這幅畫留著，在他看這幅畫雖然畫得不錯，可也不是什麼絕世無雙的珍品，匠氣十足，毫無創意，卻不知文雅為何望著這幅畫呆呆出神？

文雅道：「你去了哪裡？」她的聲音有些冷漠。

胡小天避重就輕道：「剛剛簡皇后在，所以小的不方便進來，在外面迴避。」

文雅道：「我是說昨晚。」

「昨晚小的護送姬公公回去，回來的時候太晚，擔心驚擾文才人休息，於是在司苑局睡了。」胡小天當然不會把實情全都倒出來。

文雅幽然歎了一口氣：「姬公公怎樣了？本宮還沒有當面謝謝他的救命之恩呢。」

胡小天悄悄觀察文雅的表情，發現她雙頰緋紅，豔若桃李，哪裡還有絲毫的病態，想起昨晚姬飛花對她的評價，心中越發感到奇怪，文雅究竟是誰？難道她果真是一個深藏不露的高手？不然何以在大病之後就恢復得如此之快？

文雅道：「今天宮裡新來了不少的宮女太監，本宮連一個都不認識。」

「小天也不認識。」

「為何不見葆葆？」

「凌玉殿的林昭儀將她接回去休養了，聽說是簡皇后同意的。」

文雅點了點頭：「本宮有些口渴，你去幫我倒一杯茶過來。」

胡小天應了一聲，轉身幫她去倒茶，往茶壺內放茶葉的時候，忽然想起姬飛花交代的事，下意識摸了摸那個藥瓶，可猶豫了一下，終究還是沒有將藥丸取出來。端著茶壺來到文雅身邊，先給她倒了一杯，文雅指了指一旁的椅子道：「你坐下，陪我喝杯茶。」

胡小天暗忖，文雅讓自己喝茶是假，擔心自己在茶壺中動手腳是真，此女疑心太重，而且智慧超群，只可惜無論你如何聰明，姬飛花已經對你產生了殺念，你的命運只怕斷然是難以改寫了。望著文雅美麗的容顏，忽然想起在青雲和樂瑤相聚的種種，心中頓時感到不忍，即便文雅不是樂瑤，若是讓他親手將她除去，終究還是不忍下手。

此時一名宮女進來詢問文雅晚膳的事情，文雅擺了擺手道：「本宮什麼都不想吃，你們都去吧，沒有我的吩咐，誰都不可以進來。」

宮女應聲離去之後，文雅讓胡小天去將宮門關上，看著胡小天喝了那杯茶，方才放心喝了一口，輕聲道：「你將昨晚的事情原原本本對我說一遍。」

胡小天也沒什麼好隱瞞的，把昨天姬飛花救治她的經過大概說了一遍。

文雅聽完，臉上的表情陰晴不定，似乎將信將疑，她起身道：「小天，你隨我來，我給你看一樣東西。」

胡小天跟著她走入內廷，文雅隨手將帷幔放了下去。胡小天一顆心怦怦直跳，卻不知文雅想要做什麼？難不成對自己有什麼想法？又或是有什麼見不得人的秘密要跟自己分享？

文雅指了指自己的臥榻之下，輕聲道：「小天，你幫本宮將床下的箱子取出來。」

胡小天按照她的吩咐從床下拉出了一個兩尺見方的箱子，文雅入宮之時帶來了不少的嫁妝，這箱子應該是其中的一個，箱子上了鎖，鎖上有一些奇怪的符號，應該是一種古老的密碼鎖，在文雅的指點下，胡小天將銅鎖打開，掀開箱蓋，裡面還是一個箱子，胡小天不由得想起今天林菀給他那個盒子的情景來，難不成這裡面也放著什麼恐怖的東西？

裡面的箱子烏沉沉的，並不起眼，胡小天將箱子抱了出來，上面並未上鎖，僅僅貼了一張黃色的符紙。

文雅道：「打開！」

胡小天心中不由得有些猶豫了：「這裡面是什麼？」

文雅冷冷道：「你只管打開就是，總之對你沒有任何的壞處。」

胡小天硬著頭皮將箱子打開，只覺得一股腥臭直衝鼻翼，沒等他看清裡面放的是什麼，就覺得眼前金星亂冒，四肢痠軟，一屁股坐倒在地上。

胡小天此時方知上當，身體竭力向後挪動，想要離開這毒氣的範圍，掙扎著挪動了幾步，卻見那黑色鐵箱內密密麻麻的紅色毒蠍爬了出來，瞬間已經爬到了他的雙足雙腿之上，胡小天心頭大駭，萬萬沒有想到會是這樣一個下場，他驚呼道：「賤人，你居然害我……」

鐵箱中的紅色毒蠍宛如潮水般向外蔓延，可是來到文雅身邊的時候卻繞行過去，在她的身體周圍形成了一個圓圈，文雅蓮步輕移，毒蠍紛紛避讓，看她嬌媚無雙的容貌顯得楚楚可憐，卻可以讓毒蠍為之害怕，此女完美的詮釋了何謂蛇蠍美人。

文雅冷笑道：「胡小天，本宮對你一直多番忍讓，可是你卻對我一再苦苦相逼，居然聯合姬飛花那閹賊害我。」

胡小天眼看著那紅色毒蠍已經爬到了自己的腰間，嚇得大氣都不敢出，顫聲道：「此話怎講……我……我……絕無加害你的心思……」

文雅向前走了一步，蹲下身去，纖手伸入胡小天的腰間，一把將革囊扯了下來，從中取出姬飛花交給胡小天的那個瓷瓶，擰開木塞倒出紅彤彤的七顆藥丸：「赤陽焚陰丹，是不是姬飛花讓你在我的飲食中下毒？」

胡小天道：「我不知這是什麼？我也沒在你的飲食中下毒……」他雖然知道這七顆丹藥有毒，但是根本不知道名字，想不到文雅居然聞了聞味道就能夠叫出名字，足見眼前的文才人絕非尋常人物，更不是他所認識的那個樂瑤。

文雅冷笑道：「你沒有機會了！」她忽然伸出手去，捏住胡小天的下頜，將七顆赤陽焚陰丹全都塞了進去，胡小天拚命掙扎，怎奈手足痠軟無力，剛一抬起手指，就有毒蠍狠狠螫了他一口，胡小天想要呼救，嘴巴卻被文雅堵住，只感覺到一股火辣辣的熱流順著他的喉頭滑落，他的胸腹如同被烈火焚燒，極度痛苦讓他的雙目變得赤紅。

文雅緩緩站起身來，向後退了一步，紅色毒蠍已經蔓延到胡小天的胸口，她幽然歎了口氣，俏臉之上竟然沒有半分憐憫之意：「我本不想殺你，畢竟你曾經多次救過我，可是你竟敢連同外人，屢次壞我大計。」

胡小天聽她這樣說，心中震驚不已，目眦欲裂道：「你是樂瑤……你緣何會如此歹毒……」

文雅呵呵笑道：「我從來都不是樂瑤，倘若你硬要說我是，本宮就是。」

紅色毒蠍已經蔓延到胡小天的咽喉處，胡小天在地上翻滾掙扎，試圖以這樣的動作將毒蠍壓死，可惜徒勞無功，翻滾之中，一物從他的胸膛中掉落出來，卻是林菀給他的那個錦盒，胡小天此時命懸一線，腦海中只記得林菀最後的交代，他抓住那個錦盒，用力左旋了兩下，然後右旋一下，錦盒鏘地一聲展開。

錦盒內一道光柱直衝而出，耀眼的光芒刺得胡小天睜不開眼。

金色光柱隨即彌散開來，卻是成百上千個金色的小飛蟲從中飛了出來，牠們紛紛向紅色毒蠍飛撲而去。

原本潮水般爬行的毒蠍彷彿經歷了什麼恐怖的事情，紛紛從胡小天的身上撤退，沒命地返回那鐵箱，可是金光點點，頃刻間將毒蠍籠罩，毒蠍遭遇那金色的飛蟲竟然沒有招架之力，唯有引頸待宰。

文雅美麗絕倫的俏臉上也呈現出極度驚恐的表情，那金色小蟲從她的鼻孔耳廓眼睛紛紛鑽入她的體內。文雅甚至來不及發出一聲慘叫，就已經被金色的飛蟲籠罩。

胡小天的情況也好不到哪裡去，不過他閉上眼睛堵住耳朵，鼻孔卻是無法顧及，金色小蟲從鼻孔鑽入其中，胡小天的呼吸卻是灼熱如火，那小蟲剛一進入便受不了這灼熱的氣息轉身飛出，多數小蟲撲向了文雅。

地面上的紅色毒蠍片刻之間竟然被金色小蟲啄食殆盡，飛蟲的體積在短時間內似乎變大了許多，原本如同塵屑，現在大的竟然如同牛虻一般大小。

金色毒蟲攻擊文雅的同時不忘相互殘殺，現場恐怖之極。

胡小天的身體在赤陽焚陰丹和毒蠍的共同作用下已經麻木，居然沒什麼痛苦感，只是感覺胸腹之間，似乎燃燒起了熊熊火焰，這火焰由內而外，似乎要將他的身體點燃，他雙腿盤膝，按照李雲聰教給他的心法口訣開始調息運氣，試圖用內息將這股體內的邪火排遣出去。

籠罩在文雅周身的金光越來越盛，文雅的嬌軀在金光中急速旋轉，隨著她的旋轉一股股無形的寒氣向周圍催發出來，室內的溫度迅速降低，凜冽的寒氣輻射向四面八方，她的雙手漸漸變得水晶一般的透明，在虛空中揮舞劈斬，幻化出萬千殘影，冰魄修羅掌。突然降低的溫度讓金色飛蟲的行動變得越來越慢，牠們的翅膀漸漸凝結成霜，終於無法支持牠們在空中的飛行，一隻隻墜落下去。

文雅的衣裙在低溫下變得異常脆弱，隨著她的動作，竟然變成冰塵般散去，玲瓏浮凸的嬌軀毫無保留地展現出來。隨著冰魄修羅掌的進程加深，她的皮膚肌肉竟然呈現出半透明般的質地，雙眸變成了藍幽幽的色彩，內息自丹田催發，形成一股霸道至極的氣旋，這股氣旋攜裹著寒流橫掃她的全身經脈，逼迫已經進入體內的金色飛蟲退出她的身體。

胡小天望著眼前的一幕震駭莫名，雖然姬飛花此前已經提醒過他文雅絕非普通人物，可是他仍然沒有想到文雅的武功竟然強大到如此的地步，看著文雅美輪美奐的胴體，簡直就是這世上絕美無倫的藝術品，胡小天體內的灼熱感越發強烈起來。

室溫迅速下降到冰點以下，而胡小天來自體內的灼熱感卻沒有因為氣溫的下降而有絲毫的緩解，他感覺自己身體的每一寸正處於烈火的焚燒之下。

金色浮光點點從文雅的耳鼻中飛出，然後又被文雅周身散發出的玄陰寒氣冰封麻痹，一隻隻飛蟲墜落下去，空中的金色飛蟲越來越少。文雅體內的金光也在逐漸減少，毒蟲逐一被她逼迫出來，其中有一隻金色飛蟲在搏殺多名同伴之後，體型增大如同蜜蜂，似乎也承受不住文雅經脈中寒冷之氣，循著經脈遊走到文雅的掌心，文雅右手將頭頂的髮簪拔了下來，鋒利的尖端在左手的脈門處劃下，一道觸目驚心的裂口出現在她的手腕上，殷紅色的鮮血沿著雪白的凝脂玉膚汩汩流出。

那隻金色的毒蟲終於找到了突破口，從文雅左腕的傷口中飛出，還沒有來得及逃離到安全的地方，就已經被冷冽的玄陰寒氣凝固。文雅雙眸之中幽蘭色的光芒如同冷箭，覷定那金色毒蟲，倏然一掌拍擊出去，一掌將金色毒蟲拍得粉碎。

內力提升到最高點，她的身體變得越發通透，在她的心臟部位可以見到數十點金色的光芒閃爍，光芒大約米粒般大小，卻是那金色毒蟲在逃離她的經脈之前，在她的體內留下了蟲卵。

文雅的俏臉之上流露出驚恐之極的表情。

胡小天雙掌伸開，掌心向天，頭髮一根根樹立而起，緊閉的雙目猛然睜開，已經通紅如血，臉上的肌肉不停抽搐，原本英俊的面孔扭曲變形，他的肌膚變得通紅，牙齒發出格格聲響，胸膛有節奏的向外鼓漲，感覺自己如同一個瀕臨爆炸的球。

胡小天熱到了極點，文雅卻是冷到了極致。

林菀對著銅鏡慢慢梳理著長髮，望著銅鏡中的自己，黯然神傷，她似乎從鏡中看到了一張熟悉的面龐，唇角露出不能置信的笑容，猛然轉過身去，果然看到了站在自己陰影中的姬飛花。

林菀的雙眸中閃爍著晶瑩的淚光，因為激動，聲音變得也有些顫抖了：「我還以為，你再也不肯過來見我。」

姬飛花的表情卻冷若冰霜，聲音漠然道：「為什麼要插手明月宮的事情？」

林菀臉上的笑容因他的這句話而收斂：「我還以為你是特地過來看我。」

「我跟你說過多少次，不要再招惹胡小天，難道我的話你聽不到？」

林菀揚起俏臉，緩步走向姬飛花，一雙美眸之中閃爍著失落的淚光：「你居然為了一個小太監而來，你居然為了一個太監呵斥我？」

姬飛花忽然探出手去，一把就握住了林菀的咽喉，妖嬈嫵媚的俏臉之上殺機隱現：「賤人，你給我聽著，倘若你膽敢壞我大事，休怪我不念昔日的情分。」

林菀被他扼得喘不過氣來，就在她即將窒息的時候，姬飛花放開了她，一把將她推倒在地，林菀趴伏在地上，捂著喉頭，不停乾咳著，好半天方才緩過氣來，相比肉體的創痛而言，內心的傷感和痛苦更是煎熬，姬飛花的冷酷和無情讓她淚如雨下。

姬飛花道：「你怎樣將那宮女帶來，就怎樣將她送回去，以後決不允許你涉足明月宮，更不允許你插手胡小天的事情。」

林菀用力咬了咬嘴唇，只感到心如刀割，她恨恨點了點頭道：「在你心中，我的地位竟然連一個太監都不如。」

姬飛花沒有說話，望著林菀悲痛欲絕的表情，目光總算出現了絲毫的軟化，輕聲道：「我只是不想你過多的牽扯其中。」

林菀含淚道：「你明明知道，我可以為你去死，你卻為何對我如此冷酷無情。你知不知道，自從我得知你不惜損耗內力去救那個賤人，我有多擔心你？你昨晚不知所蹤，我便徹夜未眠，為你祈禱一夜，你今日平安歸來，我一顆心方才落地，這世上沒有人比我對你更好。」

姬飛花淡然道：「咱家心領了。」

聽到咱家這兩個字，林菀的心中又如同被人狠狠捅了一刀，她咬牙切齒道：「我從未求你給我什麼，你只需對我好一點，哪怕是對我露出一絲笑容，我就心滿意足。」

姬飛花道：「我這次前來並不是想聽你說這些東西，不讓你涉足明月宮也是為你好，文雅絕不簡單。」

林菀道：「你明明知道她受傷之事可能是個圈套，為何還要不惜損耗內力救她？」

姬飛花道：「洪北漠和須彌天之間到底有何關係？」

林菀道：「我不清楚，唯一知道的就是解龍背叛了須彌天，追隨了洪北漠。」

姬飛花瞇起雙目：「須彌天？我聽說在苗疆曾經有過一個短暫而輝煌的王國。」

林菀道：「藍月國，他們信奉母系，以女人為尊，擅長使用毒物，現在的五仙教就是王國敗落之後的一支。」

姬飛花道：「有沒有聽說過萬毒靈體？」

林菀點了點頭，雙眸中流露出驚恐的光芒：「聽說過，藍月國主的選拔如同煉製毒蟲的過程，優勝劣汰，據說國王能夠掌握一種方法，挑選合適的肉體，利用各種毒物和藥物淬煉，然後可以將自己的意識轉移到這具肉體內，通過這樣的辦法可以保持肉身不滅，長生不死。」

姬飛花道：「確切地說，死去的是肉身，可是功力和意識卻能夠通過新的肉體進行延續，有些類似西域教法中的轉世靈通。」

林菀不知姬飛花為何會提起這件事，低聲道：「據說藍月國最後的一任女王就是修成了萬毒靈體，可是在她將自身意識轉移到靈體的時候遭遇攻擊，結果功虧一簣，自此以後這世上便失去了萬毒靈體的修煉方法。」

姬飛花道：「不知須彌天有沒有這樣的本事。」

「不可能，這世上不會再有人能夠修煉成功。」

文雅的身體籠上了一層白色冰霜，她的心跳卻變得越來越劇烈，意圖將附在心臟內壁的金色蟲卵震落下去，可是蟲卵卻始終牢牢吸附其上，無論她怎樣努力都沒有半分鬆懈，文雅的美眸中充滿了驚懼。

就在此時，胡小天在怒吼聲中站起身來，望著文雅絕美的胴體，他的喘息變得越發劇烈，一雙血紅虎目竟似乎要完全燃燒起來。情況如果繼續這樣下去，就算他不會被內火焚身，也會因為經脈爆裂而死，周身的經脈如同蚯蚓爬行，此起彼伏，顯得極其詭異可怕。文雅在他嘴裡強行塞入了七顆赤陽焚陰丹，這種丹藥專門克制玄冷陰煞之氣。姬飛花之所以讓胡小天將此摻入文雅的飲食中，就是因為他懷疑文雅本身具有玄陰至極的內功，之前的被冰魄修羅掌所傷，很可能是她偽裝，也只有利用這樣的苦肉計方才能夠騙過眾人的眼睛，掩飾她擁有玄陰內功的事實。

赤陽焚陰丹名字雖然霸道，可卻是一種慢性毒藥，每天一顆絕無異狀，七顆丹藥配方不同，先將藥性積累在體內，等到服下最後一顆的時候，藥性方才完全引發。姬飛花行事縝密，他對文雅是否擁有玄陰之功也沒有確然的把握，所以利用這種方法，想在不知不覺中將文雅控制住，即便是她擁有再強大的玄陰之功，一旦赤陽焚陰膽融入她的血脈，也可以將文雅的玄功破去。

只是姬飛花考慮事情百密一疏，他沒有料到文雅會突然對胡小天下手，胡小天甚至沒機會下藥，就被文雅強迫吞下了赤陽焚陰丹。而且胡小天是一次服下了七顆，然後又被毒蠍噬咬，蠍毒至陽，所以胡小天才會產生這種烈火焚身的感覺，他試圖用李雲聰教給他的《無相神功》將體內奔騰咆哮的內火震住，可惜徒勞無功。

此時胡小天心中只想著找到一個寒冷的地方降溫。

文雅周身彌散出的玄陰寒氣如同磁石一般將胡小天吸引了過去，胡小天一步步走向文雅。

文雅仍然在努力將體內的蟲卵逼出，她的心跳已經到了可以承受的極限，蟲卵已經深深嵌入她的心肌之中，彷彿融為一體，文雅似乎看到自己悲慘的命運，血影金蠶，她不知胡小天從何處弄來的如此極品毒蟲，雖然她可以用以陰克陽的方法將成蟲逼出，但是面對已經深入心臟的蟲卵，她無能為力。想要阻止蟲卵的復甦孵化，剩下的唯一辦法就是將心臟冰封，可是如果那樣的話，她的生命也將同時進入休眠狀態，身處這樣的環境之中，無異於自尋死路。

文雅鳳目圓睜，絕望歎道：「難道我須彌天註定命斷於此！」

胡小天倘若聽到文雅的這番話，只怕要驚得連舌頭都吞下去了，眼前的文雅不是樂瑤，竟然是有著天下第一毒師之稱的須彌天。其實就算胡小天清醒的時候聽到文雅的這句話，也不會相信，更何況此時他頭腦昏昏沉沉，

文雅正在萬念俱灰之時，忽然感覺到身軀被人從身後緊緊抱住，對方的身體就像一團火焰，灼熱異常，除了胡小天還有哪個？她柳眉倒豎，想起自己如今的慘狀全都是拜了胡小天所賜。心中怒極，用力掙脫開胡小天的懷抱，揚起右掌狠狠拍在胡小天的胸膛之上。

文雅雖然用盡全力，但是在經歷這場大劫之後，她為了將體內的血影金蝥逼出去，內力已經損耗了大半，這一掌的威力竟然不到全盛時期的三層，儘管如此，仍然一掌將胡小天劈得身軀倒飛了出去。

胡小天的後背撞擊在屏風之上，將屏風撞了個稀巴爛，其實屏風原本並沒有如此脆弱，但是文雅利用內力逼出血影金蝥的時候，體內玄陰寒氣將周圍溫度降低到冰點以下，周圍的物品質地受到影響，變得不堪一擊。

胡小天並沒有因為文雅的這一掌感到痛苦，反而感覺一股寒氣滲入他的體內，即將膨脹爆裂的胸膛清涼舒爽，一陣暢快。

文雅劈出這一掌之後，心口劇痛，她悶哼一聲，感覺內心似乎就要炸裂開來，捂住心口，秀眉顰起，絕美風姿甚至勝過西子捧心。

一道陰影遮住了她的眼眸，文雅忍痛抬起頭來，卻見剛剛被她擊倒的胡小天轉瞬之間已經從地上爬了起來，前胸的衣襟完全撕裂敞開，露出一身健美的肌肉輪廓。雙目盯住她的胸膛，目光灼熱而瘋狂，英俊的面孔也因扭曲而變得猙獰可怕。

文雅咬了咬嘴唇，強迫自己忘記心口的疼痛，左手的脈門因為剛才的動作傷口崩裂開來，鮮血不停滴落在結滿冰霜的地面上，宛如紅梅綻放，顯得格外嬌豔，有種無法形容的淒豔之美。

文雅傾盡全力，一拳向胡小天的下頜打去，意圖一拳將他擊暈在地。可是難以忍受的疼痛和急劇損耗的內力讓文雅的動作變形而遲緩。

胡小天睜開血紅的雙目，手如鳥爪，一把就將文雅的手腕給抓住，強大的握持之下，文雅的手腕流出了更多的鮮血，文雅抬腿向他踢去，胡小天不等她踢到自己的身上，已經一把將她推了出去，文雅騰雲駕霧般飛了出去，落在瑤床之上，後腦重重撞在床頭，眼前金星亂冒。

胡小天宛如瘋魔一般，揉身飛撲而上，不等文雅從床上爬起，雙手將文雅的手腕壓在床榻之上，膝蓋抵住文雅。

文雅感覺自己的每一部分全都暴露在胡小天的眼前，一種前所未有的屈辱感，讓她就要發狂，她對胡小天怒目而視，銀牙咬碎，恨不能將之撕碎，將他的血肉一口口吞進去。

胡小天卻狀如瘋魔，根本不知自己在做些什麼，望著胡小天充滿邪火的雙目，文雅顫聲道：「放開本宮！」

胡小天望著文雅，愣了一下，腦海中乍現的片刻清明旋即又被雜念佔據。

文雅以為這廝終於開始恢復了理智，可是看到他的目光在片刻的清明之後，馬上又陷入迷惘之中，心中覺得越發恐懼，拚命掙脫，可是因為巨大的功力損耗而使不出正常狀態的一成力量，無法成功掙脫開胡小天的束縛，無奈之下，唯有將所有玄陰內息醞釀於肺腑之中，猛然向胡小天的面部吹去。

胡小天的面孔在頃刻之間籠上了一層冰霜，如同有人在他的頭上套上了一個透明的面罩，文雅也因為這最後的抗爭耗去了全部的內力，躺在那裡劇烈喘息著。

胡小天臉上的冰霜很快就被他灼熱的體溫所融化，英俊的面龐再次現出了清晰的輪廓，水滴從他的髮梢滑落到額頭，順著他的面頰一滴滴落在文雅潔白無瑕的身軀之上。

胡小天的目光追逐著水滴的軌跡，他的目光被文雅胸前懸掛的一物所吸引，卻是一個雕工精美的蟠龍玉佩，他似乎想起了什麼，皺了皺眉頭，卻無論如何都記不起這玉佩在哪裡見過，旋即目光又變得迷惘，重新迷失在狂熱之中。

文雅道：「胡小天，你這混帳，看清本宮的樣子，我不是樂瑤……」她的內心開始感到恐懼，自作孽不可活，今天的一切卻是她一手造成。

啪！胡小天揚起手掌照著文雅的面孔就是狠狠的一巴掌，欲壑難填的臉上不見絲毫憐香惜玉之情。

文雅不知他是否喪失了本性，被他這一巴掌打得頭昏腦脹，可旋即就感覺到胡小天灼熱的身軀猛然撲向了自己。在她的記憶之中，胡小天從未表露出如此的強大和野蠻，本以為完全掌控主動的她卻因為這場突如其來的變故，變得前所未有的虛弱和無力，在已經迷失本性的胡小天面前，竟然沒有絲毫抵抗之力。

七顆赤陽焚陰丹的藥效在胡小天的體內完全發揮，如同衝天火焰從地底深處直衝雪山之巔，胡小天感覺體內的邪火烈焰即將把自己點燃引爆，他必須找到一個出口宣洩爆發。

文雅業已冰冷麻木的嬌軀即將陷入冰封沉睡，卻因為這咆哮的地底烈焰而再度復甦活躍起來。

原本瀕死的絕望，似乎感受到新生的到來，正如每一次的新生都伴隨著陣痛降臨，文雅身體的復甦也在陣痛中開始，業已麻痹的軀體竟然開始違背她的意志。

一開始的時候她試圖以冰冷的封凍拒絕這澎湃洶湧的灼熱，可是她體內的玄陰寒氣在胡小天摧枯拉朽的狂暴熱潮的攻擊下頓時就變得潰不成軍，她的意識和理智不停提醒自己要抗拒掙扎，可是她的身體卻在不知不覺中已經接受順從，她的潛意識中渴望這份溫暖和灼熱，正如胡小天暴戾狂熱的內息急需一個陰冷的所在宣洩平復。攻擊與掙扎，抵抗與放棄。灼熱異常的暖流沿著文雅的經脈奔行，她的心臟在急劇跳動，深深植入心肌內的血影金蠶的蟲卵，在卵殼內開始蠕動掙扎，疼痛讓文雅越發抱緊了胡小天的身軀，她感受到來自對方強大的衝擊力量，蟲卵一顆顆脫離了她的心肌，以陽克陽，至陽的毒物必須要用至陽的手段。

胡小天的強大陽氣竟成為她目前排出體內金蠶蟲卵的唯一可能，也許這就是她命中註定的劫數。

夜風從明月宮格窗的縫隙中吹入，臨窗書案上的畫卷翻動了一下，然後悠悠蕩蕩落在了地面之上，畫面上一隻蜜蜂正在花蕊之中辛勤勞作，燭光搖曳，鮮豔的花朵栩栩如生，似乎聽得到蜜蜂的嚶嚀，花蕊的顫動。黑暗會讓萬物歸於沉寂，可黑暗又是一次嶄新復甦的開始。

熄滅的宮燈重新點燃，身無寸縷的文雅走下瑤床，嬌軀在燭光下似乎蒙上一層晶瑩的柔光，文雅的腳步顯得有些蹣跚，她顧不上穿上衣服，便提氣調息，凝脂般的左肩鎖骨處突然現出一個凸起，這凸起不停起伏，被文雅的內息逼迫至左臂，又沿著左臂的經脈一點點移動，終於在她的脈門傷口處顯出頭來，金光閃閃，一條小拇指粗細的金色蠕蟲從她的脈門處爬行而出。

文雅右手抓起錦盒，迅速將金色蠕蟲盛入盒中。

血影螯王，吸取無數赤蠍毒素，又搏殺數千同類，躲過文雅體內玄冷至陰真氣的剿殺，又經過極熱至陽真氣的錘煉，方才孕育成型，這條血影螯王的體內不但混合了文雅的真氣和鮮血，而且還有另外一人的精血。也唯有這種千年不遇的機緣方才造就了一條如此邪惡的毒蟲。

文雅慢慢穿上衣服，披上黑色貂裘，一張俏臉在黑色貂裘的對比下顯得越發蒼白，如冰如霜，冷酷異常。她的瑤床之上，胡小天赤身裸體，安然高臥，居然發出香甜的鼾聲。

文雅一雙美眸充滿殺機，她一步步向床邊走去，揚起右手，手掌在頃刻之間就變成半透明的質地，手掌周圍瀰散出絲絲冷氣。殺機凜冽如刀。目光落在胡小天赤裸的身體上，蒼白的俏臉因為羞憤而泛出些許的紅意。手掌如刀慢慢湊近胡小天的咽喉，只要她一掌揮下，胡小天必然身首異處。

死亡臨近，胡小天卻渾然不覺，仍然沉睡不醒。

文雅的目光現出幾分猶豫，手掌幾度舉起又幾度落下，腦海中卻突然變幻出讓她臉紅心跳的影像，終於她還是搖了搖頭，喃喃道：「今日暫且留下你的項上人頭，我要讓你活下去，我要讓你生不如死！」

胡小天在睡夢中驚醒，外面傳來焦急的呼救聲。

「失火了！快來救火……」

胡小天霍然從床上坐了起來，卻見窗外紅彤彤一片，下意識地看了看自己身上，竟然全身赤裸身無寸縷，腦海中依稀記得曾經發生的事情，忽然想起自己還在明月宮內，難道稀裡糊塗地爬到了文才人的床上？胡小天吃驚非同小可，一骨碌就從床上翻下去，卻因為過度驚慌撲通一聲摔倒在地，借著外面的火光，依稀看清周圍的陳設，這裡應該是他自己的房間。

胡小天這會兒功夫已經驚出了一身的冷汗，摸到自己的衣服穿好，此時腦子才慢慢回復了一些清明，他實在搞不清自己究竟怎樣回到了自己的房間內。腦海中仍然不停閃爍著溫柔旖旎的畫面，耳邊還迴蕩著蕩人心魄的喘息，他實在想不起到底發生了什麼事情。胡小天不敢想也無暇去想，拉開房門，卻見明月宮的大殿火光衝天，整座大殿已經完全陷入熊熊火海之中。

胡小天想到的第一個人就是文雅，他大吼一聲向明月宮的方向跑去，加入到救火的隊伍之中。

觀望的人群中，有一雙明澈的眼睛眺望著胡小天的背影，看到胡小天義無反顧地衝向火場，目光中居然現出一絲欣慰，趁著眾人沒有注意，她轉身走入夜色之中，走到無人之處，足尖輕輕一點，如同一朵輕雲般落在高高的宮牆之上，居高臨下，驀然回首，最後回望一眼火光燃燒的明月宮，唇角露出一絲冷酷的笑意：「胡小天，終有一天我會讓你生不如死，後悔來到這個世上……」

明月宮的大火在第二天黎明的時候方才撲滅，對於明月宮層出不窮的災禍，皇宮內早已習以為常見怪不怪了，自從這位文才人入主明月宮後，明月宮的厄運就接連不斷。聽到明月宮焚毀的消息，幾乎所有人的第一反應都是長舒了一口氣，也許明月宮的噩運從此結束了。

大火之後開始清點現場，明月宮除了胡小天倖免於難之外，包括文雅在內的其他宮人全都失蹤，因為火勢太猛，只剩下了部分的骸骨，拼湊之後可以斷定是七具，對照失蹤的人數，文雅和剛剛被派來明月宮的三名宮女三名太監，初步得出的結論就是文雅和這六名宮女太監全都死於火災之中。

胡小天絕不相信文雅會死，雖然昨晚的記憶有些錯亂，可是他仍然斷斷續續地記得一些事，將那些事拼湊起來，大概能夠推演到發生了什麼，有一點他能夠確定，自己絕不可能走回到自己的房間內，肯定是有人將他送了回去，然後一把火燒了明月宮。他無法確定的是，自己和文雅之間到底發生了什麼，腦海中的那些畫面，耳中迴盪的那些動人心魄聲音，究竟是自己的幻覺還是現實，不過這貨在小便時候偷偷給自己做了個檢查，私藏許久的命根子應該有使用過的痕跡，自己的東西自己還是瞭解的。

死無對證，所有的人證物證付之一炬，別人想要查出昨晚究竟發生了什麼實在是難於登天，至於胡小天對昨晚的事情閉口不談，他只說自己回來後就遭到了冷遇，根本沒有機會見到文才人，更不知道火災因何發生。

還好這幫侍衛對他只是口頭詢問，並沒有驗身檢查，否則肯定能夠找到不少的疑點。有些事是清清楚楚發生過的，比如他身上還留著被蠍子螫過的痕跡，又比如他的胸膛和肩膀上還留著不少清晰的牙印和吻痕。事實上從文雅召他進入明月宮，一直到文雅設計放出毒蠍，強行將七顆赤陽焚陰丹塞到了他的嘴裡，他都記得清清楚楚，以後的事情就變得支零破碎了。胡小天認為文雅沒死，在他的心底深處也不希望文雅死於這場大火之中，對於一個想要害死自己的人本不該擁有這樣的慈悲心，可胡小天總覺得事情並不是自己記憶中那麼簡單。

朦朧中的一些記憶始終困擾著他，文雅一身驚世駭俗的武功，那些洶湧而出的毒蟲，究竟又該怎樣解釋？

明月宮的這場大火自然吸引了很多人前來，慕容展、姬飛花、權德安、文承煥這些重要人物先後來到現場。無論這些人本來的目的如何，這場大火的發生都出乎了他們的意料之外，事情的發展已經逃脫了他們的掌控。

文太師在國丈的位置上屁股還沒捂熱，乾女兒就死了，在人前這位老太師表現得還是傷心異常，權德安在一旁勸慰，就連姬飛花這位對頭也過去虛情假意地安慰兩句，表面上雖然都做出同情萬分的樣子，可有人是感同身受，有人卻在心底樂開了花。

作為明月宮唯一的倖存者，胡小天自然抹不去最大的嫌疑，多數人懷疑他跟縱火有關，免不了接受了一番盤問。他的那幫手下在明月宮內展開地毯式的搜索，居然在明月宮的院子裡發現了一封信，這封信是文雅的親筆所寫，也是一封絕筆書，信中寫到，文雅因為入宮之後災禍不斷，更因為皇上在明月宮發病，所以感到自己是個不祥之人，於是覺得內疚不已，了無生趣，所以決定一死謝罪。這封信的最大作用就是文雅承認火是她放的，她是自焚而死。

不過她死就死了，為何還要帶上無辜的宮女太監？胡小天明白這是要滅口，免除後患，至於自己在別人眼中看來是因為住在外面的獨立小屋之中方才躲過了一場死劫，可胡小天心中知道文雅之所以沒有殺自己，十有八九跟自己腦子裡的那些亦真亦幻的影像有關，莫非老子在半夢半醒之中真把這位才人給啪啪了？胡小天無論怎樣努力回憶，也記不起昨晚的細節，有種豬八戒吃人參果的遺憾，還沒嘗到什麼味道，自己的第一次稀裡糊塗地就丟掉了。事情如果真要是像自己想像中那樣，自己應該沒占什麼便宜，非但沒佔便宜，反而是吃了大虧，老子是人生第一次啊！

姬飛花在現場也沒有和胡小天說話，只是意味深長地看了他幾眼，現在顯然不是詢問詳情的時候。

權德安也沒跟胡小天說一句話，不過他看胡小天的眼神明顯帶著一股冷意，看得胡小天心中不禁有些發毛。倘若沒有文雅留下的那封信，恐怕他這次就算跳進黃河都洗不清了，其實即便是他能夠洗清嫌疑，擅離職守這個責任也是逃脫不了的。想起接下來的追責，胡小天的心中不免忐忑。

文承煥看完那封文雅留下的遺書，這位老太師哭得更是捶胸頓足，一邊抹淚一邊向胡小天望來，目光之中充滿怨毒之色，將喪女之痛全都算在了胡小天的頭上，胡小天不敢和他對視，慌忙低下頭去，暗忖，文承煥該不會將這件事遷怒於自己？此事應該不會稀裡糊塗地翻過去，文承煥必然不肯善罷甘休。

何暮悄然來到胡小天的身邊，輕輕咳嗽了一聲。把胡小天從懵懵懂懂的狀態中喚醒，胡小天如夢初醒般拱了拱手道：「何公公有何吩咐？」

在這樣的場合下，素來以笑面虎著稱的何暮也顯得格外嚴肅，低聲道：「提督大人讓你不要害怕，將事情原原本本地說出來。」

胡小天心中暗歎，姬飛花分明在威脅自己不要亂說話。悄悄向姬飛花望去，卻見姬飛花和權德安兩人正站在廢墟前談得熱切，不知兩人說些什麼。

第三章

宮中的一枚棋子

雖然姬飛花通過何暮向胡小天傳話讓他不要害怕，
可胡小天仍然不相信姬飛花肯為自己去得罪文承煥，
他對自己的地位認識得很清楚，只不過是一枚棋子罷了，
無論文雅是死是活，她皇宮中的生涯已經告一段落，
換句話來說，自己也完成了姬飛花交給自己的使命，失去了擁有的價值。

胡小天交代了昨晚發生的事情，當然是避重就輕，其實他本身也是一頭霧水，具體發生了什麼，最清楚的那個人肯定是文雅，他的這些證詞對於搞清楚事情的真相並無任何的幫助，反而平添了不少的謎團。

請示慕容展之後，獲准暫時返回司苑局等候消息，回去的路上，留意到有兩名侍衛遠遠跟著他，顯然他已經被重點監控了，心情變得越發沉重起來。

回到司苑局，昔日的那幫手下雖然看到他仍然恭敬行禮，可行禮過後大都匆匆離去，不再像往日那般跟在後面阿諛奉承，極盡討好之辭，正所謂人情冷暖，世態炎涼，胡小天也不是第一次經歷，明月宮失火之事傳得沸沸揚揚，按照皇宮中的慣例，發生了這樣的大事，涉事太監肯定是要追責的，所有人都明白，胡公公這次遇到麻煩了，而且是大麻煩。這種微妙時刻，誰也不會傻到主動向胡小天靠得太近，保不齊就會被連累進去。

胡小天的心態超人一等，並沒有流露出任何的反常，先視察了一下司苑局各部，然後又流覽了一下最近的帳目。忙完這些事情已經接近正午，出門採買的史學東回來了。

按照以往，史學東至少要在外面瀟灑到黃昏時分方肯回宮，可今兒不同，明月宮失火的事情他也聽說了，恨不能第一時間就去那裡看個究竟，他在宮內的地位全都仰仗胡小天，若是這位結拜兄弟出了什麼事情，他以後在宮中的日子也就難熬了。一人得道雞犬升天，若是胡小天被大落塵埃，他這個跟班肯定要跟著摔得鼻青臉腫。可明月宮那邊已經被大內侍衛封鎖起來，尋常人等不得入內，以史學東的身分地位自然無緣進入，他只能強行按捺住一顆不安的心，首先履行自己的職責。

即便是出宮採買也沒了昔日放風的悠閒自在，雖然那幫供應商排著隊等著請客，史學東也無心應酬，辦完事情就匆匆趕回了皇宮。聽說胡小天已經回來，史學東內心稍安，他來到胡小天的房內，一臉慶幸道：「兄弟，看到你平安無事，我這個當哥哥的也就放心了。」

胡小天點了點頭，並沒多說話，手中握著的那杯熱茶已經變冷，剛才他一直都在呆呆出神，想著待會兒如何去應對那幫人的質詢，此時方才覺察到自己已經在房內發呆了老半天。

史學東極有眼色，上前拎起茶壺道：「茶涼了，我去給兄弟續些熱水過來。」

胡小天道：「不必了，東哥，你先坐下，我跟你說點事兒。」

史學東抿了抿嘴唇，在胡小天對面坐下。

胡小天道：「明月宮昨晚失火，文才人和六名太監宮女全都殞於大火之中，整個明月宮唯獨我倖免於難。」

「那是兄弟福大命大，大難不死，必有後福。」史學東拍馬也顯得有氣無力。

胡小天淡然笑道：「是福是禍還很難說，雖然文才人留下遺書可以證明這場火是她一手所縱，但是我身為明月宮的管事太監，也難逃其責。」

史學東關切道：「是不是上頭要罰你？」

胡小天搖了搖頭道：「暫時還沒說，可我估摸著肯定不會輕饒於我。」

史學東倒吸了一口冷氣，唇亡齒寒，若是胡小天出了事情，他以後在皇宮中的日子就難過了，以他的性情，在司苑局仗著胡小天的權勢地位私下裡也是橫行霸道，若是落了難，難保那幫小太監不會倒打一耙，他低聲道：「既然火是文才人放的，跟你就沒什麼關係，皇上也會深明大義。」

胡小天呵呵笑道：「他哪有時間管一個小太監的死活，明月宮的這場火雖然是文才人所縱，可文太師未必願意接受這個現實，更不會輕易咽下這口氣。」想起文承煥剛才那怨毒的眼神，胡小天不禁心中一寒。

史學東道：「不是有權公公，還有姬公公保著你？」

胡小天道：「你以為他們肯為我去得罪當朝太師？」

史學東也覺得沒有任何可能，黯然歎了一口氣道：「事情不會那麼壞吧？至多把你的職位給免了。」

胡小天道：「他現在只顧著傷心，目前還顧不上追責，等他情緒平復，或許就到了跟我算帳的時候。」

史學東道：「他女兒燒了房子，憑什麼找你算帳？」

胡小天道：「開始見到那封遺書的時候，我也是心頭一鬆，以為事情水落石出，我的責任可能就會少一些，可越想事情就越不對頭，文雅已經死了，文承煥貴為太師，你以為他會讓女兒背負焚燒明月宮的罪名嗎？」

史學東咬了咬嘴唇：「假如是我，我也不肯。」

胡小天點了點頭道：「所以無論明月宮的這場火災是天災還是人禍，最終都得要有一個人出來承擔責任，我思來想去，最合適背黑鍋的那個人就是我。」

史學東道：「可是……」

胡小天道：「東哥，我不知這次會不會有大麻煩，可是剛才在失火現場，權德安和姬飛花都沒有跟我說話，不方便是其中一個原因，另外一個原因就是想跟我劃清界限。別說他們，即便是司苑局的這些小太監也聽到了風聲，看出了苗頭，他們刻意跟我保持距離。」

史學東道：「我不管別人，咱們是兄弟，天塌下來我陪你一起扛著。」

胡小天道：「你的心意我領了，可真要是倒楣，沒必要拉著你一起，假如我遇到了麻煩，你幫我去紫蘭宮說一聲，就說小天答應過公主的事情做不成了。」

史學東聽到這裡有種大禍將臨的感覺，鼻子一酸，眼圈都紅了。他腦子裡忽然靈光閃現：「對了，小公主，上次皇后找你麻煩就是小公主幫忙解決的，不如去找她。」

胡小天道：「小公主不在皇宮，其實就算她在也幫不上什麼大忙，我估計這次的事情可大可小，具體怎樣，還要看文太師的意思。」說到這裡，門外忽然傳來一個響亮的聲音道：「胡公公在嗎？」

胡小天和史學東對望了一眼，史學東臉色瞬間變得蒼白，胡小天卻表現得非常鎮定，起身走了出去，拉開房門之前不忘對史學東道：「千萬不要忘記了我交代的事情。」

史學東用力點了點頭。

雖然姬飛花通過何暮向胡小天傳話讓他不要害怕，可胡小天仍然不相信姬飛花肯為自己去得罪文承煥，他對自己的地位認識得很清楚，只不過是一枚棋子罷了，無論文雅是死是活，她皇宮中的生涯已經告一段落，換句話來說，自己也完成了姬飛花交給自己的使命，失去了擁有的價值。至於權德安應該更不可能出面保自己，他讓自己保護文雅，而現在自己並沒有完成這個使命，更何況權德安和文承煥本來就是同一戰線，假如文承煥想要追責，權德安應該不會為自己說話，更不會為了自己去得罪當朝太師。

門外站著兩名大內侍衛，看到胡小天，也沒有行禮，臉上表情嚴峻道：「慕容統領請你跟我們走一趟。」

胡小天心中明白，肯定是要追究自己的責任了，文雅的那封遺書已經將事情說得很清楚，現場也沒什麼可調查的。胡小天微笑道：「勞煩兩位大哥帶路。」

胡小天已經不是第一次來到慕容展的辦公地，不過這次回來並沒有見到慕容展，據說慕容展仍然在明月宮處理事情，兩名侍衛直接把胡小天請進了西北角的小屋，這小屋是用來臨時關押疑犯的地方，六尺見方，只有一扇房門和外界相通，胡小天進去後，房門就被人從外面鎖上。房間內黑乎乎不見五指，胡小天明白自己是被關了禁閉，事到臨頭怕也無用。

狹小的空間內沒有任何傢俱，胡小天盤膝坐下，回憶著昨晚的一切，將支零破碎的記憶拼湊起來，他應該看到了蟠龍玉佩，可是記憶非常的模糊，當時他的注意力專注在那對美好的胸膛上，反倒忽略了這件極其重要的東西。如果他沒有記錯，蟠龍玉佩應該是他在青雲之時親手交給樂瑤的信物，如果一切並非幻象，那麼文雅就是樂瑤，可是樂瑤為何突然擁有了這麼強大的武功，又為何對昔日曾經有恩於她的自己痛下毒手？胡小天百思不得其解，自己對小寡婦不錯，為何她對自己卻藏得如此之深？

回想起昨晚內火焚身的情景，仍然有些後怕，身上被毒蠍螯咬的痕跡仍在，提醒他這些事情是真實發生過的。那七顆赤陽焚陰丹會不會對自己的身體造成危害？反正暫時出不去，還不如拋卻雜念修煉一下《無相神功》的心法。

胡小天拿定主意開始按照李雲聰傳給他的心法修煉，他修習《無相神功》也有一段時間了，雖然沒什麼進境，可每次修煉之後都會感覺到神清氣爽，煩惱盡去，就算不是什麼厲害的心法，也應該有養生的效果。

胡小天雙目緊閉開始默默調息，奇怪的事情發生了，剛一調息，丹田氣海處就生出一股暖融融的感覺，這種感覺非常的清晰，臍下三寸如同旭日升起，隨著調息的進程臍下變得越來越熱，胡小天還以為是赤陽焚陰膽的殘餘藥效在起作用，他在武功修為方面雖然不深，可是也明白應當將藥力散發到全身經脈，最終把體內的熱毒全都排除出來。嘗試著將這股熱量從丹田氣海散入經脈之中，幾經嘗試卻徒勞無功，明顯感覺到臍下形成了一個熱乎乎的氣旋，在不停旋轉之中迅速成長壯大，越來越熱。胡小天心中一驚，慌忙徐徐收回內息，試圖結束。

可是灼熱的氣旋一經引發就無法控制得住，小腹越來越漲，胡小天慌忙間拉開了衣服，卻見自己的臍下隱約透出紅色光芒，將肚皮也照成了半透明，甚至可以看清肚皮上血脈的流動。胡小天後悔不迭，這下麻煩了引火焚身，好端端地練什麼武功，自己把自己活生生給玩死了。

就在他感覺到腹中灼熱難忍的時候，肚臍眼的位置忽然感到有股冷氣冒出，因為體內突然出現的異狀，他的真氣險些走岔。胡小天慌忙收斂心神，閉上眼睛，腦海中出現了一個奇怪的幻象，彷彿看到一條奔騰咆哮的熔岩之河狂湧而至，另外一條充滿浮冰的河流緩緩從對面奔流而至，兩條河流在即將交匯的地方形成一個漩渦，冰與火，紅與藍，旋轉交融，速度越來越快，形成的漩渦越來越大，漩渦上方蒸騰起大量的水霧，胡小天感覺自己的身體似乎沐浴在水霧之中。

漩渦的底部越來越深，形成了一個肉眼可見的黑洞，隨著轉速的加快，黑洞也變得越來越大，黑洞終於打通了對面的疆界，耀眼奪目的白光從黑洞之中透射進來，冰與火，水與霧，光明和黑暗全都交匯在一起，形成一幅波瀾壯闊的畫卷，胡小天的丹田氣海終於打開了閘門，冷熱混雜的氣流奔湧而出，流入他的奇經八脈，突破一層又一層的阻礙。

胡小天的經脈瞬間被拓展開來，先是感到疼痛，然後在冷熱交替的內息作用下變得麻木。周身經脈起伏不停，有如千萬條蚯蚓在他的體表蠕動爬行，酥酥麻麻，感覺非常愜意。

氣息在經脈中的運行越來越順暢，熱冷交替的感覺漸漸變淡，兩者交融成為一體，如沐春風，身體的每一部分都感覺到說不出的舒服受用。氣流運行了三個周天，胡小天將內息重新匯流入丹田氣海，睜開雙目，一雙虎目在暗處灼灼生光，他竟然可以清晰看到室內的一切。固然和適應了黑暗的環境有關，也和他修煉無相神功終有小成有著很大的關係。

不但是視力有所提升，連他的聽力也敏銳了不少，雖然身在室內，可是可以清晰聽到外面的動靜。人和人之間的低聲交談，走動發出的腳步聲，甚至風吹樹葉，微風擺動花草的聲音全都清晰傳入耳內。李雲聰曾經對他說過，假如《無相神功》修煉小成之後，可以讓人的感知能力大大增加。胡小天心中暗喜，此時聽到外面一陣由遠而近的腳步聲，有人恭敬稱呼道：「慕容統領。」

胡小天推斷出應該是慕容展來了，他站起身整理了一下衣服。

門鎖打開之後，慕容展出現在門外，冬日的午後，陽光並不強烈，但是長時間待在黑暗中的胡小天仍然有些承受不住。

胡小天瞇起雙目望著慕容展，慕容展背著雙手慢慢走進了房內，黑暗中慕容展的那雙灰色眼睛竟然發出藍灰色的光芒，很少人知道慕容展擁有一雙夜眼，他的視力在夜晚要比白天更加敏銳。

慕容展望著胡小天的面孔，即使在昏暗的光線下，他仍然可以清晰看到胡小天臉部的每一個細節，不知什麼原因，他總覺得胡小天和過去似乎有些不同，但是又不知道這種不同究竟在哪裡？

胡小天道：「慕容統領此來是要放了我嗎？」心中卻明白馬上釋放自己的可能性並不大。

慕容展道：「胡公公還是安心在這裡待著，明月宮這件事應該如何處理，還要看皇上的意思。」

胡小天道：「不是已經查清楚了嗎？文才人留下的那封信也已經承認明月宮是她縱火焚燒的。」

慕容展歎了口氣道：「文太師已經仔細看過那封書信，確認那封信乃是偽造。」

胡小天聽到這個消息，簡直是五雷轟頂，他當然明白如果將那封信定性為偽造對自己意味著什麼。

慕容展道：「我過來只是想問你一句，那封信是不是你寫的？」

胡小天心中充滿憤懣，他望著慕容展道：「慕容統領，就算我說不是我寫的，有人相信嗎？會不會有人幫我向皇上說明此事？」

慕容展的目光中充滿了同情，其實明月宮失火的事情並不複雜，文雅留下的那封信已經承認這場火是她一手造成，但是太師文承煥已經否認那封信是文雅親筆所書，也就是否認文雅放火焚燒明月宮的可能。於是最大的嫌疑又落在了胡小天的身上，而那封本該為他開脫罪名的遺書，反倒成了胡小天欲蓋彌彰的罪證。

慕容展道：「目前並無確實的證據可以證明你和這場火災有關。」他的這句話包含著兩層意義，一是字面上的意思，暗藏的還有一層，也沒有證據表明你和這場火災無關，現在文承煥堅決否認那份遺書的真實性，等於將胡小天推到了絕境，搞不好是要被砍頭的，至於將胡小天弄到這裡暫時看管，也是在文承煥的要求下。

胡小天道：「慕容總管費心了。」

慕容展道：「你放心吧，在皇上沒有決定這件事如何處理之前，你只管安心在這裡待著。」他轉身向身後侍衛道：「給胡公公拿一床被褥過來，一日三餐好好招待。」

胡小天道：「慕容總管，我想求您一件事。」

慕容展點了點頭。

「我想見姬公公一面。」

慕容展道：「等我見到他，會為你轉達這件事。」他說完便轉身離去，房門在他的身後關閉，侍衛們重新上了鎖，胡小天再度回到一片黑暗之中。

「他真這麼說？」姬飛花望著花瓶中的蠟梅花慢條斯理道。

李岩道：「文太師已經認定那封信不是文才人所寫，剛才侍衛們去司苑局搜查了胡小天的房間，從中找到了一些他平日所寫的帳目單據，刑部的翟先生已經將字跡比對過，認定那封在明月宮發現的遺書就是胡小天的筆跡。」

姬飛花呵呵笑了起來，伸出手指，從梅花上撚下一片花瓣：「翟廣目號稱眼力大康第一，任何的贗品在他眼中都無所遁形，他的話還是很有些說服力的。」

李岩道：「大人，胡小天當真膽大包天，居然敢放火焚燒明月宮，還模仿文雅的筆跡偽造遺書。」

姬飛花道：「他為什麼要焚燒明月宮，害死文雅？又為何要偽造遺書？」

李岩道：「此人狼子野心，絕非善類，依屬下看，他是因為胡家落難，淨身入宮，進而對皇上產生了怨氣，所以才會做出這樣的事情，以報復皇上當初對胡家抄家降罪之仇。」

姬飛花手指夾著花瓣在鼻翼前聞了聞，輕聲道：「是何人派他去的明月宮？」一句話就將李岩給問住了，他不是答不出，而是不敢回答，當初正是姬飛花安排胡小天去了明月宮。

姬飛花道：「這些事情如果都是他做的，那麼就算傻子也會想到，他的背後有人指使，你說這個人是誰？」

李岩額頭冷汗簌簌而落，他咬了咬嘴唇，竟然不敢回答。

「說！」姬飛花的聲音風輕雲淡，但是卻帶著一股不可抗拒的威儀。

李岩嚇得撲通一聲跪倒在地上。

姬飛花的目光根本沒有看他：「其實所有人都清楚，那份遺書是真的，文承煥那個老匹夫否認倒還罷了，父女一場，不想女兒背上放火焚宮的罪名。翟廣目居然睜著雙眼說瞎話，目的何在？你告訴我，他們的目的何在？」

李岩顫聲道：「他們想讓胡小天背了這個黑鍋……」

「呵呵呵，李岩啊李岩，你真是讓咱家失望，沒有腦子，居然連膽子都沒有，他們不是想讓胡小天背黑鍋，而是想讓咱家背這個黑鍋，你說是不是？」

李岩連連點頭。

姬飛花道：「看來你不是不明白，你既然都明白，為什麼要說剛才的那番話？」他將那支蠟梅從花瓶中抽出。

「說！」伴隨著一聲厲喝，蠟梅的花瓣激揚而起，翻飛在虛空之中，凜冽的殺氣逼迫得李岩睜不開雙眼，磕頭如搗蒜道：「屬下知錯了，屬下知錯了。」

姬飛花望著手中光禿禿的蠟梅枝道：「翟廣目既然已經老眼昏花了，那雙眼睛留著也沒用，你現在就幫我轉告他。」

「是！」

「去吧！」李岩從地上狼狽爬起，如釋重負般逃了出去。

隨後走進來的是何暮，他向姬飛花抱拳行禮道：「屬下參見提督大人。」

姬飛花道：「打聽得怎麼樣了？」

「啟稟提督大人，胡小天已經被慕容展帶走關押起來，看來文太師是要追究他的責任。」

姬飛花道：「權德安那邊有什麼動靜？」

何暮道：「沒什麼動靜，他已經返回了承恩府。」

姬飛花翹起蘭花指輕輕撫弄了一下腮邊的長髮：「老狐狸！看來這次是鐵了心要棄卒了。」

何暮道：「提督大人，我聽說文承煥正在聯絡群臣，準備明日入朝面聖。」

姬飛花道：「老調重彈，這老東西是要參我啊！」

何暮微笑道：「提督大人無需擔心，他們動不了您，只需及時剷除後患，自然不會牽累到您的身上。」

姬飛花的表情顯得有些冷淡：「你在勸我儘早滅口？」

何暮點了點頭道：「明月宮事情已了，胡小天也已經失去了他的價值，如果繼續留他活在這個世界上，只會造成不必要的麻煩。」

姬飛花道：「胡小天的事情咱家自有安排，沒有我的吩咐，任何人不得對他下手。」

「是！」

鳥盡弓藏，兔死狗烹！

胡小天的感覺變得越來越不好，這個世界上沒有人會永遠走運，他一直遊走在姬飛花和權德安之間，想要左右逢源，現在終於嘗到了苦果。明月宮的這場大火徹底打破了平衡，自己成為棄卒的命運或許無法更改，更麻煩的是，自身處於風浪的中心，卻完全被動，沒有反手之力。

夜幕降臨的時候，有侍衛送來了晚飯，居然很豐盛，四菜一湯還有一壺美酒，胡小天看著這精美的菜肴，非但沒有食欲，反而感到有些害怕了。這種橋段他過去在書中經常可以看到，酒菜越好，代表的意義就越是不好。

送菜過來的侍衛笑瞇瞇道：「這些酒菜是提督大人特地讓人送來的。」

胡小天首先想到的就是殺人滅口，現在文承煥將矛頭指向自己，接下來十有八九是向姬飛花發難，姬飛花應該是為了免除後患，要將自己剷除。

胡小天望著酒菜愣在那裡，低聲道：「哪位提督大人？」

那侍衛壓低聲音道：「當然是姬公公……」

胡小天心中暗歎，姬飛花果然勢力龐大，連大內侍衛之中也有他的人在。他點了點頭道：「這位大哥辛苦了，您先去休息，等我吃完了再叫您。」

「提督大人說了，一定要我看著你將這些酒菜吃完。」

胡小天心中暗罵，姬飛花啊姬飛花，你果然夠歹毒，明月宮失火的事情尚無定論，你就迫不及待地想要下手殺我。胡小天笑道：「這位大哥，您也辛苦了半天，借著姬公公的好酒好菜，不如咱們喝上兩杯，交個朋友如何？」

那侍衛笑道：「這些酒菜是提督大人特地為你準備的，我怎麼敢吃，快吃吧，你吃完，我也好回去交差。」

胡小天心中原本還有一線希望，可如今看到眼前情景，已經徹底絕望，姬飛花根本不給他機會，一定要殺他滅口。胡小天心中一橫，姬飛花啊姬飛花，你既然不仁，休怪老子不義，龍潭虎穴也罷，刀山火海也罷，既然已經被逼到了絕路，今日我就來個喋血皇城，捨得一身剮，敢把皇帝拉下馬！老子殺得一個就是賺上一個。

胡小天笑道：「那我就不客氣了。」

侍衛笑瞇瞇將托盤放在地上，做了個手勢道：「胡公公請慢用。」

胡小天點了點頭，身軀忽然啟動，閃電般衝了上去，一把就鎖住那侍衛的咽喉，意圖扭斷那侍衛的脖子。

可胡小天還沒有來得及動手，就聽到外面一個尖細的聲音道：「胡小天，你這小子果然是敬酒不吃吃罰酒啊！」說話的人正是姬飛花，他身穿黑色宮服，外披深紫色披風，靜靜站在門外，望著裡面突然發難的胡小天，一雙鳳目之中充滿戲謔之意。

那侍衛嚇得面如死灰，他壓根也沒有想到胡小天的身手居然如此俐落。

胡小天的左手扣住侍衛的喉頭，右手從他的腰間將腰刀鏘的一聲抽了出來，雖然明知自己絕不可能是姬飛花手下的一合之將，他也要亡命相搏，死也要轟轟烈烈，決不能束手待斃。

姬飛花歎了一口氣，一步步走了過來，胡小天用手中明晃晃的鋼刀指著他，全神戒備。

姬飛花走入房間之後，並沒有出手的意思，而是一躬身，從地上的托盤內將那壺酒拿了起來，在杯中倒了一杯酒，仰起頭一飲而盡，輕聲道：「三十年窖藏的玉瑤春，你這小子真是沒有眼光。」

胡小天此時方才相信這酒菜中根本沒有下毒，應該是自己太過敏感，誤解了姬飛花的意思。他抿了抿嘴唇，把鋼刀隨手插回到侍衛的刀鞘內，然後慢慢放開了侍衛的咽喉。

侍衛死裡逃生，嚇得滿頭冷汗，他本想說什麼，可是看了看姬飛花，又把話咽了回去。

姬飛花道：「你先出去吧，讓我們單獨談談。」

那侍衛乖乖退了出去。

胡小天臉皮有些發燒，自己剛才的舉動本來也無可厚非，可是判斷失誤，被姬飛花抓了個正著，有以小人之心度君子之腹的嫌疑。他好不容易才憋出一句話來：「大人勿怪，形勢所迫，小天實在是有些緊張了。」

姬飛花笑了起來：「咱家若是和你異地相處，說不定也會做出和你一樣瘋狂的事情。」他倒了杯酒，遞給了胡小天。

胡小天接過那酒杯，心中還是有些介意的，姬飛花明明剛剛喝過，老子再喝豈不是等於跟一個男人間接接吻？不過這貨還是把心一横喝了下去。

姬飛花道：「咱家做事向來光明磊落，我若想殺一個小太監，也無需花費這麼大的心思，殺就殺了，何須理由？」

胡小天道：「小天自知地位卑微，在皇宮之中無足輕重，可就算是死，也想死得明明白白，不能窩窩囊囊地被人給冤枉死。」

姬飛花道：「這世上有兩件事多數人都搞不明白，大部分人搞不清楚自己為何要來到這個世界上，同樣也有很多人搞不清自己為什麼會死。其實何必要刨根問底呢？有些事根本是不需要原因的。」

他揭開壺蓋，對著酒壺一連喝了幾口，然後又將酒壺遞給胡小天。

胡小天心中暗罵，幹嘛總讓老子喝你剩下的？心裡這麼想，可酒還是不敢不喝，剛才以為姬飛花要殺自己，所以豁出一切，視死如歸，可現在事情又突然出現了轉機，發現姬飛花並沒有殺自己的意思，於是又趕緊裝孫子低頭，敬酒不喝，總不能等著罰酒？這次喝了個底朝天。

姬飛花道：「其實這壺酒有毒。」

胡小天內心咯噔一下，眨了眨眼睛哈哈笑道：「提督大人真會開玩笑！」

姬飛花道：「咱家從不開玩笑，這壺酒裡面下了五步斷腸毒。」

「那您還喝？」胡小天笑容明顯變得僵硬了。

姬飛花道：「咱家內功深厚，喝了毒酒把它逼出來就是，憑你的內功喝了之後，免不了腸穿肚爛的結局。」

胡小天此時臉色已經變了，姬飛花所言非虛，以他的武功，就算是毒酒他喝了也不會有事，自己就麻煩了，他慌忙躬下身去，把食指伸入喉頭，能摳出一點是一點，幾經努力，胡小天終於嘔了出來，室內頓時充滿了一股濃烈的酒氣。

姬飛花望著這廝的舉動，又是好氣又是好笑，還有那麼一點點的噁心，捂著鼻子道：「你還真是噁心啊，咱家雖然從不開玩笑，可偶爾也會說一兩句謊話，這麼明顯的謊話你居然也會相信？」

胡小天被姬飛花弄得欲哭無淚，這貨擦了擦嘴巴：「提督大人，我都慘成這個樣子了，您就別玩我了。」其實胡小天絕非傻子，他也猜到這酒中無毒，姬飛花再無聊也不會無聊到陪自己喝毒酒的份上，之所以裝出這幅窘態，真正的目的還是博姬飛花一笑，雖然酒中無毒，可是無法斷定姬飛花到底對自己有無殺念。

姬飛花道：「文太師說文才人的那封遺書是你寫的。」

胡小天此時已完全鎮定了下來，姬飛花應該沒想過要殺他滅口，不然不會費這麼多的周折，更不會親自來探自己，他反問道：「大人以為我會做這樣的事嗎？」

姬飛花道：「倘若不是你寫的，那麼就是文才人自己親筆所寫，既然了無生趣又為何要留下這封遺書？是不是有畫蛇添足之嫌？」

胡小天道：「也許是為了避免連累到她的家人。」

姬飛花呵呵笑道：「牽強至極，就算她燒了明月宮，多數人也不會有人想到她的身上，這麼做是不是有些欲蓋彌彰？」

胡小天道：「提督大人這麼一說，還真是有些奇怪呢。」

姬飛花意味深長地望著胡小天道：「為何唯獨你會沒事？這封信在咱家看來好像不是為文家開解，而是為你開解。」

胡小天暗歎，姬飛花實在是太精明，想瞞住他真是很難。可就算再難也不能把一切都倒出來，胡小天道：「小天也想不通。」他停頓了一下道：「其實小天賤命一條死不足惜，最擔心的就是連累了大人，畢竟是大人派我去的明月宮，若是有心人以此為由製造是非，恐怕會給大人帶來不必要的麻煩，到時候小天就萬死也難辭其疚了。」

姬飛花的表情忽然轉冷：「你是在提醒咱家，還是在威脅咱家？」

胡小天道：「小天不敢，其實是想討好大人，沒想到這記馬屁拍在了馬蹄子上。」

姬飛花聞言不禁莞爾，他搖了搖頭道：「製造是非！咱家倒要看看什麼人膽敢製造是非。咱家派你去明月宮又如何？誰又有證據可以證明這場火是你放的？」

胡小天道：「大人明鑒，明月宮大火跟我毫無關係。」

姬飛花瞪了他一眼道：「你急著辯白什麼？咱家若是不相信你，為何要來此和你相見？你且把心收在肚子裡，咱家不會讓任何人動你！」

無論姬飛花說的這句話是真是假，胡小天內心中都是一陣感動，不怕不識貨就怕貨比貨，人也是這麼回事兒，相比冷漠的權德安，想要借此機會大做文章，甚至不惜利用自己對付姬飛花，姬飛花表現得卻是無畏的擔當，明明知道形勢對他不利，仍然選擇保護自己，士為知己者死，單衝著這一點，以後就倒向姬飛花，權德安啊權德安，你不仁休怪我不義，以後出賣你沒商量。

當然胡小天也明白，姬飛花救自己也不是那麼單純，肯定自己對他還有用處，還有剩餘價值沒被榨乾，管他呢，能被人利用也是一種價值的體現，只要能夠好好活下去，認賊作父我也無所謂。

姬飛花正準備離去的時候，卻見兩名太監匆匆忙忙趕了過來。姬飛花看得真切，這兩人全都是在宣微宮伺候皇上的，那兩名太監也沒有想到姬飛花會在這裡，慌忙上前見禮，其中一人急匆匆道：「姬公公，大事不好了，皇上突然龍體欠安，腹痛難忍。」

姬飛花吃了一驚：「什麼？是否請了太醫？」

「已經請過去了，可皇上的病情複雜，太醫們束手無策，是皇上想起了胡公公，召胡公公過去救駕。」救駕這個詞兒都用上了，可見不是小事。

船到橋頭自然直，柳暗花明又一村。胡小天發現自己的運氣還沒有走到盡頭，就算姬飛花沒有出手相幫，自己也會逢凶化吉。

龍燁霖發病非常突然，晚膳之後原本在聽樂師彈琴，可突然小腹痛如刀絞，慌忙召太醫過來診治。幾名太醫為皇上診脈之後，也開了一些方劑，可是皇上服用之後，疼痛非但沒有減輕，反而加重了，大康三大醫館，玄天館是皇室最信任的一個，但是目前玄天館主任天擎並不在康都，之前前來皇宮坐診的秦雨瞳也因為外出採藥，暫時聯繫不上。

因為皇上此次發病突然，他最為信任的玄天館一系的高手都不在皇城，所以只能退而求其次，除了幾位太醫之外，還特地請來了三大醫館之一易元堂的大當家李逸風，談起李逸風此人，胡小天早在沒有前往青雲之前就和他多次打過交道，自從前往青雲為官之後，他和李逸風就再也沒有見過，此次在宮內重逢，兩人的境遇和當初已經有了很大的變化。李逸風仍然是易元堂的當家，而胡小天卻從昔日的尚書公子變成了皇宮中的一個小太監。

在皇宮中相見，即便是昔日相識也不敢輕易寒暄，李逸風和胡小天彼此交遞了一個眼神，算是打了招呼。對胡小天的醫術，李逸風是親眼見識過的，看到胡小天過來心中也是一鬆，如果皇上出了什麼事情，他們這幫郎中全都要跟著倒楣，胡小天雖然年輕，卻是身懷絕技。

能夠想起胡小天，全都是因為皇上在明月宮突然發病，胡小天幫忙出主意為他解除病痛的緣故，正所謂病急亂投醫，幾位太醫加上易元堂的大當家出手之後，龍燁霖的病痛非但沒有緩解反而有加劇的跡象，龍燁霖自然想起了胡小天。

這幫太醫此時也全都是惶恐不安，假如皇上有了什麼三長兩短，他們也保不住項上人頭。除了李逸風之外，其他人都不知道胡小天是何許人物，更不明白皇上在這種時候緣何會想起一個小太監。

姬飛花帶著胡小天來到宣微宮，剛走入宮殿內，就聽到龍燁霖痛苦的呻吟聲，胡小天的第一個念頭就是這倒楣皇帝的腎結石又犯了。他心中並沒有感到擔心，反倒有些竊喜，龍燁霖病得真是時候，只要我解除了你的病痛，就是你的恩人，你總不能恩將仇報。

龍燁霖痛得在床上輾轉反側，一旁簡皇后緊緊握著他的手，滿臉愁容，看樣子連眼淚都要落下來了：「皇上，您忍一忍，已經派人去請任先生了。」

龍燁霖捂著肚子慘叫道：「胡小天，把胡小天給朕……趕緊給找來……」

胡小天在一旁聽到他高呼自己的名字，心中喜不自勝，臉上拿捏出驚慌失措的神情，快步來到龍床旁邊：「哎呀呀，吾皇陛下，小天來遲，望陛下恕罪……」

龍燁霖痛得滿頭大汗，顫聲道：「少說廢話……朕……朕腹痛難忍，可能是龍晶作祟……你……你……你快幫朕看看……」

胡小天聽他說出龍晶這個詞兒，差點沒笑出聲來，說你胖，你就喘，龍晶，還真把自己當成真龍天子了，結石罷了。

簡皇后聽到龍燁霖口口聲聲叫著胡小天的名字就感到奇怪，這小子又不是郎中，皇上發病為何口口聲聲念叨著他？再看姬飛花和胡小天一起過來，心中疑竇頓生，難道皇上跟胡小天也有一腿？女人多疑且善妒，簡皇后尤為嚴重。狠狠瞪了胡小天一眼，胡小天因為所有的注意力都集中在皇上身上，所以沒有留意到她的表現。

姬飛花卻看得清清楚楚，淡然道：「皇后娘娘還請暫時迴避。」

簡皇后一聽這話胸中頓時生出無名火，自己乃是皇上正妻，一國皇后，後宮之主，姬飛花當著這麼多人的面竟然讓自己迴避，當真是囂張到了極點，簡皇后冷冷道：「陛下這般模樣，本宮怎能離開，反倒是不相干的人應該迴避才是。」

龍燁霖此時方才意識到姬飛花也來了，顫聲道：「飛花也來了……」

姬飛花道：「皇上，奴才在！」雖然自稱奴才，可是神情不卑不亢，並沒有任何謙卑的表現。

龍燁霖道：「朕……朕痛得好不厲害……你有沒有辦法幫助朕……解除病痛……快……快……」他的目光中流露出一絲渴望。

胡小天看在眼裡，心中疑竇頓生，難道龍燁霖有什麼把柄被姬飛花握在手裡？所以他才會在一國之君面前如此有恃無恐？

其實以姬飛花的武功，制住龍燁霖的穴道，也可以起到暫時減緩他疼痛的效果，但是姬飛花並沒有急於出手，而是輕聲道：「胡小天，你幫皇上診治一下。」

胡小天得了姬飛花的允許，這才走了過去，他看病的方法和這幫太醫完全不同，通過問診知道，龍燁霖今天開始是臍周疼痛，然後才轉移到右下腹，胡小天找到右髂前上棘和臍連線的中外三分之一交界處，也就是西醫學上常說的麥氏點，壓下之後迅速抬起，龍燁霖隨之慘叫一聲：「痛！好痛啊！」

根據龍燁霖的症狀，胡小天很快就做出了診斷，這位倒楣皇帝應該是急性闌尾炎發作，從龍燁霖發起了高燒來看，也支持這一診斷。可治療……

闌尾炎其實在現代外科學中只是一個小得不能再小的手術，可是在這個西醫沒有普及的時代，剖腹開刀是件驚世駭俗的事情，更何況這位病人乃是大康天子，九五之尊的龍燁霖，即便是擁有卓越的外科知識和豐富的臨床經驗，胡小天也不敢輕舉妄動。要說把皇上的肚子劃開，所有人不得把他當成刺客抓起來才怪。

胡小天來到姬飛花的面前，姬飛花從他的表情已經猜到他有話想單獨說，淡然一笑道：「你不用有什麼顧忌，有什麼話只管說出來。」

胡小天道：「皇上的病症出在闌尾之上。」

「什麼？」一旁簡皇后愕然道。旁邊的太醫也全都是一頭霧水。

她這一聲提醒了胡小天，跟這幫古人談闌尾他們也不懂，眼前的病人是皇上噯，皇上乃真龍天子，闌尾也應該叫龍闌尾，呃，簡稱龍尾。胡小天清了清嗓子重複道：「皇上的病症乃是出在龍尾之上。」

一幫太醫面面相覷，雖然都說皇上是真龍天子，可誰也不知道龍尾在什麼地方，其實大家都明白，什麼龍體全都是自欺欺人的說法，皇上也是人，誰見到人長尾巴的？心中雖然明白，可誰也不敢將這句話公然說出來。

簡皇后充滿不屑地望著胡小天，雖然胡小天說得煞有其事，可她仍然認為這廝在裝神弄鬼，冷冷道：「皇上哪有尾巴？」作為皇上的正妻她當然擁有發言權，皇上身上哪一處她沒見過。

胡小天恭敬道：「皇后娘娘，皇上乃是真龍天子，的確沒有尾巴，可是皇上有龍尾啊！」

簡皇后斥道：「妖言惑眾。」

姬飛花道：「皇后娘娘聽他說說他的道理也無妨。」

簡皇后怒視姬飛花一眼，忍氣吞聲地閉上了嘴巴。雖然心中怨恨，可是姬飛花在後宮權勢滔天，爭執起來，皇上肯定要站在他那一邊，就連皇后也不得不忌憚三分。

胡小天要來紙筆，在紙上畫了一幅圖，乃是人體腹部的一個大致解剖圖：「諸位請看，皇上的病症應該出現在這裡。」他指了指圖中的闌尾。

「這是什麼？」姬飛花不解道。

胡小天本想說是龍尾，可想想還不能這麼說，若是提出把龍尾切掉，豈不是大逆不道的事情，腦際一轉道：「龍尾處吸附著一條吸血蟲子。」

眾人聞言都是臉色一變。

胡小天指了指圖道：「龍肝、龍膽、龍脾、龍胰、龍胃、龍小腸、龍大腸。」這貨自己都嫌拗口，龍你媽個頭！事實上這位皇帝除了姓龍之外，他從頭到腳跟龍沒有一丁點的關係。又指了指回盲結合部的地方：「龍尾！」

簡皇后不耐煩道：「你且說說這條吸血蟲子。」

胡小天道：「這條蟲子如今吸附在龍大腸的尾部，不停吸納皇上的龍血，不停脹大，所以皇上才會痛不欲生。」

姬飛花道：「那應該如何從皇上的龍體內清除掉這條蟲子？」

胡小天道：「小天不敢說。」眼睛卻看著簡皇后。

簡皇后沒好氣道：「你看著本宮作甚，有什麼話只管說。」

胡小天道：「必須將這條蟲子拿出來，方能徹底解除隱患。」

簡皇后道：「如何拿？此蟲生在皇上的體內如何將之拿出？」

一名太醫撚著山羊鬚，一副苦思冥想的模樣：「是否可以用瀉藥將此蟲打下？」周圍人紛紛點頭，認為他的話很有道理，當然前提是建立在胡小天診斷正確的基礎上。

胡小天搖了搖頭道：「你們看清楚，這蟲子是長在龍大腸的外面，瀉藥從龍腸內經過，直達龍肛後排出，不可能進入這個地方，對吸血蟲子毫無妨礙。」

「呃……那該如何？」一群人全都看著胡小天。

姬飛花看到胡小天煞有其事的樣子心中有些想笑，可又覺得他應該不是裝神弄鬼，給皇上看病，搞不好就是掉腦袋的事情，誰也不敢拿自己的性命開玩笑。

簡皇后道：「總不能將皇上的肚子打開把這條蟲拿出來？」

胡小天抬眼望著簡皇后：「皇后娘娘果然智慧超群，一語中的。」

眾人聞言大驚，一幫太醫把腦袋搖得跟撥浪鼓似的：「荒唐，荒唐至極！」唯有易元堂的李逸風沒覺得荒唐，他親眼見識過胡小天的手段，知道胡小天的確有這樣的本事。

姬飛花皺了皺眉頭，也覺得胡小天有些太過大膽了。

簡皇后咬牙切齒道：「胡小天，你是何居心，居然妖言惑眾，想要謀害皇上。」

胡小天拱手向她行禮道：「皇后娘娘明鑒，剛才那句話是您親口說的，小天只是贊同罷了。」

「你……」

此時龍燁霖叫得越發淒慘。

胡小天道：「不是小的危言聳聽，皇上現在的狀況凶險無比，若是我們不儘快處理，這條吸血蟲子會穿透龍腸，沿著龍腸逆行而上，鑽入龍胃，吞噬龍膽，啃食龍肝，到那時候，即便是神仙來了也沒有辦法。」他就是要危言聳聽，嚇唬的就是你們這幫沒文化的，知識就是力量，老子掌握了知識就掌握了主動權。

第四章

後宮之主的心事

簡皇后內心猶豫不決，雖然姬飛花有推卸責任之嫌，
可是在這種時候最終拿主意的那個人理應是她，
因為她才是後宮之主，假如她的決定能讓皇上康復，此事自然皆大歡喜，
可是若是因為她的決定皇上出了什麼差錯，只怕姬飛花會趁機發難。
想到這一層，簡皇后心中更加矛盾。

簡皇后怒道：「胡說八道，簡直是危言聳聽，本宮從未聽說過什麼吸血蟲子。」她轉向那幫太醫道：「你們有什麼辦法？」

一幫太醫全都低下頭去，胡小天說的這些道理，他們都是聽所未聽，聞所未聞，槍打出頭鳥，這種情況下誰也不敢輕易出頭。

簡皇后怒道：「一幫廢物！平日裡俸祿賞銀沒見你們少拿，關鍵的時候卻起不到絲毫作用，養你們這些廢物作甚。」她又向身邊太監道：「有沒有聯繫到任先生？」

那太監道：「沒有，秦姑娘那邊也沒有消息。」

簡皇后急得滿頭冷汗，聽著皇上哀嚎不已，心中不由得紛亂如麻，她的一切地位榮耀全都是皇上給予的，若是皇上有什麼三長兩短，她的地位必然受到影響。

簡皇后來回踱步，一時間拿不定主意。

姬飛花冷眼望著簡皇后，自從來到宣微宮他就很少說話，彷彿置身局外，事情的發展讓他感覺越來越有意思了。

簡皇后將貼身太監趙進喜叫了過去，低聲交代了幾句。

這會兒功夫龍燁霖的狀況越發惡劣，哀嚎一聲大過一聲，胡小天向簡皇后拱手行禮道：「皇上的龍體要緊，還請皇后娘娘早做定奪。」

簡皇后此時目光向姬飛花望來，強忍心頭的憎恨道：「姬公公，你怎麼看？」

姬飛花道：「皇上的龍體安康事關大康社稷，飛花不敢胡亂說話，皇后娘娘英明睿智，我等全都遵從皇后娘娘的決斷。」一句話便將所有的決定權推給了簡皇后。你不是嫌我管得太多嗎？現在就將決定權交給你，看你該如何決斷！

簡皇后內心猶豫不決，雖然姬飛花有推卸責任之嫌，可是在這種時候最終拿主意的那個人理應是她，因為她才是後宮之主，假如她的決定能讓皇上康復，此事自然皆大歡喜，可是若是因為她的決定皇上出了什麼差錯，只怕姬飛花會趁機發難。想到這一層，簡皇后心中更加矛盾。

胡小天向李逸風招了招手，附在他耳邊說了句什麼，李逸風頻頻點頭。

簡皇后最終還是先回到龍床旁邊，伸手抓住龍燁霖的手掌，龍燁霖痛得渾身發抖，顫聲道：「飛花何在……飛花何在……朕……就要死了……飛花……」

簡皇后聽到他在這種時候口口聲聲還是在叫著姬飛花，一顆心如同被人千刀萬剮，咬了咬嘴唇道：「皇上，你暫且忍耐一下，已經去請任先生了。」這話說得一點底氣都沒有，任天擎不知去了哪裡，豈是說找就能找到的。

龍燁霖似乎根本沒有聽清她說什麼，仍然在不停叫著姬飛花的名字。

姬飛花聽得清清楚楚，腳步卻沒有移動半分，唇角露出一絲冷酷的笑意。

胡小天就在他的身邊，將他的表情看得清清楚楚，姬飛花在這兒裝聾作啞，好像還有點幸災樂禍。胡小天心中不由得有些納悶，按說姬飛花和皇帝應該是對好基友，可看他的表現怎麼有點事不關己高高掛起的味道，好像對皇帝一點感情都沒有啊。

龍燁霖叫姬飛花不應，捂著肚子慘叫道：「你們這幫廢物……朕疼成這個樣子你們……都束手無策……朕……朕把你們這幫廢物全都給……砍了……」

一幫太醫嚇得紛紛跪倒在地上，哀嚎道：「皇上饒命，皇上饒命啊！」

簡皇后看到龍燁霖這般情景，心中惶恐不已，若是皇上熬不過這場病，事情可是大大不妙，她低聲道：「皇上，您不要生氣，廷盛就過來了。」

龍燁霖聽到她提起大兒子龍廷盛的名字，雙目陡然迸射出憤怒的光芒：「你叫他過來作甚？以為朕要死了嗎？」

簡皇后其實的確存了私心，讓龍廷盛過來，趁著龍燁霖病重，讓他將太子之位定下來，卻想不到丈夫如此多疑，自己大有弄巧成拙之嫌，慌忙道：「陛下您誤會了，兒子過來探望父親本身就是天經地義的事情，他也是關心你的病情啊。」

龍燁霖捂著肚子怒吼道：「朕誰都不見，一個都不見……胡小天……胡小天……」這當口兒他居然又想起了胡小天。

胡小天可不敢像姬飛花那樣裝聾作啞，抬步準備往床邊走，卻被姬飛花一把抓住手腕，胡小天不明白姬飛花是什麼意思。

龍燁霖慘叫道：「朕叫你，你聽不到嗎？」

姬飛花低聲道：「你有把握治好皇上的病？」

胡小天望著姬飛花深邃的雙目，抿了抿嘴唇，用力點了點頭，闌尾炎只不過是一個很小的外科手術，但是他今天面對的病人是皇上，稍有差池，不但自己性命不保，恐怕還要連累胡家滿門。

姬飛花放開了他的手：「去吧！」

胡小天這才快步來到床邊：「吾皇萬歲，萬萬歲，小天來遲，還望陛下恕罪。」

龍燁霖顫聲道：「……你……你到底……有沒有辦法？若是敢騙朕……朕……朕……滅你滿門……」

胡小天心中暗罵，狗皇帝真不是東西，現在是你求我嗳，非但不說好話，居然還恐嚇我，要殺我全家，活該痛死你這混帳。

他低聲道：「剛剛小天已經稟報過皇后娘娘，陛下龍體之中有一條吸血蟲子，之所以疼痛乃是因為這條蟲子作祟，想要解除陛下的病痛，就必須用刀劃開龍體，將蟲子從中取出來。」

簡皇后對胡小天的話根本是一點都不相信，她慌忙勸阻道：「陛下，您千萬不可聽他信口雌黃，我看此子用心歹毒，根本是要趁機謀害皇上。」

胡小天大聲道：「皇后娘娘，小天對皇上忠心耿耿，蒼天可鑒，我若是有絲毫謀害皇上的心思，讓我天打雷劈不得好死！」

簡皇后怒道：「你只不過是一個奴才，你的性命算得上什麼？」

胡小天寸步不讓：「皇后娘娘，小天雖然賤命一條，可是小天也知道為皇上治病之事非同小可，出了任何的差錯，我胡家滿門絕難倖免。蒙皇上看重，小天必竭盡所能以報聖恩，若是不能解除皇上的病痛，小天甘願一死以報聖恩，就算我肯冒險，也斷斷不會拿胡家滿門的性命冒險。」

簡皇后道：「你們胡家滿門叛逆，你是叛賊之子，其心可誅，皇上千萬不可中了他的奸計。」

胡小天道：「皇后娘娘，欲加之罪何患無辭，我承認我是罪臣之子，我爹爹也承認做錯過事情，可人非聖賢孰能無過，有一點我能夠保證，我們胡家滿門老少，無人敢有叛國之心，小天來此為皇上治病，乃是蒙皇上寵召，皇后娘娘想盡辦法阻止小天為皇上治病，卻不知又是什麼居心？」

「混帳！大膽！來人，把這大膽奴才給我拖出去斬了！」簡皇后鳳目圓睜，大聲尖叫起來。

胡小天非但沒有害怕反而大笑起來：「皇后娘娘果然好計，今日能夠救皇上性命的只有小天一個，殺了小天，就等於斷絕了皇上的生機，皇后娘娘，皇上不僅是大康的一國之君，還是您的夫婿，您對皇上難道連這點情分都沒有嗎？」

簡皇后想不到這膽大妄為的小子居然敢反咬自己一口，被氣得眼冒金星，差點沒把一口老血吐出來。她歇斯底里叫道：「來人！來人！快將這個狂徒逆賊給我拖出去……」

兩旁侍衛想要上前，卻遭遇到姬飛花陰冷的目光，嚇得一個個又退了回去，姬飛花緩步走了過去，輕聲道：「皇上，奴才願為胡小天作保，若是胡小天治不好皇上，奴才願意賠上項上的這顆人頭。」

胡小天聞言心中一陣感動，無論姬飛花出發點如何，他能夠說出這句話實在是太不容易了，以他的身分地位根本沒必要涉足這件事，為自己作擔保，的確要冒著很大的風險。

龍燁霖此時疼痛再度發作，痛得說不出話來，忍了半天方才有所緩解，顫聲道：「……你出去……」目光卻是盯著簡皇后。

簡皇后鳳目圓睜，她以為自己聽錯。

龍燁霖從心底爆發出一聲怒吼道：「你給朕出去！」

當著這麼多人的面被皇上呵斥，簡皇后一雙鳳目頃刻間變得通紅，淚水在眼眶裡打轉，用力咬了咬嘴唇方才沒有滴落下來，她猛然站起身來向外走去，走了幾步，復又轉過身來，望著胡小天道：「若是皇上有什麼三長兩短，本宮要讓你們全都人頭落地！」

龍燁霖實在是無法承受腹部的劇痛，他虛弱道：「胡小天……快……你快給朕治病……只要你治好了朕的病，你要什麼……朕給你什麼……」

胡小天聽到這話心中一喜，馬上就想到，老子要你妹，你肯答應嗎？可轉念一想，皇上的金口玉言多半是不算數的，歷朝歷代的君主大都是翻臉不認人的角色。若是提出一個他無法滿足的要求，皇上為了保住自身的聲譽，不排除把他的腦袋給砍了。

胡小天道：「小天什麼都不要，只要皇上龍體安康，皇上，請恕小天冒犯之罪！」

「恕你無罪……快……快……」

自從來到這個時代，胡小天已經不是第一次施行外科手術，對他而言，一個闌尾炎手術根本談不到任何的難度。原本因為龍燁霖的身分還是有些猶豫的，可真正決定為他施行手術之後，胡小天迅速鎮定下來，皇上怎麼著？皇上也是病人，想要進行一台成功的手術就必須要忘記患者的身分，把他們之間的關係簡單化，沒有什麼君臣，沒有什麼高低貴賤，我是醫生你是病人，就這麼簡單。

胡小天找李逸風的目的是想從他那裡得到手術器械，胡小天最早進行的一場手術就是在易元堂的幫助下進行，後來李逸風還專門按照他提供的圖譜，找大康第一流的工坊——天工坊打造了一整套的手術器械，在胡小天前往青雲之前，還作為禮物贈給他一套，不過那套器械在離開青雲的時候遺失了。

胡小天問過李逸風，李逸風那裡果然還留有一套，於是趕緊派人前往易元堂去拿器械。

在現代外科手術中，闌尾炎手術以腰麻或硬脊膜外麻醉為佳。當然也可採用局部浸潤麻醉，在眼前的醫療條件下，也唯有局麻最為可行。

李逸風提供了易元堂的麻藥，不過他的麻藥對皇上似乎不太奏效，內服加外敷之後，龍燁霖的疼痛並沒有減輕太多。

在皇宮內開刀要比在民間條件優越很多，按照胡小天的要求，臨時將宣微宮改成了手術室，閒雜人等全都退了出去，對手術區域進行簡單消毒，又用烈酒對龍燁霖的體表皮膚進行消毒。

準備的過程還算順利，只是麻藥的效果始終不好，龍燁霖痛得哼哼唧唧，這貨的忍耐力實在太差，胡小天聽得焦躁，悄悄將姬飛花請到一邊，低聲道：「提督大人有沒有什麼方法減輕皇上的疼痛？」

姬飛花淡然道：「你是郎中，咱家對醫術一竅不通。」

胡小天又想了個主意：「讓皇上暫時睡過去也行。」

姬飛花點了點頭道：「此事簡單。」他來到龍床旁邊點了龍燁霖的昏睡穴，龍燁霖果然迷迷糊糊睡了過去。胡小天大喜過望，現在最大的難題已經解決了，可以隨心所欲的進行手術。

胡小天的手術器械圖譜給李逸風很大的啟示，在胡小天前往青雲上任之後，李逸風又對他所繪製的器械物品進行了完善。其餘太醫都已經離去，只留下李逸風作為自己的助手，胡小天戴上口罩頭巾，撚起柳葉刀。

周圍僅剩的兩名皇上貼身太監看到胡小天拿起柳葉刀時，臉上的表情惶恐到了極點，假如胡小天心中有絲毫的歹念，一刀扎了下去，恐怕皇上就會命喪黃泉，他們向姬飛花望去，卻見姬飛花鎮定自若，遠遠坐著手中端著一杯清茶慢慢品味。

姬飛花表面鎮定，其實內心中還是有些忐忑，他的忐忑並不是因為胡小天拿刀站在皇上身邊，以他對胡小天的瞭解，胡小天絕不會自尋死路，正如剛剛他自己所說，就算他不顧惜性命，還要顧惜父母的性命呢。姬飛花的忐忑在於，他無法確定胡小天一定能夠治好皇上，劃開肚皮治療患處，他還是頭一次聽說。

胡小天吸了一口氣，提醒自己務必要冷靜，小手術而已，眼前的只是一個普通的患者。

情緒徹底平復下來，達到心無外物的境界，胡小天撚起手術刀，在龍燁霖的肚皮上一刀劃下，在後方觀望的兩名太監已經不敢再看，慌忙轉過身去。

胡小天所採用的是右下腹斜切口，採用這種切口肌肉交叉，癒合後相對牢固，不易形成切口疝；而且距闌尾較近，便於尋找。切口一般長不到兩寸，胡小天下刀果斷，切口一氣呵成。

切開腹膜之後，發現有少量滲出液和膿液溢出，情況和胡小天預計中大體相符，算不上好，也算不上太壞，他示意李逸風拿起自製的吸引器，進行抽吸，將腹腔中的滲出物吸取乾淨。李逸風再用拉鉤將切口向兩側牽開，胡小天開始尋找闌尾。

尋找闌尾的竅門在於首先找到盲腸，盲腸的色澤較小腸灰白，前面有結腸帶，兩側有脂肪垂。胡小天對人體解剖結構極其熟悉，根本沒有花費什麼時間就找到了盲腸。

尋到盲腸之後，用手指墊紗布捏住腸壁，輕輕將盲腸提出，順著結腸帶很快就找到了闌尾。

闌尾和周圍組織並沒有黏連，胡小天用手指將闌尾尖端撥至切口處。這裡有一個非常重要的注意事項，不論炎性改變輕重，都不能用止血鉗或組織鉗鉗夾闌尾本身，以免感染擴散；可用特製闌尾鉗鉗住，或用止血鉗夾住闌尾尖端的繫膜提出。

切除闌尾的操作應儘量在腹壁外進行，切除闌尾前，必需將闌尾繫膜及其中的闌尾動脈結紮並切除。這位真龍天子的解剖結構和普通人也沒有任何的區別，他的闌尾繫膜較薄，解剖關係清晰，胡小天用止血鉗在繫膜根部闌尾動脈旁無血管的地方，穿了一個小孔，拉過兩根桑皮線，在上下相距半釐米左右的地方各紮一道後，然後迅速切斷繫膜，又在近端再結紮一道。

完成這一步驟，胡小天用一塊小的乾紗布包纏闌尾，並用組織鉗夾牢，再用鹽水紗布圍在闌尾根部的盲腸周圍，這是為了防止術中污染。提起闌尾，圍繞闌尾根部在距闌尾根部半釐米處的盲腸壁上，作一荷包縫合，暫不收緊。完成縫合之後，用一把直止血鉗在距闌尾根部約半釐米處壓榨一下，防止結紮時縫線滑脫。隨即用桑皮線在壓痕處結紮，再用止血鉗靠闌尾夾住結紮線，貼鉗剪去線頭。再用直止血鉗在結紮線遠端半釐米處夾緊闌尾，縫針的時候深入肌層，但是要避免穿入腸腔。

以上步驟完成之後，可以進行闌尾的切除，柳葉刀刃向上，緊貼闌尾根部夾緊的直止血鉗下面，切斷闌尾，將刀及闌尾一併棄去。然後用止血鉗夾住棉球對闌尾殘端進行消毒處理，棄去保護盲腸的鹽水紗布。

闌尾殘端還需進行包埋處理，胡小天指引李逸風用左手持無齒鑷提起荷包縫線線頭對側的盲腸壁，右手持夾住線結的止血鉗，將闌尾殘端推進盲腸腔內，同時胡小天上提並收緊荷包縫線，使殘端埋入荷包口，結紮後剪斷線頭。

最後的一步是覆蓋繫膜，加固縫合：用桑皮線在荷包縫線外周半釐米處作漿肌層八字縫合，並將闌尾繫膜殘端或脂肪垂結腸固定，使局部表面光滑，這樣可以最大限度地防止術後黏連。關腹前用卵圓鉗夾一塊小紗布團，伸入腹腔，在盲腸周圍檢查有無滲液、膿液，有無結紮點出血，確信毫無疏漏，這才縫合腹壁各層。

姬飛花原本坐在那裡飲茶，可到後來也不禁好奇地站起身來，遠眺胡小天的一舉一動。內行看門道，外行看熱鬧，雖然留在胡小天身邊幫忙的人都是外行，可是每個人都從胡小天嫺熟的手法和技藝中認識到這廝高超的醫術，現在沒有人再懷疑胡小天是胡說八道，已經開始相信他的確有救人的本事了。

手術很快做完，從開始到結束還不到半個時辰，真正開刀的時間還要更少。胡小天摘下口罩，首先來到姬飛花的身邊，微笑道：「手術做完了。」

「如何？」其實姬飛花從他臉上的表情已經知道了結果。

「幸不辱命！」

姬飛花並沒有馬上解開龍燁霖的穴道，手術結束之後，簡皇后第一時間衝了進來，一進來便驚慌失措道：「皇上……皇上……」迎面遇到胡小天。

簡皇后道：「皇上怎樣了？那條吸血蟲子有沒有取出來？」

胡小天沒有說話，將手中的托盤在簡皇后面前晃了晃，簡皇后看到那血糊糊紅腫潰爛的闌尾，嚇得魂飛魄散，又感到噁心異常，一轉身哇的一聲吐了出來。

闌尾這種小手術當天就可以坐起，胡小天將術後的注意事項交代給他們，其中一點就是排氣後才能進食，一幫宮女太監聽到排氣這個詞的時候全都是一頭霧水，有人問道：「何謂排氣？」

胡小天本想說排氣就是放屁，可說皇上放屁似乎大為不敬，斟酌一下方道：「排氣通俗點說就是龍屁，一定要聽到龍屁，皇上才可以進食。」

一幫宮女太監聽他這麼說忍不住想笑，可當著皇上皇后誰也不敢笑，憋得滿臉通紅，忍得相當痛苦。

簡皇后坐在床邊，看到皇上始終未醒，不禁擔心道：「皇上因何沉睡不醒？」

胡小天向姬飛花望去，他只負責開刀，皇上睡著的事情跟自己一點關係都沒有，姬飛花不解穴，恐怕皇上一時半會也不會醒來。

姬飛花走了過去，輕輕在皇上身上晃了一下：「陛下，醒來！」其實已經在悄然之中解開了龍燁霖的穴道。

龍燁霖穴道解開之後悠然醒轉，睜開雙目第一句話就是：「朕……朕還活著？」

胡小天也湊了上來：「皇上洪福齊天，壽與天齊，這點小病自然不會有什麼問題。」

「那吸血的蟲子從朕的肚子裡取出來了？」龍燁霖說話的時候已經感覺到肚子不像之前那樣疼痛。

胡小天笑道：「陛下放心，那蟲子已經從龍體中拿出來了。」

龍燁霖長舒了一口氣，顯然放心下來。

胡小天本以為接下來就是論功行賞，可等了半天不見龍燁霖說話，難不成把這事給忘了？剛剛還說自己要什麼都答應，敢情這位真龍天子是屬耗子的，撂爪就忘！說好的獎賞呢？

胡小天有些心急了，龍燁霖剛剛開完刀，畢竟身體虛弱，哪有心情想這個。簡皇后看到皇上明顯好轉，一顆心也安定了許多，不由暗忖道：「看來這胡小天果然有些本事，倒是我小看他了。」她柔聲道：「皇上，廷盛已經在外面等了好久，因為你的病情如坐針氈，牽腸掛肚，是不是讓他進來？」沒有龍燁霖的吩咐，她也不敢擅自做主。

龍燁霖病情好轉，心情也變好了許多，點了點頭道：「進來吧，難得他一片孝心。」

簡皇后大喜過望，連忙讓人去傳。

沒過多久大皇子龍廷盛走了進來，他快步進入宮內，來到龍床前撲通一聲就跪下了：「父皇，孩兒來遲了！」

龍燁霖眼角瞥了他一下，有氣無力道：「起來吧，朕又沒什麼事情。」

龍廷盛道：「孩兒就知道父皇洪福齊天，絕不會有事。」

此時三皇子龍廷鎮也到了，龍廷鎮和龍廷盛的表現卻又截然不同，踏入宣微宮內，已經是淚流滿面，跪倒在龍窗前：「父皇，孩兒來晚了，聽聞父皇抱恙，孩兒心急火燎，恨不能替父皇生病受難。只要父皇安康，即便是讓孩兒受再大的罪過，孩兒也甘心情願。」

胡小天一旁聽著，這倆兒子還是有分別的，龍廷鎮的嘴巴更甜，更會表忠心。

龍燁霖點了點頭，表情顯得有些疲倦，姬飛花觀察入微，開口道：「兩位皇子已經見過了皇上，皇上的龍體也沒什麼大礙，還是暫且迴避，讓皇上好好休息吧。」一個太監居然敢公然趕兩名皇子離去，足見姬飛花囂張到了何等地步。

大皇子龍廷盛聽他這樣說不由得虎目圓睜，怒道：「父皇臥病在床，我這個做兒子的在一旁侍奉，還要你來過問？」

龍廷鎮內心中雖然和龍廷盛不睦，但是在對付姬飛花的立場上，兄弟兩人卻是出奇的一致，不過既然龍廷盛出頭，他就不再說話，靜靜跪在原地，樂得旁觀。

姬飛花淡然道：「奴才也是為了皇上的身體著想，皇上的病情尚未痊癒，正需靜養之時，兩位皇子闖進來哭哭啼啼，孝心固然可嘉，可萬一影響到皇上的心情，反而弄巧成拙。」

龍廷鎮道：「姬公公這話我也聽不明白了，什麼叫弄巧成拙，我和大哥過來伺候父皇難道還不對了？」兄弟兩人在對付姬飛花方面居然達成了默契。

龍燁霖擺了擺手道：「你們暫且出去，朕需要好好靜一靜。」

龍廷盛和龍廷鎮兩兄弟聽到父親這麼說，臉上不由得露出失望之色，可父命不敢違，只能忍氣吞聲地站起身退了出去。龍燁霖又道：「朕和姬公公有話要說，其餘人全都退出去。」

這樣一來所有人都退出了宣微宮，更彰顯出姬飛花地位的重要。所有人離去之後，龍燁霖掙扎著坐起身來，腹部還是有些隱痛，他望著姬飛花道：「給……我……給我……」

姬飛花唇角露出一絲冷冷的笑意：「陛下還需保重龍體，大康的江山社稷離不開你，幾位皇子也離不開你。」

龍燁霖臉上流露出惶恐之色：「你……你千萬不可以傷害他們……」

姬飛花歎了一口氣，將一個黑色瓷瓶放在了龍燁霖的掌心：「你想著他們，他們心中未必想著你，嘴上說得好聽，可心中恨不得你死了才好。」

龍燁霖根本沒有聽到他的話，擰開瓶塞，從瓷瓶中倒出一顆紅色藥丸，迫不及待地吞了進去。

宣微宮外胡小天和李逸風低聲寒暄，他們見面之後總算有了單獨說話的機會，李逸風也沒有細問胡小天這段時間的經歷，看到他如今的打扮已經隱約猜到了他的經歷，李逸風對這個年輕人的命運還是感到惋惜的，想當初這位戶部尚書的寶貝衙內集萬千寵愛於一身，少年得志，飛揚跋扈，在京城之中何等春風如意，現如今曾經被眾星捧月般伺候的高官公子卻淪落到在皇宮內低三下四地伺候別人，這還不算，居然連男人都不是了。

李逸風一臉獻媚道：「胡公公妙手回春，為皇上解除疾病之苦，真乃當世神醫。」身為易元堂的大當家不惜卑躬屈膝恭維胡小天也是有原因的，所有人都見證了胡小天為皇上治病的事情，為皇上解決病痛，以後必然會得到皇上的賞賜，說不定從此就會扶搖直上平步青雲。若是獲得了皇上的寵幸，這小子發達指日可待了。

胡小天笑道：「我算什麼神醫，只是湊巧掌握幾個偏方罷了。」

李逸風心想可不是偏方那麼簡單，你小子這叫深藏不露，若是能夠學得你醫術中的一招半式，易元堂想必能夠在三大醫館中脫穎而出，再也不會被玄天館踩在腳下。李逸風道：「胡公公若是有空，常來易元堂坐坐，咱們也好切磋一下醫術。」

胡小天道：「我還有件事要求李先生幫忙。」

李逸風道：「胡公公只管吩咐，只要李某能夠辦到，絕對會傾全力而為之。」

「也算不上什麼大事，就是想你幫我打造一套手術器械，回頭我畫些圖譜給你。」胡小天按照權德安的吩咐一直隱藏自己的醫術，可今天為皇上治病之後，想來很快就會聲名遠播，再也掩蓋不住自己會醫術的事實，以後肯定會有人登門求醫，普通人拒絕倒也罷了，若是王公貴胄，肯定要給人家面子，所以未雨綢繆，先做好準備，以備不時之需。

李逸風道：「行，這事兒就交給我來辦，胡公公只需將圖譜畫出來，我交給天工坊那邊去辦，一定請他們最好的工匠來做這件事。」李逸風求之不得，幫胡小天的同時，自己也能從中學到不少的東西，就說今天用的這套手術器械，就是根據胡小天的圖譜繪製出來的。他也有自己的盤算，胡小天雖然是今天的主刀，可助手卻是自己，以後宣揚出去，為皇上治病的功勞也有自己的一份，與有榮焉，哈哈，今兒算是真正撿了個大便宜。

胡小天看到兩位皇子灰溜溜退了出來，迎頭遇上還是必須打個招呼的，胡小天來到兩人面前，恭敬道：「小的參見大皇子殿下，三皇子殿下。」

三皇子龍廷鎮自從煙水閣的事情之後，就對胡小天生出記恨，根本沒有理會他，舉步從他的身邊走過。胡小天自討沒趣，難免尷尬，他剛才和簡皇后發生了衝突，大皇子龍廷盛是簡皇后的親生兒子，想必對自己更不會有什麼好臉色，看來今天這張熱臉要接連被人吊打了。

可事實卻和胡小天想像中相反，龍廷盛居然對胡小天頗為客氣，和顏悅色道：「胡小天，我父皇的事情多虧了你。」

胡小天笑道：「皇子殿下客氣了，能為皇上排憂解難解除病痛，是小天的榮幸。」

龍廷盛微笑點了點頭道：「回頭我會奏請父皇母后讓他們重賞於你。」

胡小天心想我可不指望你母后重賞我，簡皇后那老娘們不害我就算是好事了，聽到龍廷盛又咳嗽了兩聲，胡小天道：「皇子殿下需要的藥材，我已經讓人備齊送了過去，不知殿下有沒有收到？」

龍廷盛道：「費心了，說起這件事我又欠你一個人情。」

此時遠處簡皇后在向他招手，龍廷盛笑了笑起身離去。胡小天望著這位大皇子遠去的背影心中暗暗稱奇，所以說傳言不可信，在傳言之中龍廷盛性格暴躁，缺乏智慧，可實際表現卻是非常的平易近人，很有親和力。不過也不排除他故意做出假像，意圖拉攏自己的可能。

剛才胡小天在皇上面前頂撞簡皇后，已經將她觸怒，所以她看到兒子跟胡小天說話，心中不爽，馬上將他招到自己面前，低聲埋怨道：「你搭理他作甚，此子依仗姬飛花的勢力狂妄無禮，目空一切，剛才竟然在你父皇面前詆毀本宮，真是氣煞我也。」

龍廷盛看到母親憤憤然的表情，知道她動了真怒，低聲道：「母后，這胡小天的確是有些本事，今日若非他出手相救，父皇肯定還要遭受病痛的折磨。」

簡皇后無論心中對胡小天何其反感，可對於他救治了皇上的事實也是承認的。壓低聲音道：「有才無德！此子狼子野心絕非善類，他和姬飛花狼狽為奸，你不要被他的表現所迷惑。」她對胡小天的反感一時間難以改變。

龍廷盛心中卻不像母親這樣認為，既然胡小天能為姬飛花所用，也就可以被自己所用，他自小在宮中長大，對太監的心思非常瞭解，太監多半重權重利，因為身體上的殘疾，所以他們對權力的渴望比起普通人更加強烈，只要自己給出優厚的條件，不愁這小子不會心動。現場人多眼雜，並不是勸說母親的時候，龍廷盛只是笑了笑，沒有多說。

此時權德安陪著太師文承煥、左丞相周睿淵前來探望皇上，雖然皇宮內可以封鎖皇上生病的消息，可終究還是有風聲洩露了出去。這些朝廷重臣得知消息之後，第一時間前來探望。

太監將消息通報了進去，幾位朝廷重臣全都在外面等著，權德安緩步來到胡小天的面前，他雖然並沒有經歷剛才的全過程，可是已經從別的管道知曉了剛才發生的事情。

自從明月宮失火的事情發生後，胡小天對權德安就產生了很大的反感，在權德安的心中，自己自始至終只是一枚棋子，為了對付姬飛花，他竟然不惜選擇拋棄自己，雖然他和姬飛花都在利用自己，可兩人相比，高下立判，姬飛花反倒比他更有人情味，更有擔當，不知不覺中胡小天的內心已經傾向於姬飛花一方。心中雖然反感，可表面上仍然恭敬非常：「權公公來了。」

權德安望著面前的胡小天，忽然感覺自己有些失策，明月宮失火一事上的處理有些太過草率了，想要利用胡小天的事情撼動姬飛花絕非那麼容易，原本指望著明月宮的這把火能夠燒到姬飛花的身上，卻沒有想到胡小天的運氣居然如此之好。手術！權德安不由得想起自己被胡小天切斷的那條右腿。胡小天的治療方法無非是將患處切除，在權德安看來這種方法可以在最短時間內把病治好，但是同樣也有著很大的弊端。在蓬陰山蘭若寺的時候，他雖然保住了性命，但是付出了失去一條右腿的代價，他的武力也因此而大打折扣。卻不知這次這小子又用手術切掉了皇上身體的哪部分？想到這裡，權德安低聲道：「皇上的病有沒有妨礙？」

胡小天道：「沒事了，皇上洪福齊天，吉人自有天相。」

權德安陰惻惻道：「胡小天，你好大的膽子，竟然敢剖開皇上的肚子。」他的聲音並不像是在興師問罪。

胡小天道：「形勢所迫，小天也是不得已而為之。」

權德安道：「聽說你從皇上肚子裡取出了一條吸血蟲子？」

胡小天點了點頭道：「不錯！」

「那條蟲子如今身在何處？」

「已經被小天毀掉。」

權德安將信將疑，胡小天肯定沒說實話，毀掉就意味著沒有了證據，這小子向來詭計多端，還不知在其中動了什麼手腳。他低聲道：「你運氣不錯，此次立下大功，皇上應該會重重賞你。」

「不求有功但求無過！」胡小天一語雙關。其實從他被逼入宮開始，也沒有想過要去巴結皇上，得到皇上的寵幸，只想著在宮中能夠蒙混度日，待到風聲過去，悄悄溜之大吉，離開皇宮過上天高任鳥飛的日子，可事與願違，入宮之後卻要在一個個強勢人物的威逼下做許多不情願的事情。

權德安道：「明月宮的事情咱家會為你開脫，現在最麻煩的是文太師那邊追要說法。」他在胡小天面前又充起了好人，意圖摘清自己的責任。

胡小天道：「小天跟文太師無怨無仇，他因何要誣我偽造遺書？」

權德安道：「事情總得有人承擔。」言外之意就是他也清楚那封遺書應該是真的，可是文太師不肯承擔這個責任，最後就要落在胡小天的身上。

此時看到姬飛花從宣微宮中走了出來，他環視門外眾人，微微頷首示意，此時皇上的貼身太監也走了出來，朗聲道：「皇上宣周丞相、文太師、權公公覲見。」

文承煥三人正了正衣冠隨同那太監走入宣微宮。

姬飛花經過胡小天身邊的時候低聲道：「皇上讓你留在這裡伺候，你暫且哪裡都不要去，好生照顧皇上，以免他的病情再有反覆。」

胡小天恭敬道：「是！」

周睿淵臨入宮門的時候，目光投向遠方的胡小天，正看到胡小天和姬飛花對話的一幕，他臉上的表情古井不波，雙目中卻閃爍著耐人尋味的複雜目光。

大康天子龍燁霖手術後感覺舒服了許多，此時他靠坐在龍榻之上，靜靜等待著三名臣下的到來。

周睿淵和文承煥乃是協助他登基上位的功臣，權德安雖然只是太監，可是為了他的皇位也鞠躬盡瘁死而後已。人還未到，文承煥關切的聲音已經響起：「哎呀陛下，老臣來遲，不能為陛下分憂解難，老臣真是無顏面對陛下，罪該萬死……」話沒說完，已經哭出聲來。

周睿淵始終靜如山嶽，自從龍燁霖登上帝位之後，他就忙於國事，收拾大康這個爛攤子，讓這個龐大卻千瘡百孔的帝國不至於轟然崩塌，在外人眼裡他無暇關注皇城內的政治鬥爭，可事實上周睿淵也是一種逃避。慶父不死魯難未已，大康真正的慶父卻是權力，只要人心中的權力欲得不到控制，那麼大康的爭鬥和國難就不會停歇，新君上位並沒有讓周睿淵看見任何的新鮮氣象，大康的國勢變得越發暮氣沉沉，周睿淵終日殫精竭慮嘔心瀝血，短短的半年內，兩鬢的頭髮已經斑白，手中的權力越重，肩頭的責任越重，心頭的壓力也是越大。

文承煥的表現在周睿淵看來是惺惺作態虛偽至極，龍燁霖上位之後，周睿淵將這些人的一舉一動都看在眼裡，多數時間他寧願只做一個看客。冷眼旁觀他們的舉動，不願摻雜其中。

權德安也在時刻扮演著看客的角色，不過只是在表面，暗地裡他絕不甘心只當一個看客，早已投入到朝廷內部的權力紛爭之中。文承煥此時的表現他也覺得誇張，不過轉念一想，文承煥剛剛失去了養女，等若失去了國丈的位子，現在皇上又發了急病，幾件事全都擠在了一起，老太師哭也是情有可原。

龍燁霖輕聲歎了口氣道：「文愛卿，朕不是好好的嘛，你為何哭得如此傷心。」說完之後方才想起了明月宮的事情，今天他因為突然發病，疼痛難忍，早就將明月宮失火的事情扔到了一邊，這會兒算是想起來了，也悟出文承煥之所以哭不是為了自己，是為了他的女兒。

文承煥一邊擦淚一邊道：「天佑吾皇，陛下無恙，老臣喜極而泣。」

看到三位臣子齊刷刷跪在自己床前，龍燁霖擺了擺手道：「都起來吧，朕不是說過，你們見朕無需行跪拜之禮。」

三人對望了一眼這才站起身來，權德安道：「陛下感覺好些了嗎？」

龍燁霖點了點頭道：「好多了，剛才發病的時候朕痛不欲生，幸虧胡小天幫朕將體內的吸血蟲子抓了出來，否則後果不堪設想。」

文承煥道：「陛下，老臣剛剛才聽說，胡小天竟然用刀切開了陛下的龍體？」

龍燁霖指了指自己的右下腹道：「只是切了一個小口，不然怎麼將那條蟲子取出來？」

文承煥道：「陛下乃萬金之軀，豈能讓他輕舉妄動，此子居心叵測，還望陛下千萬要遠離此人。」

龍燁霖這話可不愛聽，礙於面子並沒有出口斥責，只是輕聲道：「文愛卿你多慮了，胡小天若是居心叵測，他剛才就會對朕不利，為何還要出手救我？」

文承煥道：「陛下難道不知道，他乃是逆賊胡不為之子？明月宮失火一案他也是重點嫌疑……陛下……」說到這裡文承煥又嗚嗚哭了起來，抬起袖子擦淚的時候悄然向權德安使了一個眼色。

權德安道：「文太師也是為陛下的安全考慮，也是一番苦心。」

龍燁霖有些驚奇道：「明月宮失火一案跟他有關？你們可曾查清楚？」

文承煥哀聲道：「陛下，明月宮失火唯有他一人倖免於難，可憐老臣的女兒和六名宮女太監全都在火中罹難，不但如此……他還偽造遺書意圖瞞天過海……陛下……我家雅兒死得好慘……還望陛下為老臣做主……」

周睿淵一旁站著，冷眼旁觀，胡小天剛剛救了皇上，現在文承煥就過來要求皇上給他伸冤做主，要求皇上將胡小天治罪，顯然給皇上出了難題。明月宮失火一案周睿淵並不清楚，可是僅憑著文承煥的一面之詞未必可信。

權德安過來探望皇上之前並沒有和文承煥溝通好，他也沒有料到文承煥會在皇上病榻之前就提出要懲治胡小天的事情來，未免有些操之過切，可既然說出來了，就看看皇上的態度。

龍燁霖道：「文愛卿，你放心，文才人的事情朕必然會給你一個交代。朕有些累了……」前一句話是在敷衍文承煥，後面就是下了逐客令。

文承煥老奸巨猾，當然明白現在不是討要說法的時候，之所以求皇上做主，就是擺正自己的位置，讓所有人都知道，他是受害者。

周睿淵和文承煥兩人告辭離開，權德安卻被龍燁霖留下。這並沒有什麼奇怪的，畢竟過去權德安就是龍燁霖身邊的太監，讓他留下照顧也是正常的事情。

權德安讓其餘太監全都退出去，幫著皇上整理了一下靠墊。

龍燁霖道：「朕剛才險些死了。」

權德安道：「陛下洪福齊天，就算有些危機也必然能夠逢凶化吉。」

龍燁霖道：「今天如果不是胡小天，朕可能真過不去這一關。」

權德安伸出手去，探了探他的脈門，確信龍燁霖的脈相平穩這才放心下來，低聲道：「陛下準備賞賜他？」

龍燁霖道：「姬飛花要保他！」說出這句話的時候，龍燁霖的表情顯得極其複雜，充滿了糾結和無奈：「你怎麼看？」

權德安道：「他救了陛下的事情，肯定很快就會天下皆知。」

龍燁霖的表情顯得有些不解，他不明白為什麼權德安會如此斷定，胡小天為自己治病畢竟發生在皇宮內，他已經吩咐下去要守住這個秘密，就算消息會洩露出去也不應該這麼快。

權德安道：「一定會有人刻意將此事散播出去，胡小天救了陛下，如果陛下追究明月宮的事情，因此而將他問罪，那麼就會有人說陛下恩將仇報。」

龍燁霖倒吸了一口冷氣道：「不錯！」

權德安道：「就算明月宮的事情可以將胡小天治罪，也不可能牽連到姬飛花的身上。」

龍燁霖道：「那就暫時放了他。」

權德安點了點頭道：「胡小天的死活無關緊要，真正重要的是他的死活能否牽連到姬飛花，姬飛花既然想保住他，那麼咱們便將計就計。」

龍燁霖道：「如何將計就計？」

權德安附在龍燁霖的耳邊低聲耳語了幾句。

龍燁霖臉上流露出驚詫的神情，隨即唇角浮現出一絲會心的笑意。

文承煥和周睿淵並肩離開了宣微宮，此時的文承煥臉上已經沒有一絲一毫的淚痕，他看了看身邊的周睿淵，今天周睿淵自始至終都在充當啞巴的角色，這位大康左丞，中書省的當家人真是深不可測。在大康如果還有一個人能夠讓文承煥心生敬畏，那個人無疑就是周睿淵。

文承煥道：「睿淵，剛才你在宣微宮為何一言不發？」

周睿淵淡然笑道：「文太師，睿淵之所以一言不發是因為我從不對自己不瞭解的事情發表看法。」

文承煥意味深長道：「陛下常說你目光遠大，胸懷寬廣，大康的任何事情都瞞不過你的眼睛。」

周睿淵道：「如今的大康危機四伏，看似錦繡繁華的江山社稷，實則已經千瘡百孔。睿淵接手中書省，諸般政務早已弄得我焦頭爛額，那還有時間去關注其他的事情。」

文承煥道：「睿淵未免過度悲觀了，大康數百年基業，有多少次面臨生死存亡，不一樣轉危為安，龍氏天下氣運正弘，即便是短期內遇到了一些麻煩，可我相信很快就能從逆境之中走出，再說了，陛下有你這樣才能出眾的臣子為他分憂，大康復興指日可待。」

周睿淵道：「一個人的力量終究有限，睿淵在西川的三年做得最多的事情就是反省自己，大康能否復興也不是睿淵一人能夠決定，唯有我等齊心協力，方才可以儘快幫助大康走出困境。」

文承煥點了點頭，話鋒一轉卻來到了戶部尚書胡不為的身上：「胡不為仍然在戶部？」

周睿淵道：「在！」

文承煥道：「老夫至今仍然不明白，大康人才濟濟，為何要留用此等罪臣賊子？」

周睿淵道：「放眼戶部，無一人可與胡不為相提並論，此人的經營能力暫時無人可以取代。」

文承煥碰了個軟釘子，老臉不由得一熱。

周睿淵向文承煥拱了拱手道：「文太師，睿淵還有公務要處理，先走一步。」

文承煥和他拱手作別，周睿淵匆匆離去，此時文承煥方才發現三皇子龍廷鎮來到身邊，龍廷鎮望著遠去的周睿淵，有些迷惑道：「周丞相怎麼去得如此急切？」

龍燁霖又歎了一口氣，眉頭緊鎖道：「你覺得廷盛和廷鎮哪個更適合一些？」

權德安低眉垂首道：「奴才不敢妄言。」

他當然明白龍燁霖問的是這兩兄弟誰更適合登上太子之位，若是論頭腦智慧好像三皇子龍廷鎮更勝一籌，大皇子龍廷盛平日裡顯得有些木訥，自小給人的印象也缺乏靈氣，可他畢竟是長子又是簡皇后親生，在太子的人選上，權德安不敢輕易說出自己的看法。

龍燁霖道：「朕剛才發病之時，皇后急著將廷盛召來。」停頓了一下，怒不可遏道：「這賤人首先想的不是朕的病情，而是朕的位子。」

權德安勸道：「其實皇后讓大皇子過來探病也是人之常情，陛下也該儘早將太子的位子定下來。」

龍燁霖緩緩點了點頭：「朕何嘗不想早些定下來，只是逆賊一日不除，朕一日內心難安，無論朕選定誰為太子，必然會有人從中挑唆，到最後免不了兄弟鬩牆，免不了一場血腥爭鬥。」龍燁霖並不是一個糊塗君主，他對皇權的認識甚至比多數人都要深刻。

權德安深有同感地點了點頭，皇上也不好當。

龍燁霖道：「周丞相剛才好像一句話都沒有說。」

權德安道：「陛下觀察入微，目光如炬。」

龍燁霖道：「他是對朕不滿，還是對文太師不滿？」

權德安道：「大康幸虧有周丞相這樣的良相支撐，文太師私心雖然重了一些，可是他畢竟還是打心底向著皇上的。」

龍燁霖點了點頭，有些疲倦地閉上雙目：「等解決了這件事，你陪朕去趟大相國寺。」

「是！」

胡小天在宣微宮守到半夜，這兩天他都沒怎麼好好休息過，二更過後，一陣濃重的睡意襲來，不由自主打起了瞌睡，朦朧之中，有人拍了拍他的肩頭，胡小天猛然驚醒，抬起頭卻看到一個小姑娘俏生生站在自己的面前。

胡小天用力眨了眨眼睛，方才敢斷定眼前的竟然是小公主七七，僅僅是一個月不見，七七竟然長高了許多，比起離開的時候至少要高出半頭，她的體重顯然沒有跟上身高的發育，所以顯得又瘦又高，就像一顆豆芽菜，一雙大眼睛紅紅的顯然剛剛哭過。

胡小天從頭到腳仔仔細細地打量她，胸脯很平，還是沒有發育的飛機場，畢竟還是小孩子，不過這一個月身高躥得有點猛。愣了一會兒方才清醒過來，趕緊起身，單膝跪倒在地上：「小天參見公主殿下！」

七七道：「平身吧！」語氣居然前所未有的溫和。

胡小天順勢站起身來，七七的頭頂已經到了他的眉毛，要是這樣瘋長下去，用不了多久就會超過自己了。

七七道：「我剛剛回宮，就聽說父皇生病。」

胡小天道：「公主放心，陛下洪福齊天，已經轉危為安。」

七七道：「我都已經聽說了，這次多虧了你。」說的雖然是感激的話，可是語氣卻沒有絲毫感激的成份在內。

胡小天道：「陛下沒事就好。」

七七歎了口氣道：「想不到我出去這段時間，宮裡面居然出了這麼多的事情。」看她愁上眉頭的樣子，居然多了幾分成熟的氣質。

胡小天道：「的確出了不少的事情。」

七七恨恨道：「聽說明月宮的那個文才人是個掃把星，自從她入宮之後，皇宮內的事情便層出不窮，連明月宮都被她燒了！」

胡小天總算是聽到有人說了句公道話，點了點頭道：「明月宮的確出了不少的事情，自從文才人來到宮中，明月宮便接連有人送命，雖然小天從不信命，可這位文才人實在是有些邪門。」

七七唇角卻突然流露出狡黠的笑意：「死無對證，是不是覺得文才人死了，所以你就將所有的事情都一股腦推到她的身上，反正一個死人也不可能跳出來反駁你。」

胡小天叫苦不迭道：「天地良心啊，這些事情跟我有何關係？」

七七向他走了一步，伸手指著他的鼻尖咄咄逼人道：「你以為我在外面就不知道宮裡面發生的事情？王德才是不是你殺的？」小公主又開始翻起了舊賬。

「不是……」

「馬良芃是不是你殺的？」

「呃……這……」

「這什麼這？秋燕也一定是你殺的，然後嫁禍給他人，一石二鳥清除掉文雅身邊的親信。等到這些人被你清除乾淨，你一不做二不休，放火燒了明月宮，將文雅和六名宮女太監全都燒死在明月宮中，胡小天啊胡小天，你果然夠毒！」手指頭差點沒戳到胡小天的鼻尖上。

第五章

祥瑞的龍氣升騰

周圍一幫太監宮女聽得瞠目結舌，見過不要臉的，
可從來沒見過那麼不要臉的，不就是一個屁嗎？
哪還有那麼多的講究，還龍氣？還祥瑞？
拍馬屁的見多了，可拍馬屁這麼肉麻的還是第一次見到。

胡小天被她逼得步步後退，一直退到牆根，心中暗罵，老子還以為你這刁蠻公主出去一趟能夠修心養性，可畢竟狗改不了吃屎，還是那麼變態，明月宮失火干我鳥事，他辯駁道：「公主聽何人胡說八道，小天待人做事從來都是坦坦蕩蕩，我豈會做這種喪盡天良的事情。」

七七呵呵冷笑道：「你又不是沒幹過，魏化霖是不是你殺的？他身邊的太監不是你殺的？」

胡小天被她問得張口結舌，又怕她的話被人給聽去了，伸出手去想要一把將七七的嘴巴蒙住。

七七早有準備，看到他出手，馬上先下手為強，一把抓住胡小天的手腕，意圖將他的手腕反擰到他的背後，這一招是權德安所教，專門克制玄冥陰風爪。招式上雖然占了上風，可是真正實施起來卻沒有起到應有的效果，胡小天手腕一擰，如同靈蛇一般從她的掌心掙脫開來，七七只感覺到一股巨大的力量從自己的掌心衝出，竟然將她的手掌震開。

胡小天旋即一爪抓向七七的胸膛，七七將胸膛一挺，胡小天眼看手爪就要抓上去，卻突然警醒，這可是當朝公主，自己要是抓上去那就是殺頭之罪，更何況這丫頭還未成年，自己作為一個擁有一定道德情操的社會青年，無論如何也不能幹這種事情，他趕緊把手又縮了回來。

胡小天手下留情，七七腳下卻不給胡小天絲毫的情面，一腳本著胡小天的襠下踢了過去，胡小天的反應速度甚至連他自己都嚇了一跳，看到七七身軀一動，就率先預計到她下一步的舉動，身體騰空躍起，這一跳竟然跳出一丈多高，七七的這一記撩陰腳自然落空，胡小天在空中一個翻身穩穩落在七七的身後，再度揚起右手，一把抓住了七七的頸後。

七七也沒有料到胡小天的武功竟然厲害到了這個地步，別說她，連胡小天自己都想不透，今天是怎麼了？超常發揮？如有神助，竟然可以提前預見到七七的出手，難道和自己在小黑屋中的突破有關？

七七被胡小天抓住了後頸，怒道：「放開，信不信我叫人砍了你的腦袋。」

胡小天道：「我放開你，你不可以再對我出手。」

七七道：「好！」

胡小天哪裡肯信，可又不敢不放，放開之後趕緊向後退出數步，拉開跟她之間的距離。

七七轉過身來狠狠瞪了胡小天一眼：「你這個心狠手辣的小賊，還有什麼事情你不敢做的？」

胡小天道：「明月宮的事情跟我沒關係。」

七七道：「外面都傳開了，說你偽造文才人的遺書，縱火燒了明月宮，害死了文才人和六名宮人。」

「流言蜚語豈可相信？」

「空穴來風未必無因，以你一貫的人品，我相信這件事十有八九是真的。」

胡小天不禁為之氣結，無奈搖頭道：「你愛怎樣想就怎樣想，老子清者自清！」

七七美眸圓睜道：「好你個大膽妄為的奴才，居然在本公主面前稱老子，信不信我奏請父皇砍了你的腦袋？」

胡小天道：「信，你小公主是金枝玉葉何等尊貴的人物，做這等恩將仇報的事情也很正常。」

七七道：「你才恩將仇報，當初在酒窖裡面，是不是你想殺了我和姑姑滅口？」

胡小天只怕她的這番話被外人聽了去，嚇得拱手討饒：「小公主，我怕了您了，得饒人處且饒人，我胡小天也沒有什麼對不住你的地方，您權當我是個屁，趕緊把我給放了。」

「你才放屁呢！」七七說完禁不住格格笑了起來，稍嫌稚嫩的俏臉之上居然流露出和她年齡不符的嫵媚之色，然後吐了吐香舌，可愛至極道：「其實你殺了文雅那賤人，燒了明月宮，我心底喜歡得很呢。」

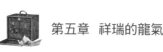

胡小天真是欲哭無淚了：「小公主，我真沒幹啊！」

七七白了他一眼道：「幹了就幹了，你怕什麼？瞞得過別人，還能瞞得過我嗎？」

胡小天徹底無語，把腦袋耷拉了下去，跟這位刁蠻公主根本沒有道理可言，要殺要剮隨你去。

七七緩步來到他身邊，用肩膀扛了他一下：「你不用害怕，有我幫你，沒人敢拿你怎麼樣。」聲音突然又低了下去：「不過你得老老實實告訴我，你是怎麼殺死文雅他們的。」說話的時候，眼裡流露出期待而興奮的光芒。

胡小天暗罵七七變態，既然她認定了事情是自己幹的，不妨破罐子破摔，好好嚇嚇她，看了看周圍，確信無人，方才向她勾了勾手指，七七將耳朵湊到他的唇邊。

胡小天壓低聲音道：「先姦後殺！一個不留！」

七七驚詫地捂住了嘴巴，一雙美眸流露出異樣的神采，顯得興奮至極，但是這其中絕沒有一絲一毫的恐懼：「你……你居然……連太監也不放過？」

胡小天陰惻惻笑道：「我做事從來斬草除根，片甲不留……」話沒說完，眼前拳影一晃，右眼劇痛，卻是挨了七七狠狠一拳，胡小天居然沒能反應過來，被近距離擊中，腦袋極其誇張地倒向身後。

七七咬牙切齒道：「死太監，你當本公主是白癡？你是太監嗳，先姦後殺，你有那個本事嗎？」

胡小天直起身來：「是你逼……」

蓬！又是一拳問候在胡小天的左眼上，胡小天這次直挺挺倒在了地上，他若是想躲當然能夠輕鬆躲過，可他對七七的性情非常瞭解，如果不讓她在手足上占到一點小便宜，只怕這妮子不會善罷甘休，順水推舟，老子權且吃個小虧，你姥姥的，老子有沒有那個本事？終有一天你會知道……呃……人家還是個小姑娘，胡小天啊胡小天，做人任何時候不能忘記道德二字……

龍燁霖這一夜睡得安穩，清晨醒來感覺身體恢復了許多，舒展雙臂，從床上坐起身來，感覺腹內鳴響，崩的一聲放了一個響屁。這個屁將一旁的太監宮女驚了一跳，旋即又驚喜不已，一名太監脫口道：「皇上放屁了……皇上……」說完之後方才意識到自己說錯了話，嚇得撲通一聲跪在地上，反手打了自己兩個大嘴巴子：「皇上，奴才言行無狀，罪該萬死。」

好在龍燁霖此時心情不錯並沒有追究他的罪責，其實這小太監並沒有說錯話，他的確是放了個屁，而且動靜很大，所有人都聽到了。

胡小天在外面苦熬了一夜，這會兒剛剛進入宣微宮，剛好聽到龍燁霖的這個響屁，內心也是為之一鬆，雖然闌尾炎對他來說只是一個小得不能再小的手術，可患者是皇上，任何事情都需要小心謹慎，放屁就意味著皇上可以進食了，可以說手術絕無問題。

胡小天第一時間來到床前，喜氣洋洋道：「恭喜皇上，賀喜皇上。」

龍燁霖有些哭笑不得，放個屁而已，何喜之有？他乾咳了一聲道：「何喜之有？」

胡小天道：「常言道：龍氣升騰，四海平安，小天得聞皇上的龍氣，實乃三生有幸，內心激蕩久久不能平復，古人有云：大音希聲，大象希形。此氣只能天上有，人間難得幾回聞。皇上德馨萬民，威震四方，得沐皇上的祥瑞之氣，我等是何其幸運，除了皇上誰又能發出如此空靈悠遠的聲音，誰又能散發出可比芝蘭的香氣，讓我等有三月不知肉味，餘音穿樑而三日不絕的感受。」

周圍一幫太監宮女聽得瞠目結舌，見過不要臉的，可從來沒見過那麼不要臉的，不就是一個屁嗎？哪還有那麼多的講究，還龍氣？還祥瑞？拍馬屁的見多了，可拍馬屁這麼肉麻的還是第一次見到。

龍燁霖乾咳了一聲，他也覺得胡小天的這通馬屁拍得有些過了，不過聽起來還是感到舒服受用，比剛剛那個小太監直接喊皇上放屁了要順耳許多，正所謂千穿萬穿，馬屁不穿，皇上也不能免俗。

胡小天拍完這通馬屁居然臉不紅心不跳，笑瞇瞇望著龍燁霖道：「陛下現在感覺如何？」

龍燁霖道：「朕放了這個……」總覺得說屁字不雅，當不起自己大康天子的身分，斟酌了一下方道：「朕放了這股龍氣之後，感覺舒爽了許多，傷口有些發緊，但是不疼了。」

胡小天笑道：「皇上洪福齊天，實乃大康社稷之福。」

龍燁霖道：「朕有些餓了！」

胡小天道：「陛下放心，現在可以用膳了。」

那幫太監前去準備膳食的時候，龍燁霖向胡小天點了點頭道：「胡小天，這次你救駕有功，朕重重有賞。」

胡小天慌忙跪倒在地上聽賞。

龍燁霖說到關鍵之處卻突然中斷，胡小天等了半天不見他說話，禁不住偷偷向上瞄，卻見龍燁霖抿嘴閉眼，崩的又是一個屁放了出來。真可謂是臭氣熏天，胡小天離得太近，避無可避，只能忍氣吞聲默默承受了這個臭屁，剛剛大喊皇上放屁的那個小太監此時總算找到了將功贖罪的機會，撲通一聲跪了下來，興高采烈道：「恭喜皇上，賀喜皇上，皇上龍氣升騰，四海平安，小箏子得聞皇上的龍氣，何其幸運……」這貨也算得上是過耳不忘，竟然將胡小天剛剛拍馬屁的那番話一字不落地複述出來。

胡小天側目向這貨望去，江山代有才人出，這皇宮果然是臥虎藏龍之地，老子剛剛說過，這貨居然就能如同複讀機一般複述起來，實乃百年難得一見的奇才。

那小太監卻是剛剛被派到皇上身邊的小太監尹箏，他拍馬的話還沒說完，崩！龍燁霖又是一個屁將他的話給打斷了。於是一幫宮女太監全都跪了下去，齊聲道：「恭喜皇上，賀喜皇上，皇上龍氣升騰，四海平安……」好嘛，這會兒功夫全學會了，這幫宮人在拍馬屁方面都有天份。

這幫太監宮女中途插入的直接結果，就是導致皇上把賞賜胡小天的事給忘了。胡小天本以為皇上醒來就要賞賜自己，可白聞了三個臭屁，結果什麼也沒落到，正所謂希望越大，失望越大。心情有些鬱悶地離開了宣微宮。

來到宣微宮外，迎面遇到了大內侍衛總統領慕容展。胡小天內心頓時產生了一股不祥的感覺，每次見到慕容展總沒有什麼好事，這個人鐵面無私，做事不講情面，跟這種人很難相處，他這次該不會又來抓自己？胡小天笑瞇瞇拱手行禮道：「小天見過統領大人。」

慕容展微微頷首：「胡公公好，皇上的病情怎樣了？」

胡小天聽他對自己如此客氣，頓時放下心來，笑道：「原來統領大人是來探望皇上的，我還以為你是來抓我回去的呢。」

慕容展道：「胡公公不要誤會，之前請胡公公去我那裡，也是為了保護胡公公，而非刻意針對，如今事情已經水落石出，自然不會再找胡公公的麻煩。」

胡小天聽他說事情已經水落石出，不由得吃了一驚，只是過了一個晚上，難道就把明月宮的事情搞清楚了？此事關乎到自己的生死存亡，胡小天自然上心，他低聲道：「大人的意思是說……已經證明了小天的清白？」

慕容展點了點頭道：「刑部翟廣目已經畏罪自殺，留下一封遺書，承認故意栽贓陷害，污蔑胡公公的清白。」

胡小天愕然道：「翟廣目？此人是誰？我根本不認識他。」

慕容展道：「你不認識他，他卻認得你，他在遺書中寫明，昔日曾經和你父親有些過節，所以想借著這次機會將你害死，此人擅長鑒定筆跡，就是他說文才人留下的那份遺書乃是偽造，而且直指罪魁禍首就是你。」

胡小天怒道：「此人真是可惡，居然用如此卑鄙的手段害我。」

慕容展道：「他已經死了，而且也留下一封信說明了事情的經過。」

胡小天道：「如何死了？」

慕容展道：「死得很慘，雙目被人剜出，舌頭被人割掉，懸掛在房樑之上，應該在死前遭受了一番折磨，不過那封信絕對是他親筆所寫。」

胡小天道：「在人威逼之下所寫？那豈不是要懷疑到我？」

慕容展道：「文才人的那封遺書又找人鑒定過，確信跟你無關，文太師也認同了這次的鑒定結果。」

胡小天這才鬆了口氣，文承煥那老傢伙居然肯放過自己，看來這件事背後很不尋常。

太師府內，文承煥靜靜望著對面的姬飛花，此人豔若桃李，心如蛇蠍。姬飛花不緊不慢地品著杯中的香茗，一雙星辰般的眼眸顧盼生輝，梨渦淺笑道：「文太師覺得這茶如何？」茶葉是他送來的，既然登門，總不能空著手。

文承煥道：「品茶的真諦在於心境而不是茶葉本身。」姬飛花上門在他看來是黃鼠狼給雞拜年沒安好心。

姬飛花微笑道：「文太師句句珠璣，同樣的一壺茶，有些人喝起來清新甘醇，而有些人卻覺得苦澀無比，如同咽醋，不是茶的問題，而是心情的問題。」

文承煥忽然端起面前的茶盞，將其中的茶水全都潑在地面上。

姬飛花不動聲色，慢慢落下茶盞，蘭花指撚起盅蓋輕輕放在茶盅之上，輕聲道：「文家有女初長成，養在深閨人未識。天生麗質難自棄，一朝選在君王側。回眸一笑百媚生，六宮粉黛無顏色。文才人入宮之前，的確有人聽說過文太師有位養女，可是誰也沒有見過她真實的樣子。」

文承煥聞言心中一驚，他老謀深算，縱然內心波瀾起伏，可面容卻依然古井不波，冷冷道：「姬公公話裡有話。」

姬飛花微笑道：「飛花一向以為自己頗有膽色，可是跟太師比起來卻甘拜下風，縱然是咱家也不敢幹出偷樑換柱的事情來。」

「姬公公什麼意思？」

姬飛花道：「這世上多數都是糊塗人，可也有一部分明白人，還有一部分卻是揣著明白裝糊塗的人，咱家看太師不是老糊塗了就是在裝糊塗。」

「放肆！」文承煥怒吼道。

姬飛花道：「陛下宅心仁厚，寬以待人，可太上皇為人就稍嫌多疑了一些，所以誰有幾個老婆，誰家有多少子女，誰家有幾多宅院，幾畝良田，他老人家都查得清清楚楚。太上皇並沒有將之公諸於眾，很多事情都是記錄下來的，對了，這事兒過去都是天機局在做。」

文承煥唇角的肌肉突然跳動了一下，現在的天機局卻是被姬飛花牢牢掌控在手裡。

姬飛花道：「咱家接管天機局的時候，剛好發現了一些東西，有很多事情顯然不是什麼好事，真要是公佈出來，恐怕……」他的話沒說完，然後又格格笑了起來。從袖中抽出了一張畫軸，徐徐在文承煥的面前展開，畫軸之上畫著一個美麗的少女，眉眼倒有七分和文雅相似。

文承煥道：「雅兒的畫像你是從何處得來？」

姬飛花道：「太上皇做事非常縝密，倘若是一幅畫像自然沒什麼說服力，可是……」他又拿出一個小小的錦盒放在桌面上：「這裡面有一束頭髮，還有她指紋的印記。一個人就算長大了，就算模樣發生了改變，可是她頭髮的質地和手指的紋路都不會改變。文才人在宮裡也待了一些日子，有些印記多少還是會留下一些。」

文承煥道：「姬公公真是有心。」

姬飛花微笑道：「跟文太師同朝為臣，不多個心眼，咱家多少顆人頭也不夠砍。」

文承煥只是冷笑。

姬飛花道：「文才人雖然死了，可梧桐還活著，她雖然知道的事情不多，但是只要耐心詢問，還是有所收穫的。文太師既然看到了那封遺書就應該趁早收場，常言道：得饒人處且饒人，何必要咄咄逼人，不死不休？讓翟廣目違心作證，更是錯上加錯，身為刑部官員，知法犯法，文太師覺得他是不是死有餘辜？」

文承煥呵呵笑道：「姬公公應該好好想想自己的這句話。」

姬飛花道：「太師位高權重，即便是我在皇上面前列出這些不疼不癢的證據，皇上也未必肯信。可太師有沒有想過，飛花赤膽忠心一心為國，若是有人想通過明月宮的事情來詆毀我，皇上會不會相信？會不會降罪於我？」

文承煥道：「皇上對姬公公的恩寵，放眼大康無人能及。」

姬飛花微笑道：「人無千日好花無百日紅，飛花自小成長於宮中，寵信這兩個字看得比誰都要清楚，飛花也明白活著的意義何在，若是有人想要害我，飛花或許會一笑置之，可若是有人敢打皇上的主意，休怪咱家不講情面。」

文承煥緩緩點了點頭，面對姬飛花的公然威脅，文承煥居然無言以對，在這場交鋒中姬飛花無疑已經占盡主動。文承煥內心之中斟酌片刻方道：「希望姬公公永遠記得剛才的這番話，忠君愛國乃是人之根本，若是有人膽敢對皇上不忠，文某就算拚上這條老命也要跟他不死不休。」

姬飛花呵呵笑道：「聽到文太師這句話，飛花真是替皇上感到高興，看來你我的目的相同，只不過想走的道路不同罷了。」他一語雙關，暗藏機鋒。

道不同，不相為謀！文承煥當然明白這個道理。

姬飛花緩緩站起身道：「咱家還有要事在身，先行告辭了！」

「恕不遠送！」

姬飛花離去不久，又有人登門拜候，卻是紫蘭宮的宮女紫鵑，文承煥不由得感到有些奇怪，聽聞紫鵑是奉了安平公主龍曦月的命令過來傳訊，又不好不見，於是讓人將紫鵑請了進來。

紫鵑聰明伶俐，見到文承煥道了一個萬福，嬌柔婉轉道：「紫蘭宮紫鵑參見文太師！」

文承煥微笑道：「紫鵑姑娘來找老夫所為何事？」他跟紫鵑素未謀面，至於安平公主龍曦月也從未有過什麼交情，真是猜不透這小妮子登門的目的。

紫鵑道：「紫鵑是奉了公主的命令，前來給文太師送樣東西。」

文承煥微微一怔：「什麼東西？」

紫鵑輕聲道：「說起來這樣東西還是當初文才人送給我家公主的，現在文才人遭遇不幸，公主看到這件東西睹物思人，總不免感到難過，於是讓奴婢將這件東西送回文府，物歸原主，也了卻了一樁心願。」她雙手將一幅畫呈上。

文承煥接過那幅畫，當著紫鵑的面展開，卻見畫的是一幅蜜蜂採花圖，題跋之上赫然寫著自己兒子的名字，文承煥內心不禁一驚。

紫鵑道：「公主說了，這幅畫畫得雖然不錯，可送花的人似乎意有所指，公主即將遠嫁大雍，不想橫生枝節，若是這幅畫落在一些別有用心人的手裡，恐怕對她對文家都不好。」

文承煥表情尷尬，他當然能夠懂得紫鵑在暗示什麼。勉強擠出一絲笑容道：「紫鵑姑娘回去幫我回覆公主，就說老夫一定會妥善處理此事。」

紫鵑道：「當初文才人送這幅畫過去的時候，剛巧明月宮的胡公公也一起過去，公主說了，讓文太師不必擔心，她會提醒胡公公只當沒有看見這件事。」

文承煥此時方才明白安平公主讓宮女送來這幅畫的真正目的，她是要通過這種方式保住胡小天的性命，更是向自己一種婉轉的攤牌，若是自己在胡小天的事情上不依不饒，或許她就會將贈畫的事情公諸於眾，文承煥心中暗歎，胡小天啊胡小天，你小子到底有什麼本事，居然能夠牽動這麼多人的注意。

文承煥微笑道：「紫鵑姑娘回去幫我回稟公主，她的好意，老夫心領了。」

紫鵑笑道：「既然文太師全都明白了，紫鵑就先回去了。」她向文承煥施禮之後離去。

文承煥展開那幅花鳥圖越看越是惱火，忽然重重在茶几上拍了一掌，怒吼道：「來人，將博遠給我叫過來！」

文博遠聽說父親召喚，趕緊來到他的身邊，看到父親一臉怒容，頓時感覺不妙，不過他並沒有想到父親發火和自己有關，恭敬道：「爹，是不是姬飛花那閹賊惹得您如此生氣？」

文承煥怒吼道：「全都是你幹的好事！」他將手中的那副花鳥畫扔到文博遠的腳下。

文博遠心中一驚，從地上撿起那幅畫，展開一看，先是一怔，旋即眉頭又舒展開來：「爹，這幅花鳥畫並非孩兒親筆所繪，乃是贗品！」

文承煥聞言不由得有些糊塗了：「贗品？」

文博遠點了點頭道：「孩兒自己畫的畫自己當然認得，這幅畫雖然畫得七分相似，可運筆勾線在細節上和孩兒仍然有些不同，我若是沒看錯，這應該是個女子所繪。」

文承煥皺了皺眉頭道：「此畫乃是安平公主讓她的宮女送過來的，你敢斷定這幅畫是假的？」

文博遠道：「絕對是假的。」

文承煥道：「那你究竟有沒有讓你姐姐送一幅花鳥畫給安平公主？」

文博遠被問得面孔一熱，抿了抿嘴唇，終於還是點了點頭。

文承煥歎了口氣，指著他的鼻子道：「你這小子，好生糊塗啊！安平公主已經許配給大雍七皇子薛傳銘，你送給她這樣的一幅畫，連傻子都看得出是在表白心跡。」

文博遠面紅耳赤道：「爹，孩兒不知她為何要送一幅贗品過來，若是不喜歡，直接將原畫送回就是。」

文承煥搖了搖頭道：「現在所有人都知道我要追究胡小天的責任，她那宮女過來的時候，特地提起胡小天也曾經親眼目睹這件事，無非是在威脅老夫。想不到這位安平公主的手段如此高明，送來贗品只是為了給我們提個醒，若是我們繼續對胡小天不依不饒，她就會將原畫送上去。」

文博遠聽到這裡真是有些心灰意冷，他暗戀龍曦月已經許久，其間也曾經向父親流露出想娶龍曦月為妻的想法，但是父親因為政治上的考慮予以堅定拒絕，後來聽說安平公主和大雍七皇子定親，文博遠心有不甘，所以才會通過姐姐文雅轉贈給龍曦月這幅畫，藉以表白自己的心跡。

其實文博遠到現在都沒有得到姐姐的回覆，文雅就因明月宮失火之事香消玉殞，卻沒有想到在姐姐死後，這幅用來表白心跡的畫竟然成為龍曦月轉而對付自己的證據，這讓文博遠怎能不難過。更讓他想不透的是，龍曦月竟然為了一個小太監不惜和文家作對，這小太監的身上究竟有什麼魔力？不知不覺中文博遠將一腔仇恨全都轉移到了胡小天的身上，暗暗道：「胡小天，我不殺你誓不為人！」

胡小天無論如何都不會想到自己得罪了文博遠，雖然皇上忘了賞賜自己的事情，可也沒有降罪於他，這次的事情總算有驚無險的度過。胡小天當然不會將所有的一切歸功於自己福大命大的好運氣，為皇上解除病痛這件事的確給他增功不少，更重要的原因卻是姬飛花在背後的力保。

刑部翟廣目如此悲慘的下場應該是拜姬飛花所賜，手段雖然毒辣，可畢竟起到了作用。歸根結底還是翟廣目害他在先，姬飛花所做的也只是為他討還公道。

胡小天重返司苑局，有種衣錦還鄉的感覺。短短幾日之間，他就經歷了起起伏伏，先是被人視為焚燒明月宮，害死文才人的最主要嫌疑人，然後又被羈押，事情卻在走入低谷之時突然有了意想不到的轉機，皇上的一場突如其來的急病讓他隱藏已久的醫術終於有了用武之地，他也因此搖身一變，從一個重點嫌疑犯變成了救治皇上的有功之士。表面上都如此輾轉波折，背後還不知發生了多少驚心動魄的博弈。

胡小天走入司苑局的時候，一幫小太監們爭先恐後地湊了上來，一個個的笑臉中再也沒有之前的戒備，要知道如今胡小天成了皇上的救命恩人，就算是再大的過錯也不會被追究，他能夠齊齊整整平安無事回來，就已經證明了一切。

胡小天對待這幫小太監態度依然和藹，他早已見慣世態炎涼，所以也沒有因為這些小太監之前的態度而介意，換成是他，也會選擇明哲保身。

得知他平安無事，幾名小太監已經提前將他的房間整理好，火爐子燒得正旺，房間內暖融融的，連浴桶裡面的熱水也加好了。

胡小天來到門前的時候，史學東和小卓子兩人弄來了一個火盆子，示意胡小天從上面跨過去，意在去去晦氣。

胡小天撩起長袍跳了過去，小卓子慌忙將火盆移開。

史學東眉開眼笑道：「胡公公，先洗個澡換身衣服，小鄧子在準備好酒好菜，今兒大傢伙好好給您恭賀一下。」

胡小天點了點頭，來到房內，史學東和小卓子跟了進來，兩人顯然是準備伺候胡小天沐浴的意思。胡小天可無福消受，擺了擺手道：「我自己來，你們先出去。」

看到胡小天堅決不讓他們伺候，太監們方才作罷，退出去之後，胡小天插上房門，脫光衣服跳入澡盆裡面，不是不想被伺候，而是害怕自己的秘密露了餡，畢竟夾帶了這麼大一根私貨，若是讓他人看到，只怕是被抄家滅族了。

躺在溫熱的浴桶之中，舒服得整個人感覺就像飄入了雲端，忽然想起在明月宮那晚的經歷，腦海中閃過自己和文雅纏綿交戰的畫面，胡小天實在搞不清到底是自己的臆想，還是真正發生過的事實，暗自歎了一口氣，抹了把臉。低頭望著自己的命根子仍在，卻不知這樣遮遮掩掩的日子什麼時候才是盡頭。

沐浴之後，換上嶄新的一身衣服，整個人感覺煥然一新，神清氣爽。拉開房門，看到一幫小太監仍然在外面恭候著，胡小天一出門，全都齊聲道：「胡公公高大威猛，玉樹臨風，英俊瀟灑，氣度不凡！我等對胡公公的敬仰如長江之水滔滔不絕，又如黃河氾濫一發而不可收拾。」

胡小天哈哈大笑，感覺困擾他多日的晦氣頃刻間一掃而光。只是他現在的形象有些襯不起這些太監的吹捧，剛剛被七七打過的兩拳，讓他的眼圈有些發青，雖然不甚明顯，可畢竟影響到了他的形象。

史學東讓人準備好了酒菜，請胡小天過去。胡小天在史學東、小卓子、小鄧子三名心腹的陪同下，準備好好享受這頓久違的午餐，端起酒杯道：「啥都不說了，今兒咱們幾個開懷暢飲，不醉不休。」

三人同時回應，齊齊端起了酒杯。

胡小天酒杯剛剛湊到了唇邊，還沒有來得及飲下，就聽到外面傳來通報之聲：「尚膳監張公公到！」

胡小天聞言不由得愣了一下，張福全？他上次設計把自己調開，結果發生了陳成強的命案，今次前來卻不知又想怎麼害我？如果說胡小天之前還對張福全有些好感，現在卻因為權德安的事情將他一併鄙視起來。

皇宮之中最多的就是皮厚心黑的人物，張福全就是其中的典型代表，明明坑過胡小天，從他的臉上卻看不到任何內疚之意，彷彿什麼事都沒有發生過一樣，一見到胡小天，就拱手賀喜道：「恭喜胡公公，賀喜胡公公。」

胡小天看到這廝那張人畜無傷的笑臉氣就不打一處來，這張臉皮可真是厚，上次就打著給自己賀喜的名義想坑自己，今天又來！黃鼠狼給雞拜年，沒安好心，礙於面子，胡小天也拱了拱手道：「張公公客氣了，小天何喜之有。」

張福全走上前來，親切握住胡小天的右手道：「胡老弟，現在皇城內外，無人不知無人不曉，兄弟兩次挽救皇上於病痛之中，真乃是當世神醫。」

胡小天笑道：「張公公太抬舉我了，小天算得上什麼神醫，全都是皇上洪福齊天。」

張福全一雙小眼睛向桌上瞄了一眼，滿桌的酒菜，瞎子也能夠看出他們幾人在幹什麼。胡小天卻沒有邀請他入座的意思，臉上雖然笑咪咪的，可分明是想給張福全一個軟釘子碰。

張福全朝史學東、小卓子、小鄧子臉上瞄過，這些小太監過去全都跟著他在牛羊房幹過，幾人對張福全還是頗為敬畏的，張福全笑道：「原來你們在喝酒啊！」

史學東並不清楚胡小天和張福全之間的恩怨，客氣道：「張公公若是不嫌棄，一起坐吧。」

張福全笑道：「好啊！」居然就勢一屁股坐了下去。

胡小天瞪了史學東一眼，暗責這廝多嘴，假如沒有史學東這句話，張福全很難找到台階下。

張福全一旦做下就反客為主，向胡小天笑道：「胡老弟，趕緊坐下，你們幾個也是，都站著幹什麼？坐下喝酒，坐下喝酒。」

胡小天坐了下去，他不發話，史學東三人也不敢坐了，史學東知道自己多嘴說錯了話，趕緊上前先給胡小天倒了酒。

胡小天道：「你們三個先去忙吧，我和張公公單獨說兩句話。」

史學東三人應了一聲，退出門去。

張福全看到自己面前的酒杯空著，胡小天卻沒有給他倒酒的意思，他笑了笑，拿起酒壺自己將面前的空杯滿上了，這酒杯剛才是史學東用過的。

胡小天故意提醒他道：「張公公，這酒杯是史學東用過的。」

張福全微笑端起酒杯，向胡小天做了個敬他的動作，然後一飲而盡，先乾為敬。

胡小天也喝了這杯酒，暗歎張福全的臉皮真是修煉到了一定的境界。

張福全道：「其實咱們這些人在皇宮中無非是為了討口飯吃，能夠吃飽穿暖，苟活在這個世界上已經很不容易，又有什麼可挑剔的？」

胡小天聽出他話裡有話，微笑道：「張公公深得上頭的器重，您要是討飯吃，小天只有餓死的份了。」

張福全道：「胡老弟是不是生我的氣了？」

「張公公此話從何談起？」

張福全道：「上次我邀胡老弟去尚膳監吃飯，實在是沒有想到明月宮會剛巧出了這麼大的事情，事後我思來想去，在這件事上我的確是百口莫辯，換成你我易地相處，我也一定會產生懷疑。」

胡小天心中暗自冷笑，事情已經過去，張福全看到害自己不成當然會這樣說，還真把自己當成了三歲孩童，事到如今僅僅用巧合二字只怕無法解釋清楚。胡小天道：「凡事皆有巧合，其實說起來我還要感謝張公公才對，如果不是張公公請我過去喝酒，只怕小天已經遭到惡人毒手。」

張福全道：「胡老弟福大命大，必然可以逢凶化吉。」

胡小天笑道：「現在我倒是相信自己的運氣還真是不錯了，就說這次明月宮失火，本來我以為要背定了這個黑鍋，卻沒有想到事情居然這麼快就水落石出。」

張福全道：「人為刀俎我為魚肉，運氣未必始終會站在你這一邊。」

胡小天聽他突然說出這句話，心中不由得一驚。

張福全道：「胡老弟應該記得，當初是我將你帶到了尚膳監，說起來咱們還是有些緣分的。」

胡小天微笑道：「小天不敢忘，說起這件事，小天應當給張公公敬三杯酒呢，若無當初你的照顧，小天也不會有今日的造化。」

張福全笑道：「照顧你的不是我，而是權公公！」

胡小天道：「權公公對小天有救命之恩，小天也是不會忘記的。」胡小天對這件事看得很清楚，權德安雖然幫過自己，可是自始至終只是將他當成一顆棋子罷了，關鍵時刻拋棄自己絕不會有絲毫的猶豫，此次明月宮失火一事上，他就對自己的死活坐視不理，意圖通過自己牽累姬飛花，反觀姬飛花非但沒有急於將自己滅口，反而在關鍵時刻施以援手，經歷此事之後，胡小天內心的天平已經向姬飛花傾斜，至少姬飛花還是講些義氣的。

張福全道：「這皇宮之中，每個人都有每個人的盤算，在裡面待得久了，就會慢慢明白，表面上對你好的，說不定心中時刻盤算著坑害你，現在沒有害你的，未必將來不會害你，所以想要在這宮裡活得長久，最好還是明哲保身，任何人的話也不可相信。」

這番話從張福全的嘴裡說出來，倒是讓胡小天有些吃驚，他總覺得張福全今天表現得有些奇怪，似乎有話想說，卻欲言又止。

胡小天道：「是不是權公公有什麼吩咐？」

張福全道：「今次前來只是想胡老弟知道，上次我請你去尚膳監飲酒乃是我自己的意思，今天過來恭賀胡老弟逢凶化吉，也完全是我自己的意思。」說完這句話，他端起面前杯中酒飲盡，起身道：「胡老弟年輕有為，日後前途必然無可限量。」今天張福全並沒有說什麼以後發跡之後不要忘記他這位老哥哥之類的話，來得突然，走得也突然。

胡小天被張福全此次前來弄得一頭霧水，回想張福全說過的話，好像在強調兩次過來都是他自己的意思？難道他在暗示自己，他和權德安之間並不是他所想像的親密關係？難道張福全也有自己的算盤？這皇宮之中人心真是複雜。

胡小天送張福全離去之後，也失去了飲酒的興致。

史學東小心翼翼來到他的身邊，低聲道：「他來做什麼？」

胡小天搖了搖頭道：「不知道。」

史學東充滿好奇道：「說了什麼？」

「沒說什麼！」

此時小卓子也走了過來，稟報道：「胡公公，剛才藏書閣的小太監元福來過，他替藏書閣李公公傳話說，您借走的那幾本《大康通鑒》應該還了。」

胡小天一聽就知道，李雲聰是在通過這種方式提醒自己見面了。

史學東不知胡小天和李雲聰之間的關係，不屑道：「幾本破書罷了，急著催什麼？」

第六章

心病還須心藥醫

秦雨曈伸出纖手，輕搭在周睿淵的脈門之上，很快又離開：「大人的身體好得很。」

周睿淵道：「我有病。」他指了指自己的心口：「這裡！」

秦雨曈道：「心病還須心藥醫，我對大人的病情愛莫能助。」

下午的時候，小鄧子過來向胡小天通報，卻是秦雨瞳回來了，在太醫院等著他，說有重要事情想要請教。胡小天其實也想見見秦雨瞳，他也有很多不解的地方期待得到解答，可謂是一拍即合。

按照約定的時間，準時來到了太醫院。今天的太醫院頗為冷清，並沒有多少宮人過來看病。

來到上次和秦雨瞳見面的天字號診室，發現房間內空無一人，胡小天正在納悶之時，聽到身後響起腳步聲。自從在小黑屋內實現無相神功的突破之後，他方方面面的感覺就變得異常敏銳，在不知不覺中已經實現了境界的提升和跨越。慢慢轉過身去，看到秦雨瞳手中捧著一個木匣走了進來，一雙明眸朝他眨了眨算是打了招呼。

她將木匣放在桌上，看到胡小天仍然站著，輕聲道：「坐！」

胡小天這才坐下，笑道：「這兩天不是蹲著就是坐著，寧願站著舒服一些。」

秦雨瞳意味深長道：「你這人就是閒不住的性子，真要是把你給關起來，只怕你會瘋掉。」

胡小天笑了笑道：「什麼時候回來的？不是說你出城採藥去了？」

秦雨瞳道：「剛到紅葉谷，就收到消息，說皇上突發急病，就第一時間趕了回來。」

胡小天有些好奇地望著那匣子。

秦雨瞳笑道：「這裡面是給安平公主準備的一些藥。」

胡小天不由關切道：「怎麼？公主生病了？」體貼之情溢於言表。

「沒有！只是距離她前往大雍之日已經不遠，所以我特地準備了一些常用的藥物，讓她路上帶著，以備不時之需。」

胡小天聽說龍曦月沒有生病這才放下心來，不過想起新年之後，龍曦月就要遠嫁大雍，又不禁愁上心頭。直到現在，他都沒有想出一個穩妥的方法去解救安平公主。

秦雨瞳道：「你是如何認識安平公主的？」

胡小天道：「偶然的機會。」說了等於沒說，他怎麼可能將真相說出來，他和安平公主的相識全都源於七七的那場惡作劇。

秦雨瞳幽然歎了口氣道：「安平公主可謂是命運多舛，如今她的身邊已經沒有親人了。」

胡小天道：「至少還有你這個朋友，你若是有時間就多開導開導她。」

秦雨瞳點了點頭，輕聲道：「你的事情我聽說了一些，現在應該沒事了吧？」

胡小天笑道：「明月宮失火原本就跟我沒有半毛錢的關係，有些居心叵測的人想找一個人出來背黑鍋，所以才把火力集中在我的身上，幸好，我還算有些運氣。」

秦雨瞳道：「皇上在這時候發了急病，你出手為他解除病痛，立了大功。」

胡小天謙虛道：「只是運氣罷了。」

秦雨瞳卻搖了搖頭道：「不僅僅是運氣吧，有些事你只看到了表面，如果沒有人說，可能你這輩子都不會知道。」

胡小天心中一陣好奇，秦雨瞳好像話裡有話，難道她也知道姬飛花在背後施以援手？胡小天微笑道：「秦姑娘話裡暗藏玄機，恕小天愚昧，還請說得明白一些。」

秦雨瞳道：「我聽說為了你的事情，安平公主特地差遣紫鵑前往太師府一趟。專程給他送去了一幅畫，據說那幅畫還是當初文才人所贈。」

胡小天聽到這裡不由得有些迷惘，當初文雅送給龍曦月那幅畫的時候他就在一旁，記得清清楚楚龍曦月並沒有收下，現在又怎會上演一次登門還畫的戲碼？只是片刻的迷惘，馬上就明白了龍曦月的苦心，她一定是利用這幅畫在給文承煥施壓，讓老傢伙放棄對付自己的想法。想透了其中的道理，胡小天心中一陣感動，自己何德何能，一個罪臣之子，一個不得不看人眼色行事的小太監，居然能夠得到公主如此垂青。

秦雨瞳意味深長地看著他，輕聲歎了口氣道：「我記得之前你曾經說過的一些話，現在想想，也不是沒有道理。」她所指的是胡小天當初曾經指責她對好友龍曦月的命運不聞不問之事。

胡小天道：「每個人都有每個人的苦衷，其實我也不該將自己的想法強加於人。」

秦雨瞳淡然道：「我沒有聽錯？你居然開始為別人著想了。」

胡小天笑了起來。

秦雨瞳道：「你說我眼睜睜看著悲劇發生而無動於衷，想必你有了改變這件事的主意。」

解救龍曦月，改變這位美麗公主的悲慘命運說來容易，可真正做起來哪有那麼簡單，胡小天雖然決心這樣去做，但是直到現在仍然沒有想起最可行的辦法，其實即便是想到了，胡小天也不敢輕易說出來。他認識秦雨瞳已經有了不短的時間，但是兩人之間的關係仍然不即不離。秦雨瞳讓人捉摸不透，她的身上始終帶著一種如雲似霧的神秘感覺，胡小天看不透她的真正想法，自然對她也不敢報以完全的信任。

秦雨瞳顯然猜到了他的想法，輕聲道：「看來你也沒什麼主意，作為公主的朋友，我只想勸你一句，任何事情在沒有把握之前絕不可以輕易冒險，你可以對自己不負責，卻無權對他人不負責。」她這番話說得語重心長。

胡小天點了點頭道：「秦姑娘想到哪裡去了，即便是我也不會拿自己的性命冒險，更不用讓別人跟我一起冒險。」

秦雨瞳道：「咱們不聊這件事了，對了，皇上這次是什麼病？不會真的像外界所傳的那樣，肚子裡面有一條吸血蟲子吧？」

胡小天道：「你聽說了？」秦雨瞳在醫學上造詣頗深，瞞得過別人，只怕瞞不過她。

秦雨瞳道：「胡大人醫術超群，可否為雨瞳詳細說明一下？」她虛心好學，對胡小天的醫術實則抱有強烈的好奇心。

胡小天眨了眨眼睛，並沒有馬上回答。

秦雨瞳看到他如此表情，還以為讓他為難了，輕聲道：「若是你覺得為難，也可以不說。」

胡小天笑道：「有什麼好為難的？只是我從小到大就信奉一個人生準則。」

秦雨瞳秀眉微揚。

「互利互惠，投之以桃報之以李。」

秦雨瞳聽他這樣說並沒有任何驚奇，這世上絕沒有任何不勞而獲的事情，她輕聲道：「不知胡大人想從我這裡得到什麼？」

胡小天道：「秦姑娘製作人皮面具的本事出神入化，小天想秦姑娘送我幾張人皮面具，以備不時之需。」自從在夔州利用人皮面具逃生之後，胡小天便對秦雨瞳的這手功夫念念不忘，見到秦雨瞳就想從她這裡得到幾張面具，為以後的出逃做準備。

秦雨瞳道：「好！我可以給你幾張面具，甚至還可以教給你一些易容的手法，不過要看你教給我的知識值不值得。」

胡小天笑道：「一言為定！」他伸出手去和秦雨瞳擊掌為誓。

胡小天找來紙筆，先將皇上這次得闌尾炎的病因和病理說了，又在紙上畫了局部解剖圖，將自己手術的全過程講給秦雨瞳聽，秦雨瞳聽得入神，她學醫已有十年，在醫術方面頗得師父任天擎的真傳，可是胡小天所說的都是現代外科知識，對秦雨瞳而言可謂是打開了一個全新境界，秦雨瞳聽得入神，對胡小天的欣賞和欽佩又多了幾分，真是沒想到這出身豪門的紈絝子弟，居然懂得這麼精深的醫學知識。

胡小天連續說了近一個時辰，說得口乾舌燥，自己倒了杯茶咕嘟咕嘟灌了幾口，抹乾唇角道：「想要對外科有個完整的瞭解絕非一日之功，今兒就說到這裡，等我回去，抽時間先把人體解剖圖畫出來，送給你好不好？」

秦雨瞳道：「如此珍貴的禮物，真是讓雨瞳受寵若驚了。」

胡小天道：「有來有往，我送你一套人體解剖圖，你送我五張面具如何？」這貨當然不會忘記了自己的條件，他才不會白白付出，對秦雨瞳也不例外。

秦雨瞳道：「胡大人，並非是雨瞳有意藏私，而是雨瞳手中的確沒有那麼多的面具，雨瞳手上只有兩張，這些面具全都是師尊親手所製，若是雨瞳前去討要，又怕師尊生疑。」胡小天雖然沒有說明，可是秦雨瞳也隱約猜到，他索要人皮面具必然和營救安平公主的事情有關。

胡小天聽說她只能給自己兩張，心中不禁有些失望，可人體解剖學在現代醫學中原本也不是什麼高深的學問，也就是拿到這個時代才能騙點東西。秦雨瞳這個人雖然性情清冷了一些，可她應該不會說謊，更何況之前她在燮州還救了自己一次。

秦雨瞳道：「若是你肯學，我可以將易容術教給你，關鍵時可以派上用場。」

胡小天道：「好，我回去就將解剖圖畫出來。」

秦雨瞳道：「下次見面的時候，我會將你要的東西全都帶來。」

兩人約定好下次見面之期，胡小天這才離開了太醫院。臨行之前，秦雨瞳卻又給了他一個單子，上面羅列了幾樣藥材，全都是太醫院沒有，而司苑局的藥庫中可以找到的，秦雨瞳只去了一趟藥庫，就對其中的藏品之豐歎為觀止，其中有不少藥材已經因為時間久遠而失去了藥效，讓秦雨瞳惋惜不已。

胡小天此次前來可謂是收穫頗豐，秦雨瞳答應給他兩張人皮面具，又同意傳給他易容術，這為他日後的逃離奠定了基礎，以自己的醫學基礎，學會易容術應該不難，只要自己能夠掌握易容術，就可以帶著龍曦月改變容貌，溜之大吉。

胡小天越想越是得意，回去的路上都笑出聲來，只顧著埋頭走路，沒注意前方的動向，險些和對面來人撞了個滿懷。胡小天及時停下腳步，抬頭一看，卻是當朝左丞相周睿淵。

胡小天驚得一頭冷汗，對方可是一人之下萬人之上的實權人物，慌忙躬身行禮道：「小的有眼無珠衝撞了大人，還望大人恕罪。」

周睿淵卻沒有絲毫怪罪他的樣子，微笑望著他道：「胡小天！」

「正是小的！」胡小天仍然不敢抬頭，周睿淵其人他是聞名已久，可今天才是第二次見面，真正面對面打照面還是第一次。

胡小天本不想引起周睿淵的注意，可沒想到周睿淵一口就叫出了自己的名字，以他的身分地位總不能先周睿淵離去，唯有硬著頭皮撐下去，耷拉著腦袋讓到一旁，請周睿淵先行。

周睿淵沒有馬上離去，微笑道：「你抬起頭來。」

胡小天抬起頭，周睿淵深邃的目光打量著他的面孔，胡小天鼻正口方，面目英俊，的確是一表人才，說起來這小子還差點成了自己的女婿。周睿淵點了點頭道：「自從你長大之後，我還沒有見過你呢，你不必如此恭敬，說起來咱們也算不上外人，你還應當稱我一聲伯伯呢。」

胡小天道：「罪臣之子不敢高攀。」

周睿淵歎了口氣道：「你父親做錯的事情和你何干？」

胡小天沒說話，心想你這會兒在我面前裝好人了，我爹落到今天的境地，您老可出力不小。

周睿淵道：「胡小天，想不到你居然還懂得醫術。」

「偶然跟家裡的一位老家人學會的。」

周睿淵並不關心他的醫術從何處學來，輕聲道：「看來過去的很多傳言都是假的。」他所指的是胡小天是個傻子的事，他也聽說了胡家的傻兒子突然變聰明的事情，只是覺得這種事情實在太過匪夷所思，周睿淵是個極其理性冷靜之人，在他看來這件事或許是以訛傳訛，見到胡小天之後，他又想起陳年往事，心中生出了另外的想法，難道胡家的兒子本來就不是傻子？而是胡不為故意放出這樣的假消息，如果真要是這樣，自己當初退婚卻是中了胡不為的圈套，而是胡不為故意設計讓自己提出退婚了。不過這件事怪不得周睿淵，任何人也不想自己的女兒嫁給一個傻子。

胡小天道：「周大人指的是……」

周睿淵笑道：「沒什麼，胡小天，你來太醫院做什麼？」

胡小天道：「看病。」

「噢？你都能治好皇上的病症，怎麼也需要來這裡看病？」

胡小天微笑道：「大人難道忘記了醫者不自醫的道理？」

周睿淵呵呵笑了起來，他點了點頭，目光中充滿欣賞之色：「既然到了這裡就好好做事，你年輕聰明還有能力，相信皇上一定會重用你。」

胡小天道：「小天只是一個宦官，清楚自己的身分和責任，留在宮中是為了贖罪，心中只想著好好伺候皇上，除此以外再無其他的想法。」

單從胡小天的這句話就能夠聽出他對自己充滿了戒備心，在周睿淵看來這也非常正常，畢竟所有人都知道他和胡不為不睦，看到胡不為的寶貝兒子落到如今的下場，周睿淵心中也不禁生出一陣感慨，他低聲道：「你去吧，以後若是遇到什麼難事可以去找我。」

「多謝大人！」

望著胡小天匆匆離去的背影，周睿淵不由得搖了搖頭，等到胡小天走遠，他方才繼續向太醫院走去。

來到太醫院的大門前，周睿淵顯得有些猶豫，這位大康左丞即便是覲見皇帝之時也沒有表現出這樣的不安，可此時他卻顯得異常猶豫，終於還是抿了抿嘴唇，下定決心走了進去。

周睿淵去的地方正是胡小天剛剛離開的天字號診室，站在診室門外，周睿淵再度猶豫起來。

裡面的秦雨曈卻已經聽到了外面的腳步聲，輕聲道：「進來吧！」

周睿淵的雙拳下意識地握緊，然後鬆開，撩起官袍，跨過門檻走入房內。

秦雨曈的雙眸仍然盯在胡小天留下的那幅解剖圖上，到現在仍然沉浸在胡小天帶給她的震撼之中，抬起雙眸，當她看到周睿淵的時候，向來古井不波的美眸泛起了一絲漣漪，不過很快又變得靜如止水，輕聲道：「周大人來了？」

周睿淵感到如同有人在自己的心口重重打了一拳，內心的痛楚卻沒有在臉上表露出分毫，以同樣平淡無奇的語氣回答道：「你還好嗎？」

「謝周大人關心，雨曈一直都好。」

周睿淵點了點頭，環視這間診室，目光趁機從秦雨曈的身上抽離，而秦雨曈的目光卻依然靜靜望著他：「大人是來看病嗎？」

周睿淵道：「是！」

秦雨曈指了指自己對面的椅子。

周睿淵來到椅子上坐下，伸出左腕。

秦雨曈伸出纖手，春蔥般纖長的玉指輕搭在周睿淵的脈門之上，很快又離開：「大人的身體好得很。」

周睿淵道：「我有病。」他指了指自己的心口：「這裡！」

秦雨曈道：「心病還須心藥醫，我對大人的病情愛莫能助。」她緩緩站起身，收起那張解剖圖，又拿起木匣準備離開。

走過周睿淵身邊的時候，周睿淵充滿糾結道：「雨瞳！」

秦雨瞳的腳步停頓了一下，脊背下意識地挺直了：「周大人還有什麼吩咐？」

周睿淵的手再次握緊：「你為什麼不肯原諒我？你娘的死……」

「已經過去的事情，周大人無需再提，選擇忘記對你是一件好事，對他人也是一件好事。」秦雨瞳說完徑直離去，只留下周睿淵獨自呆呆坐在室內，整個人彷彿突然間蒼老了許多。

胡小天回到司苑局，皇上的貼身小太監尹箏已經在那裡等著他了，這個小太監也就是跟著胡小天後面拾人牙慧的那個，拍馬屁的功夫也是相當厲害。能夠在皇上身邊伺候的都不是普通人物，這些太監善於察言觀色，臉皮比起多數人都要更厚一些。

尹箏看到胡小天回來，滿臉堆笑地迎了上去，他雖然是個小太監，可畢竟是在皇上身邊貼身服侍的，比起其他人身分還是高一些的。若是對別人，尹箏或許還要擺擺架子，可在胡小天面前他不敢。一來胡小天剛剛救了皇上，是有功之人，二來現在皇宮內到處都流傳著胡小天是內官監姬飛花的人，對太監們來說，姬飛花已經取代權德安成為宦官中至高無上的存在，全都以攀附上姬飛花為榮。就算巴結不上姬飛花，巴結上姬飛花的親信也是一樣。

尹箏遠遠就拱手行禮道：「胡公公好，胡公公好！」

胡小天笑道：「尹公公好，尹公公好！」

尹箏道：「胡公公客氣了，您叫我小尹子就是，胡公公英俊瀟灑，氣度不凡，玉樹臨風，一表人才，實乃小尹子心中的偶像！」

胡小天把胸脯挺起，這馬匹拍得有點太堂而皇之了，老子有點接受無能嗳，不過聽起來還是蠻舒服的，難怪這小尹子能夠在皇上身邊混下去。

尹箏又道：「小尹子對胡公公的景仰如長江之水滔滔不絕，又如黃河氾濫一發而不可收拾！」

胡小天嘿嘿笑了起來，老子玩剩下的梗，你小子居然還嚼得津津有味，想不到這年頭也有山寨，當太監也有人山寨。胡小天拱了拱手道：「幸會！幸會！」

尹箏道：「是小尹子的榮幸才對。」

胡小天將尹箏請到了自己的房間內，小卓子送上了一壺茶，想要給他們倒茶的時候，尹箏已經搶先抓起了茶壺：「讓我來！」他又向小卓子笑道：「這位公公還請迴避一下，我有些事需要單獨向胡公公傳達。」

胡小天點了點頭，小卓子轉身走了，隨手將房門給帶上。

尹箏倒好茶，將其中一杯恭恭敬敬送到胡小天的手上，自己也拿了一杯，其實他好歹也是位客人，如此放低姿態就有些卑躬屈膝了。

胡小天不緊不慢抿了口茶道：「尹公公此來，所為何事？」

尹箏笑道：「胡公公千萬別這麼叫我，您叫我小尹子就是，如果看得起我就叫我一聲兄弟。」

胡小天暗笑這廝臉皮夠厚，將茶盞慢慢落下，輕聲道：「小尹子，你找我什麼事？」想讓我看得起你，得看你有什麼本事，以為老子隨隨便便就收小弟嗎？我為人還是非常挑剔的，事實上隨著胡小天個人地位的提升，他對吸納親信的條件也越來越高。寧缺毋濫，他可不要濫竽充數的廢物。

尹箏道：「對了，胡公公，此次過來是為了幫皇上問一件事，他身上的縫線可不可以換成金線？」

胡小天一聽真是哭笑不得了，這鳥皇帝居然為這件事糾結，他笑道：「皇上身上的縫線不可能帶一輩子的，等過六七天，刀口長好了，我就過去幫助皇上拆線。」

尹箏道：「您不是說明兒還要過去嗎？」

胡小天笑道：「是啊，要過去幫助皇上換藥。」

尹箏道：「皇上對胡公公那是相當地欣賞，小尹子在皇上身邊聽他誇讚了您無數次，對您那是相當地欣賞。」

胡小天道：「承蒙皇上誇讚，皇恩浩蕩，胡小天誠惶誠恐。」

尹箏道：「以後小的還要仰仗胡公公多多提攜。」

胡小天笑道：「近水樓台先得月，我以後還想跟著你沾光呢。」

尹箏道：「承蒙胡公公看得起在下，以後皇上那邊有什麼好處，我一定第一時間通報給胡公公。」

胡小天心中一動，能夠在皇上身邊潛伏一個眼線也好，只是這貨主動送上門來，又讓胡小天有些猶豫，身在爾虞我詐的皇宮中，到處都是騙局，稍有不慎就可能鑽入別人的圈套，更何況自己也無意監督皇上的動向，最想做的事情就是儘快帶著安平公主和自己的父母雙親逃離康都。胡小天道：「尹公公此言差矣，咱們做奴才的，可不能終日想著得到什麼好處，伺候好皇上才是咱們的本分。」

尹箏連連點頭，心中卻不是那麼想，他也看出胡小天並不相信自己，端著茶盞飲了一口茶道：「若是有什麼人在皇上面前說您的壞話，您也不想知道？」

胡小天笑道：「咱家在皇宮中只是一個不起眼的小角色，不知哪位大人會如此看重。」

尹箏笑了笑道：「害人之心不可有，防人之心不可無，胡公公千萬不要看輕自己，您此次立下大功，皇上必然會對你寵幸有加。木秀於林風必摧之，以胡公公這樣的大才，不招人嫉妒是不可能的。」

胡小天望著尹箏，這小太監絕不是個簡單人物，若是真心投奔自己倒也不失為一件好事，既然送上門來，還是先穩住他再說，至於能否收為己用，且看他以後的表現，想到這裡胡小天笑道：「小尹子，你能夠跟我說推心置腹地說這番話，實在讓我感動，蒙你不棄，若是覺得我胡小天是個可交之人，以後咱們便兄弟相稱。」

尹箏抱拳道：「胡大哥在上，小弟給您叩頭了。」他撲通一聲就跪了下去。

胡小天心想你怎麼看都比我大，滿臉的滄桑世故，居然腆著臉叫我大哥，還有，你這膝蓋也忒不值錢了，說跪就跪，他伸手將尹箏請了起來：「尹老弟快快起來，咱們用不著這些虛浮的禮節。」既然人家把頭磕了，也就卻之不恭。稱兄道弟並不是結拜，胡小天也犯不著和一個小太監結拜，這叫收馬仔，尹箏是拜山頭。

尹箏起身之後道：「胡大哥，有個人您務必要提防。」

胡小天點了點頭，總算有真材實料了，尹箏的頭腦還是靈光的，胡小天不是個簡單人物，從他的種種表現來看，此人不見兔子不撒鷹，並不容易糊弄，如果不拿出點打動胡小天的消息，人家未必能夠重視自己，他低聲道：「文太師探望皇上的時候，曾經說了您不少的事，聽他的意思，好像是要將明月宮失火的責任推到您的身上。」

胡小天對此並不意外，這消息也算不上什麼秘密，不過經尹箏這個目擊者親眼講述，就完全證實了這件事：「皇上怎麼說？」

尹箏道：「皇上當時沒說什麼，可是從他目前的表現來看應該是不相信的，只是文太師昨晚在皇上面前還提起了您的父親……」

胡小天抿了抿嘴唇，心中不由得怒火填膺，文承煥這老東西著實可惡，為了推脫明月宮失火的責任，意圖通過自己牽累到姬飛花，不惜耍盡手段，老爹都已經淪落到這種地步了，這老東西居然還想落井下石，文承煥啊文承煥，日後只要有機會，我定然要報今日一箭之仇。胡小天臉上的憤怒稍閃即逝，至少在目前他還沒有和文承煥對抗的實力，輕聲道：「我記得昨晚文太師是和周丞相一起進去的，他說了什麼？」

尹箏道：「周丞相什麼都沒說。」

這倒是有些出乎胡小天的意料之外，他本以為周睿淵和胡家有仇，應該不會放過這個落井下石的機會，卻沒有想到他竟然保持沉默，在目前的這種狀況下，保持沉默就等於幫了自己。

尹箏又道：「後來皇上讓所有人都出去了，只留下了權公公一個，他們談什麼我就無從得知了。」

胡小天道：「很好，兄弟，你先回去，明兒我去給皇上換藥，有什麼情況，你隨時告訴我。」

尹箏眉開眼笑道：「胡大哥放心，皇上身邊但凡有什麼風吹草動，我都會第一時間通報給你。」

胡小天從手上脫下翡翠扳指，這扳指是不久前翡翠堂的曹千山送給他的，胡小天遞給尹箏道：「兄弟，既然你認了我這個大哥，我也沒什麼好送給你的，這物件兒是我平日戴的，從未離身，就送給你吧。」

尹箏看到那扳指晶瑩通透，已經知道價值不菲，太監對於錢財和權力有種發自內心的貪婪，雙目一亮，卻拚命擺手推辭道：「大哥的東西我怎麼好奪愛。」

胡小天拉過他的手掌，將扳指套在他的手上，笑道：「咱們兄弟何須分得那麼清楚，以後有我的好處，自然就少不了你的風光，錢財只是過眼雲煙，哪比得上咱們兄弟情比金堅。」

尹箏戴上了扳指，心頭暖融融的，倒不是被胡小天的一片真情感動，而是覺得今天拜對了山頭，落到了好處，他低聲道：「胡大哥，以後您的事情就是兄弟我的事情，誰敢對不起大哥，就是我尹箏的仇人。」

胡小天拍了拍他的肩頭，雖然知道這廝說的是謊話，可還是希望他真能這麼做，順帶問了一句：「兄弟今年多大了？」

尹箏道：「小弟二十一！」

胡小天心想老子才十七，不過交情是可以跨越年齡界限的，古往今來哪個下級見到上級不跟孫子似的，別說是讓他喊哥，喊爺爺都甘心情願。

當晚胡小天去了酒窖休息，他在酒窖裡設下一處休息地點的目的，就是為了方便進出密道。李雲聰讓元福過來給他送信，就是提醒他儘快前往藏書閣相見，看來老太監對這幾日發生的事情也非常關切。

臨近午夜之時，胡小天沿著密道來到藏書閣下，爬到密道盡頭的時候，發現頭頂的那個洞口居然留著，文聖像事先被人移開。

胡小天心中暗喜，看來李雲聰早有準備，料定了自己今晚會過來。他從洞口中爬了上去，看到室內燈光閃爍，李雲聰盤膝坐在桌前看書。即便是胡小天出現在他的眼前，他都沒有抬頭看他一眼，漫不經心道：「來了！」

胡小天恭敬行禮道：「李公公真乃神人也，未卜先知，果然是神機妙算。」心中有些納悶，老太監居然算準了自己今天要來。不過轉念一想，李雲聰武功高強，或許一直都在聽著動靜，搶在自己到來之前移開文聖像也未必可知。

李雲聰淡然道：「反正這條密道也沒幾個人知道，即便是知道也沒幾個人喜歡像耗子一樣鑽來鑽去，索性敞開來透透氣。」

胡小天道：「李公公近日可好？」

李雲聰道：「咱家能有什麼事情，無非就是整理一下書籍，清掃一下房間，閑來小酌兩杯，醉了再醒，醒了再醉！」目光終於抬起來落在胡小天的臉上，宛如兩道急電射向胡小天的雙眸。

胡小天笑瞇瞇和他對視著。

李雲聰道：「你的運氣還真是不錯呢！」

胡小天微笑道：「若是沒有點運氣，豈能被李公公垂青！」

李雲聰呵呵笑了兩聲：「你到底還有什麼事情瞞著我？」

胡小天感覺今天的氣氛實在有些不對，李雲聰滿腹狐疑，而且目光中暗藏殺機，按理說自己沒有得罪這老太監，他因何顯得如此怪異？心中暗自提防：「小天對李公公素來坦蕩，不知李公公這句話是什麼意思？」

李雲聰點了點頭道：「好！好！好！」說到第三個好字的時候，他忽然伸出手去，一股無形的吸引力將胡小天包繞起來，帶著他的身體向李雲聰衝了過去，胡小天大驚失色，雙足在地上用力一頓，只聽到喀嚓一聲，竟然將地面上的青磚踩裂，雖然如此仍然無法和這股無形吸力抗衡，感覺有如被人牽著一般，身體不由自主向前衝去，胡小天強行向後方反掙，卻想不到這股牽引力突然消失，胡小天因為慣性而向後方跌跌撞撞地退去，身體撞在書架之上方才停住後退的勢頭。

李雲聰大袖一揮，室內的文聖像竟然移動起來，抵住胡小天的身體，將他夾在書架和石像之間，只留下一顆腦袋在外面。

李雲聰緩緩站起身來，慢慢向胡小天走去，他每走一步，胡小天感覺到身體的壓力便增加一分，慘叫道：「李公公，您這是為何？」

李雲聰冷冷道：「你老老實實交代，那本《天人萬像圖》是不是在你的手裡？你和宮無心究竟是什麼關係？」

胡小天聽得一頭霧水，什麼《天人萬像圖》，老子從來都沒聽說過，這老太監是不是在發瘋，胡小天道：「我從未聽說過這件東西。」

李雲聰呵呵冷笑道：「當真是不見棺材不落淚，你身懷卓絕醫術，卻故意隱瞞不提，咱家險些被你騙過。」說話間石像又向前壓了一分，胡小天被壓得滿臉通紅，就快透不過氣來，這樣下去真可能會被老太監玩死。

胡小天慘叫道：「你個老糊塗，我根本不知道你他媽在說什麼？什麼狗屁《天人萬像圖》……就算死，你也要讓我死個明白……」

李雲聰點了點頭道：「好！」他將一幅圖徐徐在胡小天的面前展開，這幅圖卻是人體腹部解剖圖，乃是胡小天親手所繪，胡小天記得這幅圖給了秦雨瞳，卻不知怎麼落在了李雲聰的手裡，他此時方才明白了一些，低聲道：「這就是你說的《天人萬像圖》？」

李雲聰道：「《天人萬像圖》乃是我藏書閣珍藏之物，七年前被人竊走，想不到居然是你這混帳所為。」

胡小天苦笑道：「拜託您老用用腦子好不好，七年前……我才十歲，我連皇宮都沒有進過，上哪兒去偷你的《天人萬像圖》，這圖……是我畫的不假，又不是什麼稀罕東西，這叫人體解剖圖，我……我閉著眼睛也能畫出人體身上任意一個部位的結構，可我從未見過什麼《天人萬像圖》……」

李雲聰將信將疑。

胡小天道：「你將石像移開一些，我快被壓死了，若是我死了，你休想知道明月宮到底發生了……什麼事情……」這句話顯然戳中了李雲聰的內心弱點，李雲聰雙手負在身後，石像果然鬆開了一些。

胡小天大口大口喘了幾口氣，感覺窒息感減輕了不少，這才又道：「我從小就有個癖好，喜歡解剖動物屍體，到後來就是解剖死人，以此來研究人體的內部結構，所以我對人體內部的結構非常瞭解，才能畫出這樣的解剖圖。」

李雲聰皺了皺眉頭，胡小天的這番話的確有可信度。

胡小天道：「你可以去問問權德安，他的那條腿就是我切掉的，你所說的什麼……萬像圖……」

「《天人萬像圖》！」

「對《天人萬像圖》裡面有沒有什麼疏漏的地方？」

李雲聰想了想道：「那圖上畫的應該是一位公公。」

胡小天道：「這就是了，你放開我，我可以證明，我懂的絕對比那圖上多得多。」

李雲聰終於開始相信他的話，將聖人像移動開，胡小天重新得獲自由，活動了一下筋骨，確信自己沒有受傷，這才來到書案前，研磨握筆，在之上畫了一幅男人的命根子結構解剖圖，行家一出手就知有沒有。

李雲聰看得目瞪口呆，雖然他身上沒有這件東西，可畢竟也是曾經擁有過，其實就算他有，對內部的結構認識的也不會如此細緻透徹，胡小天所畫的絕對是《天人萬像圖》中沒有的東西。在鐵的事實面前，李雲聰疑心盡去，胡小天果然是個奇材，看來他沒有撒謊，不然又怎麼能夠畫出《天人萬像圖》中沒有的內容。

胡小天道把自己畫的那根東西揚起來在李雲聰眼前晃了晃：「現在你相信了？」

李雲聰嘿嘿笑了起來：「其實咱家一直也沒有懷疑過你，只是故意嚇嚇你罷了。」

胡小天心中暗罵，嚇你老母，剛才你殺氣衝天，根本是要置我於死地，不死不休的架勢，現在知道冤枉了我，又擺出這幅面孔，騙小孩子嗎？嘴上卻沒有揭穿，故意裝出驚魂未定，擦了擦額頭的冷汗道：「剛才真是把我嚇了一跳，李公公，我膽子小得很，以後千萬別這麼玩了。」

李雲聰輕輕拍了拍他的肩膀道：「小天，咱家果然沒有看錯你，你好本事。」

胡小天道：「李公公武功真是厲害，小天在您面前連還手的力氣都沒有。」心中不由得有些忐忑，卻不知這老太監若是知道自己在無相神功上有所突破，又會有怎樣的反應，此人心如蛇蠍，比起權德安和姬飛花不遑多讓，以後還是多加小心為妙。

李雲聰道：「只要你聽話，以後咱家會將一生武功傾囊相授，絕不藏私。」

胡小天知道這老傢伙又在畫餅充饑，拋出這麼誘人的條件，肯定還有下文。果不其然，李雲聰接著道：「你剛剛說過明月宮發生了一些不為人知的事？」

胡小天點了點頭道：「是有些事情，我懷疑這位文才人根本沒死。」

李雲聰的表情不見任何驚奇，低聲道：「你緣何會有這樣的想法？」

胡小天道：「姬飛花給文才人療傷的時候我就在身邊，當時文才人坐在浴桶裡面，她周身散發出的寒氣將熱水變成了一個冰坨，按照姬飛花的說法，尋常人早就死了。」

李雲聰點了點頭道：「冰魄修羅掌乃是洪北漠的看家本領，即便是咱家也不懂的這門功夫。」表面上是感歎，實則是在摘清自己，你小子不用懷疑我，明月宮的事情跟我無關。

胡小天又道：「我還以為洪北漠會的功夫，李公公全都會呢。」

李雲聰微笑不語。

胡小天從他擁有復甦笛和萬蟲蝕骨丸的解藥，就能夠推測出李雲聰肯定和洪北漠有勾結，否則他怎會對洪北漠的手法如此熟悉？只是這老太監藏得很深，絕不會輕易洩露口風。胡小天繼續試探道：「姬飛花認為文雅受傷的事情是個圈套，是有人故意設計讓他損耗內力，以融陽無極功去救人。」

李雲聰緩緩點了點頭道：「此事倒也合情合理。」

胡小天道：「李公公當真不知道那晚發生了什麼事情？」

李雲聰道：「咱家雖然不知道具體發生了什麼事情，可是也能猜到幾分，姬飛花將計就計，以融陽無極功救治文才人，趁機裝出功力損耗嚴重，將計就計，蒙蔽想要借機剷除他的對手。」他雙目一翻，陰惻惻道：「你那晚和姬飛花一起出宮，發生了什麼事情，你應當清楚。」

胡小天心中暗自冷笑，李雲聰裝得跟沒事人一樣，很難說他和那晚襲擊姬飛花的事情無關，此人城府很深，和洪北漠之間十有八九又有勾結。而據姬飛花所說，那晚攻擊他的解龍乃是洪北漠手下最得力的幫手解龍，其餘幾人也是天機局的舊部。聽到李雲聰問自己，胡小天點了點頭，於是將那晚上發生的事簡單說了一遍。

李雲聰聽他說完，臉上的表情變得異常凝重，低聲道：「你是說解龍設下埋伏意圖刺殺姬飛花？」

胡小天道：「我聽說這個人是洪北漠最得力的助手。」

李雲聰道：「咱家有件事想不明白，為何姬飛花要帶著你出去，他對你緣何會如此信任？」

胡小天心想你不明白，我也不明白。你是揣著明白裝糊塗，老子才是真不明白，他低聲道：「洪北漠刺殺姬飛花，難道沒跟您老通氣？」

李雲聰瞪了他一眼道：「咱家和洪北漠並無聯絡。」

胡小天道：「不對啊，他忠於太上皇，一心想扶植太上皇復辟，這一點上，你們兩人應該是志同道合，緣何沒有聯絡？」

李雲聰道：「這件事跟你無關。」

胡小天道：「既然和我無關，那麼以後咱倆就當不認識，我也無需將知道的事情全都告訴您。」

李雲聰哈哈笑道：「你這小子還真是好奇，好，就算咱家和他有些關係那又如何？解龍刺殺姬飛花的事情，我一無所知。」

胡小天暗罵李雲聰陰險，這種人幹過的事情除非被人當場抓住手，不然他絕不會承認，胡小天又道：「葆葆和林菀兩人是洪北漠的乾女兒，洪北漠讓她們潛伏在皇宮內，是不是僅僅為了找到皇宮密道？」

李雲聰道：「咱家和洪北漠並不是朋友，他做什麼事情也不會向我稟報。」

胡小天道：「文雅在明月宮被襲的時候，葆葆也同時被匕首劃傷，匕首上餵了七蛇奪命散。」

李雲聰道：「那又如何？」

胡小天道：「根據玄天館秦姑娘所說，七蛇奪命散乃是須彌天秘製的毒藥。」

李雲聰聽到須彌天的名字不由一怔：「須彌天？」

胡小天點了點頭道：「不錯！」

李雲聰緩緩站起身來：「你是不是在暗示咱家，文雅就是須彌天？」

正所謂言多必失，胡小天可沒有這樣想過，聽到李雲聰這麼說，胡小天不由得驚出了一身的冷汗，怎麼可能？文雅應該是樂瑤才對，怎麼可能變成了須彌天？可李雲聰這樣說必然有他的道理。胡小天心中一動，乾脆順著李雲聰的話道：「姬飛花為文雅療傷之時，就已經斷定她身懷武功，而且武功非同尋常，明月宮那晚，文雅被人襲擊，葆葆受傷中毒，連襲擊者什麼樣子都沒有看到，大內侍衛陳成強被人稀裡糊塗割掉了腦袋，到現在頭顱都沒有找到。」

李雲聰靜靜望著胡小天，鼓勵他繼續說下去。

胡小天道：「葆葆的武功不錯，陳成強更是四品帶刀護衛，是慕容展的左膀右臂，武功絕非泛泛，能夠同時做成這兩件事的人絕非庸手，放眼皇宮之中，也只有寥寥幾人罷了。」

胡小天望著李雲聰道：「姬飛花應該有這個本事，可是他沒必要做出這種搬石頭砸自己腳的事，假如他傷了文雅，又何必去救她？權德安和文承煥交情匪淺，兩人共同策劃了文雅入宮之事，更不可能做出這種事。洪北漠雖然在這件事上的嫌疑最大，但是根據姬飛花得到的消息，洪北漠仍然身在大雍。」

李雲聰冷笑道：「你在懷疑咱家，直接明說不就得了。」

胡小天道：「您身上的疑點的確最大，假如剷除文雅，勢必可讓姬飛花和權德安之間的矛盾進一步激化，兩虎相爭必有一傷，您老人家剛好坐收漁人之利。」

李雲聰道：「咱家沒有做過，現在還不是讓他們翻臉的時候，而且這件事若是扳倒了姬飛花，對咱家也沒有什麼好處。」

胡小天道：「後來我又想，這件事會不會是文雅自己做的？來個賊喊捉賊！」

李雲聰道：「你因何懷疑她是須彌天？」

繞來繞去，李雲聰終於被胡小天繞了進去，胡小天從頭到尾也沒有懷疑過文雅就是須彌天，而是李雲聰自己懷疑的。

就算是現在，胡小天也沒有懷疑過文雅就是須彌天，他只是從種種跡象中推斷文雅和須彌天有著必然的關係，而記憶中文雅胸前的那塊蟠龍玉佩應該可以證明她和樂瑤的關係。支零破碎的記憶始終無法拼湊成一個完整的影像，胡小天唯有巧妙利用李雲聰獲得更多的情報。

胡小天於是又將自己在青雲為官之時結識樂瑤，樂瑤和文雅長得一模一樣的事情說了出來，到最後提起樂瑤用來害死萬廷光的絕息丸。

李雲聰越聽越是心驚，聽胡小天說完這些往事，沉默了許久方才道：「如此說來樂瑤就是文雅，文雅就是須彌天。」

胡小天道：「我也這麼懷疑，只是有一點我想不明白，為何須彌天可以裝扮得如此年輕？」旁敲側擊，逐漸深入，以李雲聰的老道也在不知不覺中陷入了胡小天的圈套。

李雲聰此時臉上已經見不到一絲一毫的笑容，聲音凝重道：「你有沒有聽說過種魔大法？」

胡小天搖了搖頭。

李雲聰道：「所謂種魔大法，乃是天下間最為邪門的功夫。」他抬起頭來，目光顯得虛無而縹緲：「須知道，無論一個人的武功有多高，權力有多大，終有一天也會面臨死亡，死去之後難免成為一抔黃土。可修煉種魔大法的人，在臨死之前找到合適的軀體，將自己武功意識強行輸入其中。」

胡小天一聽，這豈不是和權德安傳給自己武功差不多？不由得驚呼了一聲。

李雲聰知道他在擔心什麼，淡然笑道：「不用害怕，權德安不會這種功夫。」

胡小天笑了笑。

李雲聰繼續道：「種魔大法的可怕之處在於，種入魔胎的那個人開始的時候表現正常，但是隨著魔胎在體內的生長，外來的意識會強行佔據這個身體，成為身體的主人。」

胡小天眨了眨眼睛，總覺得這種事情有些匪夷所思，完全不合乎科學道理。

李雲聰道：「任何武功心法都有缺點，種魔大法也是一樣，雖然種魔大法可以讓其人的意識不滅，但是魔胎重新復甦需要一個相當長的過程，和人體胎兒的孕育一樣，也需要十月懷胎，而武功和意識的恢復又要更長的時間。」

胡小天道：「你是不是說須彌天將魔胎種入了文雅的體內？」

李雲聰道：「很有可能。」

胡小天道：「她活得好好的，為何要將一身功力便宜別人？」

李雲聰道：「咱家剛剛就說過，任何武功心法都會有缺點，種魔大法雖然厲害，可是它的最大缺點在於即便是種魔成功，成魔後的軀體最多只能活二十年，須彌天揚名江湖的時候已經有二十二歲，算起來距今也差不多二十年了，按照你所說的情況，她應該是選擇了文雅作為種魔的對象，將魔胎種入了文雅體內。」

胡小天對於醫學的認識徹底被李雲聰給顛覆了，他也曾經做過器官移植，可從未做過意識移植，竟然有種武功可以將意識和內力全都轉嫁到別人的體內，讓自己的生命得到延續！

不過轉念一想，這事也沒有什麼值得大驚小怪的，自己不就是另一種形式的種魔，不然何以從光怪陸離的現代社會稀裡糊塗地來到了這個風雲變幻的時代。

李雲聰看到胡小天呆呆出神，低聲道：「你怎麼了？」

胡小天道：「我只是在想，須彌天會不會回來。」

他腦子裡變換著自己和文雅纏綿的場面，天啊！假如真有種魔大法，假如文雅就是須彌天，假如自己記憶中的星星點點全都是事實，難不成自己把這位陰狠毒辣的天下第一毒師給那個了？胡小天想到這裡不由得內心發毛，真要是如此，須彌天必然會回來，她肯定要找我算帳。若是她的種魔大法練成，回來找我復仇，天下間誰還能保得住我的性命？

李雲聰道：「即便她真是須彌天，她的武功在短期內也無法恢復到巔峰狀態，魔胎必須經過一段時間的成長，方才能夠徹底發揮出它的威力。」

胡小天道：「李公公，她又為何甘心來到皇宮內給皇上當小老婆呢？」

李雲聰道：「必然是有所圖。」

胡小天道：「她跟姬飛花有何仇怨？為何要設計害他？」

李雲聰緩緩搖了搖頭道：「有些事，咱家也想不明白，總而言之，須彌天此人性情古怪，她對武功，對藥學極其專注，但是對權力並不貪慕，她前來宮中，或許另有隱情。」

胡小天雖然無法落實文雅就是須彌天，可內心中仍然是忐忑不已。

李雲聰也被胡小天提供的這些情報搞得苦苦思索，一時間竟然忽略了給胡小天把脈，假如他現在給胡小天把脈，一定能夠察覺到他體內的變化，也一定能夠推測出這小子並沒有完全對自己說實話。

胡小天看到李雲聰對自己疑心盡去，於是趁機提出告辭，李雲聰也沒有留他的意思，揮了揮袖子，示意他自行離去。

胡小天剛剛從藏書閣的地洞中爬下，就看到頭頂的洞口被蒙住了，李雲聰的武功實在厲害，這麼重的文聖像被他推來推去，宛如無物。卻不知姬飛花和他打起來，兩人誰能夠佔據上風。

回到密道分叉之處，胡小天一屁股坐了下來，猶如看到了人生抉擇的路口，自己究竟應該何去何從？

明月宮失火的真相就是文雅所縱，她之所以選擇縱火逃脫，是因為她意識到自己的身分已經暴露，而且姬飛花對她產生了殺念。

想起昔日溫柔可人的小寡婦樂瑤，如今已經意識泯滅，很可能被須彌天的魔胎所佔據，胡小天心中一陣難過。

在皇宮之中，群狼環伺，稍有不慎，只怕就要落到骨肉無存的下場，胡小天根不能現在就逃離此地。可想起單純善良的龍曦月，想起她對自己的諸般好處，頓時又有了留下的理由，他望著中間那條通往紫蘭宮的密道，心中感慨萬千，此時已經是二更天，不知安平公主是否已經入眠了。

想起龍曦月美麗絕倫的嬌俏模樣，胡小天心中忽然升騰起一種迫切的願望，他恨不能現在就出現在龍曦月的面前，好好擁住她，跟她傾訴衷腸，將這些日子以來的波折和凶險全都說給她聽，再好好疼愛一下伊人，以慰相思之情。

最終還是理性佔據了上風，乖乖返回了酒窖好好睡上一覺。

胡小天知道自己最近這段時間還是低調做人為妙，除了例行前往給皇上換藥，就是在司苑局盤點帳目，就算是外出採買也全都交給史學東他們，並不親力親為。姬飛花這些天居然也沒有召見他，聽說奉了皇上的命令出宮去辦事。

權德安自從皇上突發疾病之後也沒有主動找過胡小天，胡小天樂得清淨，這段時間閑來無事就修煉無相神功，感覺精力一日好似一日，他雖然對武功的認識不深，可是也知道自己的武功在不知不覺中已經提升到了一個全新的境界。

至於葆葆，他讓人去凌玉殿給林菀傳信，暗示林菀只要敢對葆葆不利，就會跟她撕破臉皮，發生了明月宮的事情之後，胡小天都能全身而退，料想林菀不敢對葆葆做出過分的事情，林菀也讓人帶話回來，葆葆在她那裡靜養，等到傷好之後，自然會安排他們相見。這次林菀表現得非常配合，應該是因為心虛的緣故。

終於到了皇上拆線之日，胡小天早早來到了宣微宮，來到門外就遇到了小太監尹箏，尹箏引他進去時低聲道：「皇后娘娘和大皇子、三皇子兩位殿下都來了。」

胡小天點了點頭。

來到宣微宮內，看到簡皇后正陪在皇上的身邊，大皇子龍廷盛、三皇子龍廷鎮也在那裡陪著皇上說話。

因為龍燁霖的病情已經恢復，他的心情自然也好了許多，面對簡皇后臉上也有了笑意，看到胡小天進來，樂呵呵向他招了招手道：「小天，快過來！」誰都能看出皇上對這位小太監頗為青睞。

胡小天上前高呼萬歲，想要跪下行禮，沒等跪下，龍燁霖就道：「不用跪了，你來是給朕治病，免禮！」

簡皇后望著胡小天的目光中也沒有了昔日的敵視，唇角居然流露出些許的笑意，輕聲道：「胡小天，皇上的話你沒聽到嗎？還是趕緊幫著皇上拆線。」

這老娘們也學會了一些醫學術語。她態度的轉變，完全是因為受了兒子龍廷盛影響的緣故，開始意識到胡小天很不簡單，在宮廷中還是儘量少樹敵為妙。

胡小天點了點頭，又向龍廷盛笑著打了個招呼，這才過去，他也朝龍廷鎮笑了，只是沒有得到回應。

龍燁霖躺在床上，把衣服掀起，胡小天先檢查了一下刀口，刀口長得很好，胡小天這才打開器械箱，從中取出拆線剪和鑷子，向龍燁霖道：「陛下，拆線的時候會有一點疼痛，還請忍耐。」

龍燁霖點了點頭道：「朕受得住！」

第七章

老太監
根本就靠不住

胡小天看這地圖分明是酒窖的密道圖，
是他親手交給權德安的那一幅，現在居然落在小公主的手裡，
胡小天心中暗歎，權德安啊權德安，你居然將這件事洩露了出去，
這豈不是等於將老子給出賣了。事實證明這老太監根本就靠不住。

胡小天出手極其俐落，沒兩下就將刀口的縫線全都拆完。

龍燁霖低頭看了看已經癒合的刀口，嘖嘖稱奇道：「小天，你真是妙手無雙，朕也見過不少高明的大夫，能跟你相提並論的只有玄天館的任先生。」

胡小天謙虛道：「陛下過獎了，任先生乃是大康第一神醫，有起死回生的本事，小天可沒他的能耐，又怎敢跟任先生相提並論。」

龍燁霖微笑道：「年輕有為，又謙虛謹慎，真是難得。」他目光轉向三兒子龍廷鎮道：「廷鎮，你以後要多學學小天的謙虛沉穩。」

胡小天心中一沉，這皇帝夠陰的，你教訓兒子就教訓兒子，拿我說事幹嘛？這位三皇子本來就跟我有仇，這下豈不是雪上加霜？

龍廷鎮嘴上說著是，可心中卻怒火中燒，父皇當著這麼多人的面將他和一個奴才相比，居然讓他向奴才學習，這和打臉無異，胡小天啊胡小天，終有一日我會讓你生不如死。

胡小天道：「皇上，小天無才無德，豈敢和三皇子相比，兩位皇子全都是小天景仰的對象，大皇子威猛勇武，智勇雙全，三皇子，一表人才，風度翩翩，全都是人中龍鳳，陛下千萬別拿小的跟他們相提並論，實在是折殺小天了。」胡小天清楚自己的身分地位，明著捧兩位皇子，可送給兩人的溢美之詞卻不一樣，仔細一品還是有輕有重。

大皇子龍廷盛道：「小天，你也不用妄自菲薄，有道是三人行必有我師，你身上的確有我們兄弟學習的地方。」

龍廷鎮也是滿臉堆笑道：「是啊，大哥說的極是，以後我一定經常找小天交流交流。」說到最後四個字的時候，唇角流露出一絲冷笑。

胡小天心中暗歎，只怕經過今天的事情後，自己和這位三皇子的樑子會越結越深了。皇上拿自己教育他的兒子純粹是坑他，大皇子龍廷盛為他說話雖然是好意，可他越是這樣表現就越是加深龍廷鎮對自己的憎恨，在皇宮之中混得久了，胡小天凡事都會多想一些，事情決不能只看表面，因為真相往往不像表面上看起來這麼簡單。

簡皇后道：「胡小天，陛下這次能夠逢凶化吉多虧了你，想當初本宮還誤會了你，你該不會記恨我吧？」

胡小天笑道：「皇后娘娘對皇上情深義重，情之深愛之切，所以才會如此緊張，小天豈敢記恨，這心中感動都來不及，這次的事情讓小天真正見識到何謂伉儷情深，天下間對待皇上感情最深的就是皇后娘娘了。」這貨純粹是見人說人話，見鬼說鬼話，一通阿諛奉承之辭居然將簡皇后感動，她的眼圈紅了起來，目光向龍燁霖看了一眼，卻沒有得到龍燁霖的半點回應，想起皇上的薄情寡義，心中越發委屈起來，若非強行忍住，只怕當場就要落下淚來。

簡皇后微妙的表情變化並沒有逃過胡小天的眼睛，宮中的每個人都活得不容易，都看到他們人前的風光，誰又能知道他們背後的辛酸。

胡小天正準備告辭離去的時候，小公主七七到了，胡小天一聽到她來了就有些頭疼，這丫頭實在不是什麼省油的燈，在皇上面前萬一要是刁難自己就麻煩了。

不想跟小公主打照面的還另有其人，簡皇后率先起身告辭。她還沒有來得及離開，小公主七七就進來了，揚聲道：「我剛來您就走，母后就這麼不想跟我見面？」

一句話說得簡皇后無比尷尬，勉強笑道：「你這孩子說的什麼話，做娘的哪有不想見自己女兒的道理。」

七七雙目一翻送了一個白眼給她：「您是我的母后，但不是我的娘親，七七雖小，可這麼簡單的事情還分得清楚。」

別看簡皇后是後宮之主，可在七七面前她是一點辦法都沒有，簡皇后笑道：「七七，我是真有事情，後宮每天這麼多事情等著我處理。」她顯然是無心逗留，快步離開了宣微宮。

七七望著兩位皇兄笑道：「大哥、三哥你們都在啊，父皇有沒有說到底立你們哪個當太子啊！」一句話把龍廷盛和龍廷鎮兄弟兩人說得也是勃然色變，這丫頭真是哪壺不開提哪壺，兄弟兩人對這個妹子的脾性都非常清楚，知道沒有她不敢說的話，為了避免尷尬還是儘早抽身離開為妙，兩人也向父皇告辭離去。

胡小天望著幾人落荒而逃的情形，心中不禁有些想笑，這七七還真是皇宮裡的一個魔星，奇怪的是皇上對她居然如此縱容，任憑她胡說八道居然不加阻止斥責。究竟是真心疼這個女兒呢？還是有什麼把柄被這小妮子握在了手裡？

七七來到父親床邊，笑道：「父皇，您怎麼不說話啊？」

龍燁霖笑道：「話都讓你一個人說了，朕還有什麼好說的？」

七七道：「那就是嫌棄您女兒我多嘴了。」櫻唇一撅，在床邊坐下，一雙腿來迴盪動，皇上的這麼多子女之中，也唯有她敢做出這樣的舉動。

胡小天躬身立在一旁，正琢磨著自己是不是開口告辭，七七的目光就朝他看了過來。

胡小天對七七的難纏早已領教多次，誰讓她盯上準保倒楣，果不其然，七七道：「父皇，你現在算認識胡小天了吧？」

龍燁霖笑道：「自然認得，這次朕的病痛幸虧小天出手，方才藥到病除。」

七七格格笑道：「應該是刀到病除才對。」

胡小天頭皮一陣發麻，老子是你的救命恩人噯，不帶那麼玩的。

七七又道：「他的醫術厲害吧？當初權公公的那條腿也是他給鋸斷的。」

胡小天的腦門上已經開始冒汗了，七七啊七七，你還未成年呢，怎麼就那麼多的壞心眼兒。

七七話鋒一轉：「不過說起來當初如果不是遇到了他，權公公和我都已經被壞人殺死了，父皇，他是我的救命恩人呢。」

龍燁霖微笑道：「胡小天屢立奇功，朕一定會重重有賞。」

七七道：「父皇，您到底賞他什麼？不如說出來讓女兒聽聽？」

胡小天慌忙道：「多謝陛下，其實陛下已經賞賜過小天了，上次就送給了小天一塊蟠龍金牌。」胡小天可不敢要什麼賞賜，尤其是七七在這裡，不坑自己就要給老天燒高香了。

龍燁霖笑道：「上次是上次，這次又立新功，自然要賞。」說是獎賞，可龍燁霖一時間卻想不起賞他什麼。

七七道：「父皇，女兒倒是有個主意。」

龍燁霖點了點頭：「你說。」

七七道：「你看，明月宮已經燒了，胡小天原本是明月宮的總管，現在等於徒有虛名，反正他閑著也是閑著，女兒那邊剛好人手短缺，我看不如讓他去儲秀宮中做事，封他一個總管如何。」

胡小天一聽讓他去儲秀宮腦袋就大了，你當老子犯賤，跟你去儲秀宮整天被你虐？慌忙道：「陛下，小天還兼任著司苑局的管事，只怕儲秀宮那邊無法兼顧。」

做事。」

七七一雙美眸狡黠地望著他：「那就將司苑局那邊的差事結了，升你來儲秀宮

胡小天心中暗歎，這也叫升遷？降職才對，這小妮子玩心太重，皇上要是真聽了她的話，恐怕自己的麻煩就大了。看這位糊塗皇帝對她的寵幸，應該是言聽計從，看來今天自己是難逃厄運了，胡小天哀歎自身不幸命運之時，忽然想起了姬飛花，現在這種時候唯有抬出姬飛花或許可以讓皇上改變主意，可真要是這樣做會不會觸怒皇上，讓他以為自己是拿姬飛花來要脅他？一時間內心矛盾到了極點。

龍燁霖微笑點了點頭，他向胡小天道：「明月宮被焚之事和你無關，朕思來想去，還是要給你安排一個去處，你去紫蘭宮安平公主那裡做事吧！」

胡小天本來內心已經絕望透頂，卻想不到峰迴路轉，龍燁霖居然把他派去紫蘭宮做事，陡然之間一天一地，巨大的驚喜佔據了胡小天的內心，當真是心想事成，去紫蘭宮做事，豈不是意味著以後就可以和美麗的安平公主朝夕相處。這位皇帝真是善解人意，你對我這麼好，以後一定送個便宜大舅子給你做！

七七也沒想到父皇居然無視自己的要求，將胡小天派去了紫蘭宮，她眨了眨雙眸道：「父皇，為何要派他去紫蘭宮？」

龍燁霖道：「你是朕的女兒，朕焉能不知道你想做什麼？小天若是去了儲秀宮，你一定會想方設法整蠱於他，朕那不叫賞賜，那叫責罰！」

胡小天心中暗讚，這皇帝一點都不糊塗。

七七氣得猛然站了起來，氣得直跺腳道：「父皇，女兒何嘗整蠱過別人。」

龍燁霖道：「你姑姑即將嫁入大雍，她的身邊沒有一個得力的助手，胡小天聰明伶俐，做事穩重，恰恰可以過去給她幫忙，準備婚禮之事。你不是一直跟你姑姑感情最好，讓胡小天去幫她，你難道都不肯？」

七七聽到這句話反倒不吭聲了，點了點頭道：「也罷，他去紫蘭宮和去儲秀宮都是一樣，反正啊，我姑姑過年之後就要前往大雍，等我姑姑走了，讓他再來儲秀宮就是。」

胡小天一聽她還在惦記自己，真是有些哭笑不得了，不過暫時躲過一劫，也算幸運。既然得了賞賜，剛好可以告辭走人，胡小天向皇上告辭。

小公主七七因為要求沒有得到滿足，心情顯然也受到了影響，向胡小天道：「我跟你一起走！」

胡小天哪敢拒絕，和七七一起離開了宣微宮。

兩人一前一後出了皇宮，七七望著胡小天冷笑不已，胡小天明白這妮子知道自己的底細，上次在酒窖中還抓住了自己的命根子，雖然她當時以為是抓住了一條毒蛇，可現在這妮子漸漸長大成人，難保不會猜到他是個假太監。若是她知道了自己是個假太監，還想方設法地把自己弄過去，難不成對自己有了什麼特別的想法？胡小天越想越是心虛。

胡小天在路口處停步：「公主殿下請！」司苑局和儲秀宮是兩個不同的方向，在這裡他們應該分手。

七七卻沒有離開的意思，胡小天看到她不走，自己總不能在這兒陪著她，向她躬身行禮道：「那小天先行告辭了！」

七七道：「我送你！」

胡小天心想老子可沒那樣的福分，陪著笑道：「小天何德何能，豈敢讓公主殿下相送。」

七七道：「我願意！」

胡小天無奈，腿長在人家身上，路誰都能走，更何況這裡是皇宮大院，全都是人家的地盤，自己哪有阻止她的權力，乾脆轉身就走。小公主跟在後面，走了兩步，忽然哎呦叫了起來。

胡小天只能停下腳步，轉身望去，卻見七七捂著腳踝，皺著眉頭：「痛死我了！我腳崴到了！」

胡小天暗自道：「干我屁事！」可臉上還得做出關懷備至的樣子：「要不要緊？」

「好痛，只怕是要斷了。」七七拿捏出頗為痛苦的表情。

胡小天知道她是偽裝，故作驚慌道：「公主殿下在這裡等著，我這就去叫太醫！」

七七看到他起身就走，分明是要把自己扔在這裡，怒道：「胡小天，你給我站住！」

胡小天笑瞇瞇道：「公主殿下，我是去給您請太醫，您的傷情千萬耽擱不得。」

「你就是醫生，背我過去！」

胡小天道：「公主殿下有所不知，您現在足踝受傷，不能輕易移動，若是觸動了傷處，只怕會留下後患，更何況你尚在發育之時，萬一兩條腿長得不一般長短，豈不是成了一個跛子，像權公公那樣走路總不好看。」胡小天說完轉身要逃。

七七道：「你給我站住！」

胡小天唯有停下，七七竟然走了過來，然後一雙手臂就搭在他肩頭：「背我！」

胡小天心頭暗歎，這丫頭是賴上自己了，在人屋簷下不得不低頭，只能背著七七向前走去。

七七道：「你去哪兒啊？」

「太醫院！」

「我不去太醫院，你背我去司苑局。」

胡小天歎了口氣，只能照辦。

七七道：「你歎什麼氣啊？是不是心裡特恨我，恨不能將我摔在地上，把我摔死最好？」

胡小天道：「不敢！」

七七道：「不敢是一回事兒，可你心中一定是這麼想。」

胡小天乾脆裝啞巴，懶得搭理她，跟這位刁蠻公主壓根沒有道理可講。

七七又道：「你還記不記得上次背我是什麼時候？」

如果不是她提醒，胡小天險些忘了這件事，上次還是在蓬陰山遭遇狼群的時候，七七在逃跑的途中崴了腳，自己背著她亡命逃向石林。

七七道：「其實你這人心腸也算不上壞。」

胡小天唇角泛起一絲苦笑，若是老子心腸歹毒，當初在蓬陰山就把你給喀嚓了，才懶得管你的閒事，可這世上福禍相依，如果沒有當初對權德安和七七的救命之恩，也許他早已死在這場政變之中。

七七道：「其實我讓你去儲秀宮是為了你好，你曾經救過我的性命，我怎麼會不記得，所以我想幫你，只有你去了我那裡，我才好安排你順利離開皇城。」她壓低聲音道：「別人不清楚，我還能不清楚，其實你心裡一直都想逃出去，對不對？」

胡小天對七七的這番話將信將疑，應該說懷疑的成份更多一些，這位小公主心腸好像沒那麼好。胡小天道：「公主殿下誤會了，小天代父贖罪方才入宮，入宮之後皇上和各位公公對我好得很，小天從未想過要離開這裡。」

七七冷冷望著胡小天的脖子根，對這廝的話是一句不信。

前方已經是司苑局，小卓子和小鄧子兩個看到胡小天背著小公主回來，趕緊過去幫忙，七七原本就沒什麼事情，到了司苑局，讓胡小天放開自己，自行從他背上跳了下來。

一幫小太監看得目瞪口呆，還以為出了什麼大事，敢情這位小公主是把胡公公當馬騎呢。

七七道：「帶我去酒窖看看！」

胡小天皺了皺眉頭，看來七七並不是興之所至來到這裡，於是帶著七七來到酒窖內。

七七進了酒窖，環視了一下周圍，輕聲道：「殺氣好重，怨氣沖天，看來裡面藏著不少的冤魂吧？」

胡小天道：「這裡發生了什麼，小公主比我還要清楚。」

七七冷笑道：「上次你在這裡是不是動了將我和姑姑滅口的念頭？」

胡小天搖了搖頭道：「我從未想過要加害公主。」此公主非彼公主，他從未想過加害龍曦月，可是對七七卻幾次產生過要將她滅口的念頭，不過也僅限於想想罷了。

「諒你也不敢！」七七說完從袖中拿出一物，輕輕一抖，展開之後卻是一張地圖。

胡小天看得清楚，這地圖竟然是自己親手所繪，分明是酒窖的密道圖，是他親手交給權德安的那一幅，現在居然落在了小公主的手裡，胡小天心中暗歎，權德安啊權德安，你居然將這件事洩露了出去，這豈不是等於將老子給出賣了。事實證明這老太監根本就靠不住。

七七道：「難怪你對這酒窖如此緊張，原來下面暗藏乾坤，帶我下去看看。」

胡小天滿頭冷汗：「公主殿下，我不知您是什麼意思。」

七七一雙美眸冷冷盯住胡小天道：「事到如今你還敢騙我，這幅圖乃是我從權公公那裡得來，畫的就是酒窖下面的密道。」

胡小天被揭穿秘密之後呵呵笑了起來。

七七也笑了：「是不是又想到了殺人滅口？你背著我走入司苑局，一路之上有無數的宮人看到，你若是敢對我不利，不但你要死，你們胡家滿門也要被抄家滅祖，還有，你最好別有對我不利的想法，就算有，先死的那個也肯定是你。」七七藏在袖中的左手微微一抬：「你覺得自己可以躲得過暴雨梨花針的射擊嗎？」

胡小天對七七的狡詐早已領教過多次，他搖了搖頭道：「女孩子家好奇心太重總不是好事，密道的事情並非是我有意欺瞞，而是權公公讓我保守秘密，不要告訴任何人。」

七七道：「你帶我去看看，這三條密道究竟通往什麼地方？」

胡小天心中暗忖，這小妮子到底有什麼目的？難道僅僅是為了滿足好奇心？胡小天點了點頭道：「那你得先告訴我，這幅圖你是如何得到的？」

七七道：「權公公送給我的！」

胡小天對此絕不肯信，權德安應該不會輕易將這件事洩露出去，更不會無端將小公主捲進來，可七七不願說實話，自己也不可能用強，唯有等以後見到權德安再問個清楚。

密道原本就已經不是什麼秘密，皇宮之中，至少權德安、李雲聰、姬飛花都知道了這件事，現在連七七都已經知道了，果然已經成了星光大道，今天皇上已經將他派去紫蘭宮主事，中間那條前往紫蘭宮的密道就失去了本來的意義，以後自己大可堂而皇之地去和安平公主見面，何必做這種偷雞摸狗的勾當。

胡小天想到這裡點了點頭，帶著七七向下方密道走去。七七看到胡小天移開酒桶和石板，露出下方的洞口，一雙美眸熠熠聲光，驚喜道：「這密道通往哪裡？」

胡小天道：「不清楚，我從未走到盡頭。」他當然不會說實話。

七七道：「走，咱們去看看！」她從胡小天手中搶過燈籠，快步向前，胡小天無奈只能跟在她的身後，事已至此只能走一步看一步，希望這小妮子只是好奇心作祟，興之所至罷了。

面對三條通道，七七選擇的是最左側的一條，這和胡小天當初的選擇相同，這條通道是通往瑤池。胡小天交給權德安的那張路線圖上也是用圖畫表示地點，並沒有用文字明確標注。

兩人走了一會就來到通道盡頭，前方全都是水，七七顰了顰秀眉：「這下面是不是還有洞口和外界相通？」

胡小天道：「我沒有出去過！」他來了個一問三不知。

七七看了他一眼將信將疑，轉過身又向前方的水潭望去。

胡小天道：「此地不宜久留，咱們在酒窖中逗留太久，會讓外面的人生出疑心。」

七七道：「外面是不是瑤池？」

瑤池是皇宮內最大的一片水域，想到這一層並不難。

胡小天道：「我又不懂水性，下去只怕會被淹死，我怎麼知道。」

七七道：「我下去看看。」

她竟然將手中的燈籠交給胡小天，脫去外袍準備下水。

胡小天慌忙阻止她道：「公主殿下，現在是寒冬臘月，池水寒冷刺骨，您是金枝玉葉，下去若是有個三長兩短，我可擔待不起……」他忽然停口不說，因為看到七七外袍裡面穿著一身銀色的緊身衣，像極了現代的潛水服，從這身衣服的質地光澤來看應該是某種動物的皮。胡小天此時方才明白，今天七七果然是有備而來。

七七所穿的這身衣服乃是鯊魚皮所製，內部還有一層用來保暖的火鳥絨，可以完全將寒氣阻隔在外，她的外袍內還藏著一個小小的包裹，展開之後裡面有頭套、手套和腳蹼。

七七的身材已經開始發育，雖然稍嫌青澀，可是有些地方也是初具其形，胡小天望著她，忽然感覺這小女孩漸漸開始長大成人了，其實壓根就不該將她當成小女孩看待，這妮子絕非像她表現出的那樣刁蠻任性，也許那只是她用來掩飾自身本心的一種保護。

胡小天道：「公主殿下，你還是不要下去為好。」

七七活動了一下手腳，雙手交叉，胸膛向前方挺起，即便是這樣的動作仍然比不上胡小天目前的規模，她輕聲道：「在這裡等我，我下去看看。」然後就以一個極其優美的跳水姿勢落入了水潭之中。

胡小天看到她的身影消失在水下，馬上來到她的衣袍處搜查，剛剛揭開她的衣袍，七七的腦袋又從水下露了出來，將胡小天的舉動看了個清清楚楚。胡小天被人抓了個正著，難免尷尬，訕訕笑道：「我幫你收起衣服。」

七七冷冷道：「回頭再找你算帳！」一身體重新潛入水下。

胡小天揚起拳頭作勢要打，可也只是在背後做做動作罷了，他檢查了七七的衣袍，裡面哪有什麼暴雨梨花針，這妮子居然學會了虛張聲勢。

胡小天唯有在岸上等待，可等了半天都不見七七上來，他開始變得有些焦急了，七七雖然裝備齊全，可到底水性怎樣他並不知道，萬一這妮子在水下遭遇了不測，這筆帳肯定要算在自己的頭上。想起自己明月宮的事情剛了，可不能再有什麼麻煩，胡小天頓時不安起來，在岸邊走來走去。

足足等了半個時辰，仍然不見七七回來，胡小天再也沉不住氣了，雖然知道七七性情狡詐，十有八九可能又玩花樣，可這妞兒畢竟是金枝玉葉，大意不得，猶豫了一下，終於還是脫下外袍，咚的一聲跳了進去，池水寒冷徹骨，凍得胡小天手足發麻，可入水之後，體內的真氣便因為寒冷的刺激應激而生，一股溫熱的氣息從他的丹田氣海自然生出，形成了一股螺旋暖流，這暖流在他的體內迅速擴展開來，散佈到他的周身經脈，頃刻間寒意盡退。

胡小天又驚又喜，如果不是跳入這冰冷的水潭之中，還不知道自己修煉的內力已經有所成就，這無相神功可真是非同凡響。其實胡小天現在的成就絕非無相神功所賜，權德安先傳給了他十年功力，但是這十年異種真氣在他的體內並不能自如控制，一切的變化還是要源於明月宮的那個晚上，文雅將七顆赤陽焚陰丹一股腦全都塞到了他的嘴裡，本想置他於死地，卻想不到胡小天放出血影金蝥，稀裡糊塗地成就了一樁孽緣。文雅最後成功逼出血影金蝥成就血影蝥王。而胡小天也因此而得到了好處，不但成功控制了赤陽焚陰丹的藥性，而且始終止步不前的內功修煉終於發生了突破，完成了無相神功的第一層突破。

無相神功的強大在於無色無相生生不息，在遭遇外界環境變化的時候，體內的丹田氣海會自然而然地做出應激反應。胡小天很快就意識到自己的身體在不知不覺中已經發生了脫胎換骨的變化，潛入水底準備從下方水洞游入瑤池之時，感覺到前方水流波動，應該是有人向這邊飛速游來，胡小天慌忙後撤，對方從他的身邊倏然掠過，應該是七七無疑，想不到這妮子水性如此之佳，胡小天緊隨其後冒出了水面。

七七方才露出了水面，發現岸上空無一人，心中正在納悶，胡小天就從她的身後冒了出來，將七七嚇了一跳，七七率先從水中爬了上去。指著胡小天怒道：「你這個騙子，剛剛明明說你不懂水性！」

胡小天道：「開個玩笑而已，你居然這麼玩不起？」他跟著從水中爬了上去，這貨赤裸著上半身，下身雖然穿著褲子，可是被水浸透完全貼附。

望著胡小天的樣子，七七的俏臉居然紅了起來，在胡小天的面前第一次顯露出羞澀的表情，咬了咬櫻唇道：「不要臉的傢伙，快把衣服穿上。」

胡小天也知道自身形象不雅，又擔心自己的秘密暴露，雖然穿了兩層小內內，可水浸透後仍然有穿幫的可能，迅速找到自己的外袍披上。

七七除下頭罩，然後整理了一下頭髮，因為有頭罩的保護，她的頭髮居然一點都沒有沾濕。

胡小天心中暗歎，人比人氣死人，看看人家七七的裝備，再看看自己的，倘若沒有無相神功墊底，只怕自己跳入水中就凍成了一個冰棍兒。

七七躲到暗處整理好了自己的衣服，出來的時候，看到胡小天已經穿得齊齊整整，朝他恨恨點了點頭道：「胡小天，你居然敢騙我。」

胡小天一臉無辜道：「公主殿下此話從何說起，小天怎敢騙你。」

七七冷冷道：「你剛剛說自己不通水性，原來水性如此之好。」

胡小天道：「我那是謙虛，這天寒地凍，池水冰冷徹骨，除非是不要命了才會跳到裡面去。」

「那你剛剛又跳了下去？」

「小天是牽掛公主安危，所以才冒死跳下水中相救，只是現在看來，我是杞人憂天了。」

七七又瞪了他一眼，並沒有進一步為難他的舉動。胡小天本以為她還要一鼓作氣探查其他兩條密道，卻沒有想到七七居然選擇離去，這對胡小天來說當然最好不過。

回到酒窖，胡小天先去將濕漉漉的褲子換了下來，然後陪著七七來到外面。司苑局的小太監對公主的到來只當沒看見，倒不是因為他們對公主不敬，因為所有人都知道這位公主的脾氣，再加上看到小公主臉色不善，殺氣騰騰，還是離得越遠越好。

胡小天將七七恭送到司苑局大門外，七七向他道：「密道的事情，你不可向權公公吐露半個字，否則我決饒不了你。」

對七七的威脅，胡小天只當是耳旁風，他拿這位小公主沒什麼辦法，事實上七七拿他也沒多少辦法。

胡小天道：「以後這司苑局，小公主還是少來為妙，以免別人說閒話。」

七七冷笑道：「我倒要看看誰敢說閒話。」

送走了七七，胡小天決定去凌玉殿看看，林菀說過要將葆葆送回來，可事情過去了這麼多天，仍然不見葆葆現身，胡小天也不禁為葆葆的處境感到擔心。途經明月宮的時候，看到一幫宮人正在現場整理，明月宮的那場火將昔日繁華的宮室燒成了廢墟，唯一倖存的就是胡小天曾經住過的小屋。

胡小天在廢墟前駐足，想起李雲聰的推斷，心中不僅一陣發毛，倘若這世上真有什麼種魔大法，那麼文雅很可能就是須彌天，在那晚究竟發生了什麼事情？須彌天本來想要殺了自己，可為何又會轉變念頭放了自己，甚至留下了一封遺書為自己脫罪，胡小天望著前方的斷壁殘垣呆呆出神，正在入神之時，忽然聽到身後傳來一聲咳嗽。

胡小天猛然驚醒，轉過身去，卻見葆葆站在自己身後，正靜靜望著他，幾日不見，葆葆憔悴了許多，俏臉膚色蒼白，沒有任何的血色，柳眉如煙，雙眸蕩漾著點點淚光，緊緊咬著櫻唇，用這種方式控制著自身的情緒，微微起伏的胸膛仍然洩露了她此時心中的激動。

胡小天笑了起來，露出一口整齊而潔白的牙齒，如同溫暖的春風一直吹到葆葆的內心深處。

兩人就這樣靜靜站著，彼此看著，不用更多的言語，卻已經感受到彼此心中的牽掛和相思。

葆葆輕移蓮步走了過去，和胡小天並肩而立，望著明月宮的斷壁殘垣，輕聲歎道：「明月宮沒有了……」

雖然她當初來明月宮是抱著特殊的目的，可是眼看明月宮華麗的宮室一夜之間成為瓦礫，心中也不免感慨，畢竟明月宮承載了她的美好夢想。

胡小天道：「你我還在！」

葆葆點了點頭，剩下的就只有他們兩個倖存者。

胡小天低聲道：「她有沒有為難你？」

葆葆搖了搖頭道：「沒有，對我的態度突然好轉了許多。」

胡小天道：「她答應我會放你離開。」

葆葆道：「我決定暫時留在凌玉殿。」

胡小天愕然道：「為什麼？」他本來已經想好應該如何安置葆葆，只要他向安平公主提起這件事，應該可以將葆葆調入紫蘭宮，以安平公主的溫柔善良，肯定會善待葆葆，卻沒有想到葆葆卻突然轉變了念頭。

葆葆微笑道：「我在凌玉殿待得習慣了，我們姐妹之間的事情也已經完全說開，這段時間，若是沒有她的悉心照顧，我的傷勢也不會恢復得如此之快。」

胡小天皺了皺眉頭，總覺得葆葆的決定並沒有那麼簡單，難道她又收到了洪北漠的命令？想到她體內的萬蟲蝕骨丸，胡小天的心情頓時沉重起來，葆葆畢竟心存顧忌，她在宮中的一舉一動仍然要受人左右，體諒到葆葆的難處，胡小天點了點頭道：「只是咱們以後不能朝夕相對了。」

葆葆溫婉笑道：「我還會去司苑局，咱們以後見面的機會多得是。」一雙美眸轉了轉，壓低聲音道：「我不在你身邊，豈不是你更方便去勾搭別的小宮女？」

胡小天笑道：「咱家可不是那種人。」他方才將皇上剛剛派他前往紫蘭宮侍奉安平公主的事情說了。

兩人之間本來有千言萬語想要傾訴，可在光天化日眾目睽睽之下，並不方便表現得太過親近。

遠處有幾名太監向胡小天走過來，葆葆擔心兩人關係被別人看穿，悄然離開。來的卻是何暮，此人也是姬飛花的左膀右臂。何暮遠遠道：「胡公公，今兒什麼風把您吹到明月宮來了？」

胡小天向他拱手道：「這幾天忙著給皇上治病，今日皇上龍體痊癒，所以才有空回來看看。」主動提及這件事是要告訴所有人，今時不同往日，老子如今已經成了皇上的救命恩人。

何暮來到胡小天面前：「剛剛聽說胡公公被皇上封賞，已經成為紫蘭宮的總管。」

「何公公消息真是靈通。」

何暮笑道：「好消息總是傳得特別快。」他的目光在胡小天臉上轉了轉道：「胡公公今天過來，想必是緬懷明月宮的。」

胡小天故意歎了口氣道：「觸景生情，好好的一座宮殿，鮮活的七條人命說沒了就沒了。」

何暮道：「吉人自有天相，還好胡公公躲過了這場劫難。」

胡小天道：「提督大人有沒有回來？」

何暮搖了搖頭。

「何公公知不知道提督大人的去向？」

何暮笑道：「提督大人行事向來神龍見首不見尾，豈是我等能夠揣摩的，不過他走了這些日子，眼看就是新年，按理是快要回來了。」

胡小天點了點頭。

何暮道：「胡公公此次立下大功，深得皇上器重，以後定然是前程似錦，發達之日勿忘關照在下。」

胡小天知道他是在客氣，淡然道：「此去紫蘭宮為的是伺候安平公主，公主殿下年後就要嫁往大雍，小天在紫蘭宮待的時間也不會太久。」

何暮道：「說不定皇上會派你當遣婚使護送安平公主前往大雍，年紀輕輕若是能夠擔當如此大任，足見皇上對你的信任。」

胡小天原本也搞不清皇上把自己派往紫蘭宮的目的，何暮一說，倒是有這種可能，難道皇上當真要讓自己護送安平公主前往大雍不成？如果真要是這樣，自己倒有了救出安平公主的機會。

承恩府的高牆將陽光阻擋在外，院子裡的建築大都籠罩在陰影中，唯有北側的碉樓。權德安站在碉樓之上，瞇起雙目望著西方天邊漸漸墜落的夕陽，內心也漸漸沉浸在陰影之中。

文承煥緩步走上碉樓，只是爬了台階，他就感到有些喘息了，額頭上也冒出了一些細密的汗珠，從袖子裡抽出一方手帕擦了擦額頭的汗水，呼了口氣，抱怨道：「天怎麼突然有些熱。」

權德安轉過身去，望著用黑色裘皮將身體裹得嚴嚴實實的當朝太師，不禁笑了起來。

文承煥卻笑不出來，剛剛死了女兒，儘管這個女兒並非親生，可終究是一場父女。

權德安道：「太師穿得太多。」

文承煥來到他的面前：「皇上到底什麼意思？居然派那個胡小天前往紫蘭宮。」

權德安呵呵笑了一聲道：「皇上自然有皇上的打算。」

文承煥道：「權公公，胡小天分明就是姬飛花手中的一顆棋子，明月宮的事情必然和他有關。」雖然不少證據已經表明胡小天和明月宮失火的事情毫無關係，文雅也留下遺書說大火是她一手所縱，文承煥卻仍然這樣說。

權德安咳嗽了一聲道：「既然皇上都說他無罪了，太師又何必糾結於此？」

文承煥道：「姬飛花實在是太猖狂了，皇上若是對他一味縱容下去，勢必會釀成大患。」

權德安道：「他畢竟有功於皇上，皇上是個念舊的人，你應該清楚。」

文承煥道：「翟廣目不明不白就死了，他可是刑部的幹將，過去不知破獲了多少大案，功勞顯赫，竟然落到如此下場。」

權德安歎了口氣道：「刑部那邊都已經有了定論，翟廣目是自殺。」

文承煥冷笑道：「是不是自殺，大家心裡清清楚楚！」

權德安道：「皇上是不打算繼續追究明月宮的事情了，這件事還是儘早放下為好。」

文承煥神情黯然道：「可憐我的女兒，花季之年竟然遭遇如此橫禍。」

權德安道：「事情既然已經發生，還望文太師節哀順變。」

文承煥點了點頭道：「權公公，外面都在傳言，胡小天乃是您一手送入宮中，為何他會被姬飛花收買？」

權德安道：「良禽擇木而棲，胡小天為人精明，懂得審時度勢，自然看得出在皇宮之中誰人得寵，誰人得勢，找個更好的靠山也是正常的事情。」

文承煥道：「皇上對姬飛花太過寵幸，此人不斷坐大，這樣下去，絕非大康之福，老夫準備聯絡一幫朝中重臣，向皇上進言，務必要及時提醒皇上，讓皇上認清此人的面目。」

權德安道：「文太師可曾和周丞相談過這件事？」

文承煥道：「說倒是說過，可周睿淵在這件事上的態度不明，自從此人被皇上重新重用之後，似乎完全變了一個人，失去了昔日的鋒芒和銳氣。」

權德安意味深長道：「太師焉知他不是在韜光隱晦？」

文承煥離開承恩府的時候，夜色已經降臨，從權德安那裡，他並沒有得到想要的答案，帶著有些失落的心情回到府內，第一時間將兒子文博遠召到了自己的書房內。

文博遠來到房間內，反手將房門掩上，向父親施禮道：「爹，權公公怎麼說？」

文承煥冷冷道：「這老狐狸始終都在跟我兜圈子，表面上跟我站在同一陣線，心中卻另有打算。」他緩緩在太師椅上坐下，深邃的雙目中流露出陰冷的目光。皇上和權德安之間的關係顯然更為密切一些，這位大康天子信任宦官多過他們這幫大臣。若非皇上當初對姬飛花的縱容，也不會發展到今日難以收拾的地步。

文博遠道：「爹！胡小天根本就是他送入宮中，只是現在胡小天找到了新的靠山，所以反過頭來幫著姬飛花對付權德安。」

文承煥道：「事情不能只看表面，胡小天只是一顆棋子罷了，我本以為和權德安聯合可以扳倒姬飛花，現在看來，我可能高估了權德安的本事，也低估了姬飛花的實力。」他向兒子看了一眼道：「權德安讓你出面組建神策府，實際上是要把我們父子推向風口浪尖，他以為我們當真看不透他的心思。這老狐狸想要將我們父子當成他的棋子，用我們制衡姬飛花，巴不得我們拚個兩敗俱傷，他才高興。」

文博遠躊躇滿志道：「爹爹運籌帷幄，他既然想讓我站出來，咱們就順勢而為，現在的神策府基本上都是我的心腹班底，只要再給我一年時間，完全可以超過天機局。」

文承煥瞇起雙目，然後緩緩搖了搖頭道：「天機局乃是大康最為高深莫測的機構，歷經百餘年經營，其中高手如雲，實力深不可測。」少年輕狂，他對自己的兒子是非常瞭解的，兒子文武雙全，的確是青年一代中出類拔萃的人物，可畢竟年輕氣盛，欠缺挫折，以後還需多加磨礪。

文博遠笑道：「爹爹莫長他人志氣，滅自己威風，若是在一年前或許還可以這樣說，現在的天機局早已不復昔日之勇。陛下登基之後，天機局內部發生了分裂，一部分人因為涉及當年刺殺皇上畏罪潛逃，還有一部分人被姬飛花屠戮，剩下的哪還有什麼高手。」

「百足之蟲死而不僵，你千萬不要輕視了傳承二字，更不要忽略了天機局本身的底蘊。自從姬飛花掌管天機局以來，他肅清內奸，重整各部，如今的天機局已經穩定了下來。」

文博遠道：「那姬飛花根本就是權德安一手扶植起來，卻想不到養虎為患，居然成了他的對頭，這老太監只怕是悔不當初了。」

第八章

天大的賞賜

安平公主從未想到皇上居然會把胡小天派來紫蘭宮，
得知這一消息之後，芳心中充滿了期待，同時又有些忐忑。
雖然一直期盼著這一刻，可是真正等朝夕相對的機會到來的時候，
卻又不知應該如何面對。

文承煥撫鬚道：「權德安、姬飛花這兩個人都不簡單，我總覺得皇上似乎有什麼把柄被姬飛花握在手中，不然此子為何會如此猖狂？」他眉頭緊鎖，一直以來，這都是他百思而不得其解的問題。

文博遠道：「爹，我聽說胡小天被皇上派去了紫蘭宮，成了那裡的總管？」

文承煥緩緩點了點頭，盯住兒子的雙目，直到他有些心虛地低下頭去，方才低聲道：「博遠，你心中是不是還在念著她？」

文博遠抿了抿嘴唇，感覺父親的目光似乎一直看到了他的內心深處，他的真正想法無處可藏，目光躲閃到一旁，方才低聲道：「爹，孩兒已經想明白了，男兒立世當目光遠大，豈可沉迷於兒女私情。」

文承煥站起身緩步來到了兒子的身邊，揚起手輕輕拍了拍他的肩頭道：「你心中究竟怎樣想，爹心裡清楚。」知子莫若父，兒子對安平公主一往情深，早在昔日太上皇龍宣恩在世的時候，兒子就想向安平公主提親，而那時文承煥對兒子的想法是支持的，可此一時彼一時，現在龍宣恩已經成了太上皇，雖然名義上還有一個皇字，實際上卻被龍燁霖軟禁在四面環水的縹緲山之上。安平公主雖然是龍燁霖同父異母的妹子，現在的地位早已失去了昔日的顯赫，否則也不會被遠嫁到大雍。

文博遠道：「爹，孩兒明白應該怎樣做！那件事孩兒完完全全放下了。」

文承煥點了點頭道：「姬飛花這段時間都不在京城，胡小天前往紫蘭宮的事情絕不是他的意思。那就意味著，是皇上自己的意思，也可能是權公公的意思。」

文博遠道：「僅僅是一個太監的調動，背後應該沒有那麼多的文章吧？」

文承煥卻搖了搖頭：「明年三月十六就是安平公主的大婚之日，胡小天在這時候前往紫蘭宮，絕不僅僅是為了伺候她那麼簡單，皇上應該是動了讓他當遣婚使的念頭。」

文博遠愕然道：「怎麼可能？他何德何能？」

文承煥道：「胡小天乃是權德安一手帶入宮中，在道理上講，他應當是權德安的人。權德安為人冷酷無情，不念情面，他真心以對的恐怕只有皇上一個人而已。他心中最大的敵人，目前就是姬飛花，胡小天接近姬飛花十有八九也是他的授意。明月宮失火，他開始跟我站在同一立場，意圖通過胡小天這個棄卒扳倒姬飛花，可事情的發展並沒有我們想像中順利，權德安的做法勢必引起了胡小天的警惕，說不定會徹底將胡小天推入姬飛花的陣營。」

文博遠道：「可是他為何又要在皇上面前舉薦胡小天？」

文承煥道：「胡小天也不是傻子，經過明月宮的事情之後，他以後絕不會真心給權德安辦事，既然咱們能夠想到，權德安也一定能夠想到，他將胡小天送入紫蘭宮，肯定是另外一個陰謀，雖然我目前還不知道他有什麼陰謀，可有一點能夠斷定，他很可能要在安平公主的身上製造文章，胡小天這顆棋子終將被他所棄。」文承煥深邃的雙目中流露出陰冷的光芒。

文博遠皺了皺眉頭：「爹，安平公主遠嫁在即，圍繞她難道還會有什麼是非？」

文承煥微笑道：「我準備保舉你前往護送安平公主，你意下如何？」

文博遠以為父親又在故意考驗自己，慌忙道：「孩兒對她早已斷了想法，孩兒寧願留在康都。」

文承煥壓低聲音道：「這次，你卻必須要去，一定要去。」

文博遠不明白父親的意思，眨了眨眼睛。

文承煥聲音低沉道：「做好準備，過了正月你就要前往大雍。」

胡小天已有多日未曾出宮，臘月二十九，是這一年中最後的一次出宮採買機會了。胡小天一早便讓人準備好，帶上史學東、小卓子、小鄧子一起出宮，之所以出來這麼多人，也是因為想選在年前在外面好好玩上一次，就算是給這幾位心腹跟班的一點福利。

翡翠堂的曹千山已經準備好了酒席和紅包，只等著他們前去。

胡小天在出宮之後就和幾人分開，乘車前往寶豐堂，幾人約好了中午前往翡翠堂相聚。

蕭天穆之所以盤下寶豐堂目的之一，就是為了方便和胡小天相會，雖然初期花了一些銀子，可胡小天利用手頭的權力，採購了不少寶豐堂的東西，僅靠著皇宮的採購就足以維持寶豐堂的日常開支用度，蕭天穆擅長經營，這段時間打通南北商路，已經在大雍的國都雍都開設了分號。

胡小天來到寶豐堂的時候，正看到一車車的陶瓷從寶豐堂陸續運走，高遠和幾名夥計在門口忙活著，看到胡小天的坐車過來，高遠喜孜孜地迎了上來，拱手行禮道：「胡公公，什麼風把您給吹來了。」

胡小天掀開車簾走了下去，一陣子不見高遠，這孩子又長高了許多，顯得更加的黝黑壯實，唇角也有了軟絨絨的汗毛，有點男子漢的味道了。胡小天笑道：「長高了啊，這是在幹什麼？」

高遠道：「年前運一批貨去雍都，走船運，我也去呢。」自從來到康都之後，他還從未出過遠門，所以顯得異常興奮。

胡小天笑道：「那豈不是過年也要在路上了？」

高遠道：「今晚走，二爺也一起過去。」他口中的二爺就是蕭天穆。

胡小天點了點頭，讓高遠繼續忙活生意，獨自一人走入了寶豐堂。

周默在寶豐堂內忙著給工人發紅包，今兒忙完，明天就暫時停業，直到十五方才開張。看到胡小天進來，周默迎上來拱手道：「胡公公大駕光臨，有失遠迎，失敬失敬！」雖然是結拜兄弟，在人前還是要做足表面功夫。

胡小天微笑道：「周老闆客氣了。」

周默心領神會道：「帳房在後院呢，胡公公先過去，我忙完手頭的事兒馬上趕過去。」

胡小天向他會心一笑，走入後院之中。

蕭天穆此時就在自己的房間內等著胡小天，房門開著，窗戶也開著，他坐在臨窗的椅子上，穿著一件半新不舊的白狐皮大氅，灰濛濛的眼睛望著窗外，雖然什麼都看不到。

胡小天走入房內：「二哥！」

蕭天穆如夢初醒，深深舒了一口氣，仍然保持著剛才的姿勢：「三弟來了！」

胡小天來到他的身邊坐下，隨手將窗戶關上，冷風不停從外面灌進來，他擔心蕭天穆會著涼。

蕭天穆道：「屋子裡待得久了，總覺得氣悶。」

胡小天笑道：「那就出去走走。」

「今天晚上我會去雍都。」

胡小天道：「走得如此突然？」

蕭天穆淡然笑道：「算不上突然，早在寶豐堂開業之初，就已經籌備雍都分號的事情，這次必須要去看看。」

胡小天道：「也好，帶著高遠，讓他歷練一下。」

聽到高遠的名字，蕭天穆笑了起來：「小遠是個聰明的小子，若是好好調教，日後必成大器。」

胡小天深有同感地點了點頭，想起高遠的變化，忽然意識到自己在皇宮中已經待了不少時候，果然是日月如梭，時光如箭。

蕭天穆道：「最近聽說了宮中不少的事情，我和大哥一直都很擔心你。」

胡小天道：「事情的確是層出不窮。」他將最近發生在自己身邊的事情詳細說了一遍。上次前來寶豐堂的時候，他剛剛被派往明月宮伺候文雅，這次見面，非但文雅自焚，甚至連明月宮也已經化為瓦礫，當真物是人非了。

蕭天穆聽到胡小天說完，不禁為他的處境深深擔憂，身處皇宮之中，遊走於三大勢力之間，稍有不慎就會性命不保。根據胡小天所說的情況，權德安應該已經懷疑胡小天和姬飛花之間的關係。蕭天穆道：「讓你前往紫蘭宮究竟是誰的主意？」

胡小天道：「小公主七七本想抓我去儲秀宮，皇上看出我為難，所以並沒有讓她如意，將我派去了紫蘭宮。」他停頓了一下又道：「開始的時候，我也以為皇上只是臨時起意，可後來我卻發現這件事並不是那麼簡單，安平公主的婚期是明年三月十六，距今只有兩個半月，年後就應該啟程前往大雍，最近宮裡有風聲傳出，說皇上派我當遣婚使，可目前皇上還未正式對外公佈這件事情。」

蕭天穆道：「在明月宮的事情上，權德安不肯為你出頭，一方面他想要通過你牽累姬飛花，達到打擊姬飛花的目的，另外一方面也可能他失去了對你的信任。」

胡小天點了點頭道：「很有可能，所以我懷疑這次派我前往紫蘭宮是他在幕後推手。」

蕭天穆道：「假如此事屬實，那麼他將你派往紫蘭宮的目的何在？」

胡小天內心一沉，他忽然想到了自己的秘密，自己根本就是個沒淨身的假太監，權德安對此一清二楚，難道權德安將自己送入紫蘭宮，目的就是要在這件事上做文章，假如真要是如此，權德安的心腸也忒歹毒了一些。

蕭天穆道：「他最終想要對付的人應該還是姬飛花，將你送入紫蘭宮，應該是要在紫蘭宮製造文章，難道他想對安平公主不利？」

胡小天有些不安地在室內踱步。

蕭天穆雖然看不到，可是從腳步聲也能夠覺察到胡小天的不安：「三弟，你好像心事很重啊！」

胡小天道：「二哥，假如我順利成為大康遣婚使，前往雍都豈不是我最好的逃生機會？」

蕭天穆緩緩點了點頭道：「不錯！只要安排妥當，你就可以順利逃出這虎狼之窩。」他在雍都開設分號，積極經營，其實就是為有朝一日的逃離做準備，放眼天下，逃往大雍乃是胡小天最為可行的目的地。想要逃亡必須要等待時機，一切準備妥當方才能夠付諸行動。假如胡小天這次真能成為大康遣婚使，那麼護送安平公主前往雍都成親，無疑是絕佳的一次機會。

胡小天幾乎就要將營救安平公主的想法說出來，可是思來想去，這件事還是不說為妙。蕭天穆是個極其理智之人，他絕不會贊同自己這種為了兒女私情甘心冒險的想法，而且隨著時間的推移，他現在考慮的事情和過去已經有了很大的分別，舉家逃出康都的念頭已經不像開始那樣強烈。

其實到現在胡小天都沒有想出營救安平公主的可行計畫，想要做成這件事只能他自己秘密進行，在此之前，必須要嚴守秘密，決不可洩露出一絲一毫的風聲。他最大的牽掛還是父母雙親，務必要在營救安平公主之前，想方設法安排父母離開康都。可是真要是救出了安平公主，那麼他勢必會成為大康和大雍兩國的公敵，天下之大，又有哪裡會是他的藏身之處？

蕭天穆道：「三弟，你在想什麼？」

胡小天笑了笑道：「我在想權德安，他為何要保薦我前往紫蘭宮？」

蕭天穆道：「假如權德安最終的目的想要扳倒姬飛花，那麼他保薦你前往紫蘭宮必然和這一目的有關。」

胡小天道：「二哥，我只是想不通，他還能在我身上做什麼文章？」胡小天無法確定權德安是不是要在自己沒有淨身之上做文章。

蕭天穆雙眉緊皺道：「朝堂爭鬥想要將對手置於死地最常見也是最徹底的方法是什麼？」

胡小天道：「那就是誣衊對方謀反！」

蕭天穆道：「安平公主乃是太上皇的女兒，又是周王的妹妹，你的身分是前戶部尚書的公子，西川李家的未來女婿，將這些人連在一起，你覺得別人會聯想到什麼？」

蕭天穆一語道破玄機，胡小天聽到這裡不由得冷汗直冒，蕭天穆分析得不錯，權德安此舉顯然是在為誣衊自己謀反做準備，項莊舞劍意在沛公，自己仍然只是一個棋子，安平公主和自己一樣，權德安的真正目的還是姬飛花。而姬飛花恰恰因為自己和這一連串的人物事件聯繫在了一起，只要時機成熟，權德安就可以編織一個意圖協助老皇帝復辟的罪名將他們一網打盡。

蕭天穆道：「皇上將你派去紫蘭宮的真正目的應該就是如此，姬飛花不斷坐大，應該引起了皇上的戒心，想要除之而後快，看來權德安才是他最信任的那個。」

胡小天倒吸了一口冷氣：「如此說來，我現在還真是騎虎難下了。」

蕭天穆道：「他們的計畫雖然完美，姬飛花卻非等閒之人，我們既然能夠識破他們的佈局，以姬飛花的精明未必看不出。」

胡小天道：「就算他看不出，我也要將這件事點破。」形勢將胡小天和姬飛花的利益已經密切聯繫在了一起，假如皇上對姬飛花起了殺心，那麼自己也難逃劫數，胡小天才不管什麼效忠朝廷，對他而言，保住自己和家人的性命才是最重要的事情。

蕭天穆微笑道：「所以他們安排你前往紫蘭宮反倒是一件好事，只要抓住機會，順水推舟，成為遣婚使，利用這次絕好的機會，我們就能順利逃出大康。」

周默此時敲門走了進來，他朗聲道：「貨已經全都裝車運走了，運河碼頭那邊也已經說好了，今晚就可出發。」他看了蕭天穆一眼道：「我都說過了，晚幾天走就是，留在康都過個新年，咱們兄弟也好團聚一下。」

蕭天穆道：「雍都那邊的事情耽擱不得，咱們兄弟也必須要準備隨時離開這裡了。」

周默露出驚喜之色：「決定了？」他認為胡小天終於決定要離開康都，這段時間以來，他們一直都在為逃離康都做著積極的準備。

胡小天點了點頭道：「在等機會，如果一切順利，三月就能成行。」

周默舒了口氣道：「能夠離開這裡最好不過，整天憋在宮裡，三弟心裡只怕早就委屈死了。」

胡小天道：「好在有驚無險，至少現在還活得好好的。」其實他已經適應了宮中的生活，正所謂越是危險的地方越是安全，日子過得並非別人想像的那麼不堪。

周默伸出手去，雙手用力握了握他的肩膀道：「又結實了，對了，你的內功最近有沒有進展？」

胡小天道：「好些了。」自從紫蘭宮的驚魂一夜後，文雅害他不死，反倒成就了他在無相神功上的突破，這段時間胡小天的武功也在與日俱增。

周默道：「解鈴還須繫鈴人，若想早日化去你體內的異種真氣，還是權德安本人的心法最好。」他示意胡小天將手伸出來，為胡小天把了把脈，一縷真氣透入胡小天的經脈，奇怪的事情發生了，他的真氣剛剛進入胡小天的經脈之中，便潰散消融，似乎被一股無形的吸力所吸引，完全消失不見。周默喃喃道：「邪門？」他又凝聚真氣透入其中，此次比剛才多用了三分力，可結果仍然是一樣。

周默愕然道：「你練了什麼邪門功夫？」

胡小天道：「我也不清楚，只是一個練氣的心法，練完之後感覺身體比起過去舒服了許多。」

周默收回自己的手指，搖了搖頭，濃眉緊鎖道：「這功夫好不邪門，以後你還是少練為妙。」

胡小天點了點頭，心中卻不以為然。

周默想起一件事，起身去一旁拿了一封信過來，卻是慕容飛煙讓他轉交給胡小天的信。胡小天接過書信，緩緩展開，慕容飛煙已經抵達了臨淵，字裡行間流露出對自己的深深牽掛，真情流露，胡小天看在眼裡，心中感動非常，自己何德何能，居然能夠讓慕容飛煙如此癡情相待，不離不棄。他想起慕容展委託自己的事情，輕聲道：「幫我約一下展鵬，我有事要跟他說。」

胡小天在除夕一早就來到了紫蘭宮，紫蘭宮原本設有兩名宮女，兩名太監，在安平公主的婚事定下來之後，這些宮女太監就開始考慮起了未來的去向，這其中紫鵑是從小跟在安平身邊的，安平公主遠嫁大雍肯定是要帶她一起過去，至於其他的幾個，將來還是要留在大康。

幾人嘴上雖然不捨，可心中誰也不想跟著去大雍，對於這種政治上聯姻的真正意義，太監宮女們是瞭解的。背井離鄉，遠嫁他國，最後的結果幾乎都是悲劇收場。若是有幸得到未來夫婿的寵愛還好，或許還能過上幾年的幸福時光，可幸福畢竟短暫，紅顏易老，一旦年老色衰，必然會被打入冷宮。

安平公主從未想過皇上居然會把胡小天派來紫蘭宮，得知這一消息之後，芳心中充滿了期待，同時又有些忐忑。雖然一直期盼著這一刻，可是真正等朝夕相對的機會到來的時候，卻又不知應該如何面對。

胡小天帶著兩名小太監一起過來，初次登門總不能空著手，兩名小太監手中的提籃裡面放著一些新鮮的果品，一籃是給宮女太監們分享的，還有一籃是送給安平公主的。

兩名小太監將東西放下之後就告辭離去。

紫鵑笑道：「胡總管，我們聽說你要過來，這兩天都望眼欲穿呢。」

胡小天呵呵笑道：「我來紫蘭宮討碗飯吃，還希望幾位姐妹兄弟不要嫌棄我才是。」他的笑容人畜無傷，頗有感染力，很容易給人留下良好的印象，這也是他的天生優勢。

紫鵑道：「哪裡，哪裡，誰不知道你是司苑局的總管，我們還聽說皇上讓你來，其實是為了幫忙籌備公主出嫁的事情，以後還要靠胡公公多多照顧我們呢。」

她為人精明世故，說話也非常得體，平日裡深得安平公主的器重。

胡小天將其中一籃水果給他們分了，然後低聲詢問道：「公主殿下呢？」

紫鵑道：「一早兒就去了書房，我帶你去見她。」

胡小天點了點頭，拎著果籃跟在紫鵑身後來到了書房門外，紫鵑敲了敲房門：

「公主殿下！胡公公來了！」

過了一會兒，方才聽到書房內傳來龍曦月溫婉柔潤的聲音：「讓他進來吧。」紫鵑應了一聲，朝胡小天使了個眼色，然後小聲道：「公主善良寬厚，待我們好得很，你不用擔心。」

胡小天心中暗笑，我有什麼擔心的？安平公主對我不知有多好呢。他低聲道：「謝謝紫鵑姐姐。」伸手推開房門走了進去。

龍曦月原本在畫案前畫畫，聽到房門響動，將筆輕輕擱置在筆架上。

胡小天走入房內，將房門給關上了，朗聲道：「奴才胡小天參見公主千歲千歲，奴才給公主叩頭了！」這貨嘴上叫得震天響，可不見有任何的動作，一雙眼睛笑瞇瞇望著龍曦月，流露出的全都是款款深情。近水樓台先得月，這次機會總算來了。

龍曦月被他看得俏臉緋紅，一顆心暖融融的，黑長的睫毛垂落下去，宛如蝴蝶翅膀般微微顫動，輕聲道：「起來吧！」其實胡小天根本就沒跪下。

胡小天將那籃子水果放在茶几上，順便朝畫案上瞄了一眼，龍曦月畫的是一幅山水畫，仔細一看似乎像是皇宮內瑤池和縹緲山的景致。胡小天道：「公主畫得一手好畫。」

龍曦月矜持笑道：「我閑得無聊，隨手塗鴉之作，讓胡公公見笑了。」

胡小天想起秦雨瞳告訴自己的事，龍曦月為了他曾放下面子，以文博遠送她的那幅畫去威脅文承煥，心中不禁一陣感動，輕聲道：「這些日子有勞公主費心了。」

龍曦月俏臉一熱，咬了咬櫻唇道：「我又沒做什麼。」心中有些納悶，難道自己派紫鵑前往太師府的事情被他知道了？按理不會啊。

胡小天道：「我全都明白。」這貨向龍曦月又走近了一步。

龍曦月俏臉紅得越發厲害，指了指門外，暗示胡小天隔牆有耳。

胡小天笑了笑，向後又退了一步道：「公主殿下，皇上派我過來聽候公主殿下差遣。」

龍曦月道：「你不是還有司苑局的事情要做，怎麼皇上又把你派到了這裡？」她也想不通為什麼皇上會把胡小天派到這裡來，雖然心中歡喜，可總覺著這件事不太合理，難道是胡小天主動向皇上提出的？如果真是這樣，他的膽子也太大了一些。

胡小天道：「皇上說是賞賜我。」

其實紫蘭宮的總管未必比得上司苑局的總管更加威風，但是對胡小天而言，紫蘭宮的總管卻不失為一個天大的賞賜，甚至其他任何的賞賜都比不上這個來得實惠，不然他怎麼會有和龍曦月朝夕相對的機會。

當然要除去這背後的陰謀詭計，權德安一計未成又生一計，這次居然將善良的安平公主也算計在內了，老太監的心腸實在歹毒。你有張良計，我有過牆梯，這次我定要你權德安賠了夫人又折兵，把老臉都折進去。

龍曦月的表情充滿了懷疑，含羞道：「一定是你邀功請賞，借著治好了皇上的病，趁機提出來紫蘭宮。」

胡小天低聲道：「天地良心，我就算再想過來，也不至於主動提出來，若是讓別人知道咱們之間……」

話還沒說完，已被龍曦月柔軟滑膩的小手捂住了嘴巴，顯然是怕他胡說八道。

胡小天趁機在龍曦月的掌心上吻了一記，並非是他膽大妄為，他現在的實力今非昔比，周圍有任何的風吹草動全都逃不過他的耳朵，所以練武還是有練武的好處，如果武功能夠達到姬飛花那種地步，刀山火海來去自如，天下之大又有什麼好怕。就算是搶了龍曦月闖出皇宮，只怕也沒幾個人能夠將他攔住。

龍曦月小聲道：「大膽狂徒，信不信我把你趕回去。」嘴上雖然說著嗔怪的話，可俏臉上卻嬌羞無限，哪有絲毫生氣的樣子。

胡小天笑道：「不信！」停頓了一下又道：「趕！我也不走！」

龍曦月本想跟他板起面孔，可終究還是忍不住笑了起來，這一笑讓百花全都失卻了顏色，胡小天看在眼裡，一顆心幾乎都要醉了，就算是為了她的一笑，赴湯蹈火在所不辭。

美貌在多數時候擁有著極大的殺傷力，否則也不會有一笑傾城，再笑傾國的說法。

胡小天內心陶醉之時也沒有忘記對外的警惕，耳邊聽到有腳步聲正在接近書齋，慌忙向龍曦月使了個顏色，龍曦月回到畫案前，胡小天裝出幫忙磨墨的樣子。果然紫鵑的聲音又在外面響起，卻是侍衛齊大內到了。

胡小天心中不禁有些奇怪，這齊大內乃是慕容展的得力助手，平日裡負責內宮警戒之責，卻不知他來紫蘭宮作甚？難道是因為新年臨近，例行巡查？

齊大內前來的目的卻不是為了例行巡查，來到書齋內恭恭敬敬向安平公主行禮道：「屬下齊大內參見公主殿下！」

龍曦月輕聲道：「齊統領此次前來，所為何事？」

齊大內恭恭敬敬將手中一封公文呈上：「皇上開恩，已經特許公主今日前往縹緲山靈霄宮探望太上皇，這是特批的通行令，慕容統領那邊也已經收到了消息，特地讓卑職前來通知公主一聲。」

龍曦月聞言，芳心中一陣激動，她伸手將通行文書接了過來，纖手微微有些顫抖。其實她早就提出過要去縹緲山靈霄宮探望父親，可是提出之後始終沒有得到回應，想來這位天子皇兄根本不打算答應她的請求，時間一久，心中也就漸漸失去了希望，卻沒有想到在除夕當天傳來了喜訊，皇上開恩，特許她前往縹緲山探父。

胡小天心中暗忖：「我當什麼大事，原來是皇上特許他妹妹去見他老子。」卻不知這其中又隱藏了什麼陰謀，自從來到皇宮之中，周圍到處都充斥著陰謀算計，也難怪胡小天凡事都先往壞處去想。

齊大內恭敬道：「今日酉時，公主請準時前往縹緲山，到時候慕容統領會為公主安排面見太上皇的事宜。」

龍曦月抿了抿櫻唇道：「有勞齊統領費心了。」

齊大內向龍曦月再次行禮退了出去。

龍曦月朝胡小天使了個眼色道：「胡公公，幫我送齊統領出去。」

胡小天應了一聲，陪著齊大內走出門外，齊大內出門之後方才向胡小天道：「胡公公，剛才公主在場，沒有給公公打招呼還望恕罪。」他也清楚胡小天今時今日在宮中的地位，新近又治好了皇上的病，正在當紅，即便是以齊大內的地位，在胡小天面前也表現得非常謙恭。

胡小天笑道：「齊統領客氣了。」他自掏腰包拿了五兩賞金出來給齊大內，即便是送信的也需要打點，龍曦月養在深宮，對人情世故知道的很少，胡小天從下層摸爬滾打一路上來，最擅長的就是幹這種事情。

齊大內連連稱謝，收了金子。拿人東西手軟，雖然金子不多，可齊大內也禮尚往來，給了胡小天一句話道：「晚上胡公公可以陪著一起過去護衛公主。」胡小天聞言一怔，沒等他想明白這句話的意思，卻見齊大內已經快步離去。

望著齊大內的背影，胡小天越想越是奇怪，他怎會沒來由說這句話？難道另有深意？想得正在入神，看到一個小太監捧著幾本書走了過來，卻是藏書閣的小太監元福。

元福看到胡小天，遠遠就笑了起來：「胡公公好！」

胡小天點了點頭道：「元福，你怎麼到這兒來了？」

元福將那一套書遞給胡小天道：「這些書都是安平公主列的書單，李公公讓我給送過來，勞煩胡公公替我轉交了。」

胡小天道：「好！」

元福又道：「李公公還說了，讓我見到胡公公跟您說一聲，您借走的那幾本書還請儘快還回去，前兩天太上皇欽點了書單，唯獨缺那幾本。」

胡小天心中一怔，聯想起剛剛齊大內神秘的話語，隱然猜到這些事全都不是偶然，這幫人也不會平白無故的說這番話。

元福又道：「李公公說了，一定要給胡公公說明白，不是他追著您討要，而是上頭催得緊。」

胡小天笑道：「元福，你回去幫我告訴李公公，我明白了。」

元福笑道：「好的，我這就回去告訴李公公。」

胡小天抱著那一摞書走回紫蘭宮，齊大內今日來此是為了公事，可最後一句話分明在提醒自己跟著安平公主一起去縹緲山，元福這會兒過來為李雲聰傳話，顯然不是巧合，齊大內和李雲聰之間應該存在著某種不為人知的聯繫。這皇宮中的關係真是錯綜複雜，果然是人世間最為凶險的地方，誰是敵人誰是朋友還真不好分辨。

對龍曦月而言，她已經許久沒有見到父皇，新年過後她即將離開大康，此次相見也算是臨行之前的道別，年後就要遠嫁大雍，只怕今生再無相見之日了。除此以外，龍曦月還有一樁心願未了，需要當面詢問父親。

皇室之中，親情甚至還比不上尋常的百姓人家，父皇當權之時，就意圖將她嫁往沙迦，如今換成了皇兄當政，仍然免不了淪為政治工具的命運，龍曦月感歎自身命運的同時，不由得想起了遠在西川的同胞哥哥，如果說她的心底還有牽掛，就是這個哥哥了。現在哥哥龍燁方被西川李氏軟禁，成為他們的人質，還不知未來會有怎樣的命運，想不到他們兄妹的歸宿都是如此淒慘，心念及此，龍曦月不禁發出歎息之聲。

胡小天此時抱著一摞書走了進來，剛好聽到龍曦月的那聲歎息，關切看了她一眼，將那摞書放在書案之上：「藏書閣李公公剛讓人送過來的，說是公主殿下之前列好的書單。」

龍曦月點了點頭：「你先放在那裡吧。」

胡小天看到她表情凝重似有心事，輕聲道：「公主有什麼不開心的事情，能否說出來讓小天幫著分憂？」

龍曦月道：「之前心中總想著在離開大康之前再見父皇一面，可是真正有了見面的機會，心中反倒猶豫了起來。」

胡小天微笑道：「父女相見本是好事，不知公主因何感到猶豫？」

龍曦月道：「相見不如不見，再見不過徒增感傷罷了。」

胡小天道：「公主若不想去，大可不去。」在他看來這次的見面充滿了陰謀。

龍曦月咬了咬櫻唇道：「我長這麼大，和父皇說話的次數加起來只有七次。」她對此事記得清清楚楚。

胡小天點了點頭，在普通人的眼中，皇家兒女集萬千寵愛於一身，稱之為金枝玉葉，一個個仰視他們，心中羨慕不已，可誰又能夠想到他們的悲哀，皇室之中親情寡淡，多數皇族兒女甚至連最基本的父愛和母愛都無從得到。

龍曦月道：「可是一想起我這次走了，只怕今生今世都沒有機會再回來，於情於理，也該去見見他，跟他道聲別。」

胡小天道：「你若是感到忐忑，我陪你去。」他也沒忘記李雲聰交給自己的任務。

龍曦月美眸綻放出異樣的神采，胡小天沉穩而篤定的表情讓她從心底感到踏實，也許這就是人們常說的安全感，龍曦月輕輕點了點頭，唇角終於現出久違的笑意。胡小天提出前去動機也並不單純，陪伴龍曦月只是其中一個原因，還有一個原因是借著這次的機會好好探查一下縹緲山的情況。李雲聰派小太監前來傳話，真正的用意大概就在於此。

縹緲山位於瑤池的中心，原本有長橋和岸上相通，可是在太上皇龍宣恩入住靈霄宮之後，長橋便被皇上龍燁霖下令毀去，縹緲山也就徹底成為瑤池中心的一個孤島。

龍宣恩名為在靈霄福地養老，可事實上卻是被當今天子龍燁霖囚居於此。為了提防龍宣恩從此地逃離，縹緲山上設立了極其嚴密的防守，五步一哨，十步一崗，由精選出的大內十大高手輪流負責警戒，總體調度交由慕容展負責。由此可見，慕容展還是深得龍燁霖器重的。

胡小天曾經打聽過慕容展的陣營，外界對此人的評價都是鐵面無私不近人情，不過他在老皇帝在位的時候並沒有得到重用，是在新君登基之後成為大內侍衛的統領，由此可見他應該是龍燁霖的人，只是不知道他和姬飛花之間到底是什麼關係。照胡小天目前所瞭解到的情況，慕容展更像是在姬飛花和權德安之間保持中立。

自從龍宣恩被囚禁於此，和外界也就斷了聯絡，這麼久以來，皇族之中無人獲許過來探望。適逢新年，又因為龍曦月即將遠嫁，所以她才破例獲得允許。說起來這件事龍曦月早已提出，可一直未能獲得同意，直到今日方才成行。

瑤池是一面人工湖，湖面百傾，水色湛藍，最深處約有十丈。湖面平靜，水清見底，高空中的白雲和四周的景物清晰地倒映水中，將湖山天影融為晶瑩的一體，景色如畫，美不勝收。

渡口乃是過去長橋的殘端改建而成，渡口的入口處有四名侍衛在那裡等待。見到龍曦月到來，四人同時道：「恭迎安平公主殿下，千歲千千歲！」

安平公主整個嬌軀都包裹在黑色斗篷之中，美眸向幾人掃了一眼，輕聲道：「免禮！」她將手中的通關憑證遞了過去。

為首那名侍衛看了看，然後道：「慕容統領讓我們在這裡恭候公主大駕光臨，請！」

一艘小船就停靠在碼頭前方，小船並不大，長約三丈，寬也就是五尺左右，兩頭翹起，有些像威尼斯水城的阿拉貢。胡小天先從岸上跳了進去，然後伸出手去牽著安平公主的柔荑幫她進入船艙。因為猜測到權德安讓自己前來紫蘭宮的陰謀，胡小天意識到此次安平前往縹緲山去探望太上皇也絕非那麼單純，十有八九是權德安在背後起作用，設下圈套，讓不明真相的龍曦月深陷其中。為以後污蔑他們謀反奠定基礎，這老太監還真是處心積慮，無所不用其極。

胡小天明知可能是個圈套，仍然主動跟隨安平公主前來，就是要利用這次機會探察一下縹緲山究竟有何神秘之處，完成李雲聰交給自己的任務，也好趁機向他討價還價。

至於權德安，他倒不擔心現在會向自己下手，畢竟姬飛花還沒有回來，權德安最終的目標是姬飛花而不是自己，想要扳倒姬飛花就得耐得住性子，放長線方才能釣大魚，這樣反倒給了自己不少的機會。

除了船夫之外，還有兩名侍衛陪同他們一起上了船。

小船緩緩向縹緲山的方向蕩去，安平公主在船艙內坐下。胡小天舉目四望，這片皇宮內最大的水域盡收眼底，除了他上次到過的那片蓮花塘，水面上再無任何遮擋之處。

天黑得很快，船行到湖心之時夜色就突然跳過了黃昏，正從空中一點點浸潤下來，夕陽的微光仍然在天地間掙扎著，將天地分成了三層明暗不同的境界，沒過多久，中間的那片光亮就被夜色徹底浸染，水色變得漆黑，縹緲山上搖曳的燈籠在湖面上拖出一條條長長的影子，隨著波浪的起伏不停搖曳，就像是一條條扭曲的長蛇。

胡小天忽然想起前些天在碧雲湖驚心動魄的一戰，想起湖中的那兩條巨蟒，瑤池的水面比碧雲湖要小上不少，可是水深卻要超出碧雲湖，這下面不知有沒有暗藏著什麼可怕的生物？大千世界，無奇不有，表面上風波不驚，實則暗潮湧動。

安平公主的表情冷靜而平和，有胡小天在她的身邊，她感覺任何事都有了依靠，這種踏實感是她過去的歲月中從未體會到的。

一切看起來順利且平靜，縹緲山的陰影遮住了光，遮住了小船，胡小天下意識地抬起頭來，這座在遠處看來並不算巍峨的小山，在接近它的時候卻從心底給人一種強烈的壓迫感，縹緲山山勢陡峭，在水中突兀而起，山峰四周並無道路可以通往山頂，山峰的東西兩面的山體，分別雕刻著兩條巨大的長龍，龍頭位於峰頂，龍尾浸入水中，這兩條長龍依山勢而建，氣勢恢宏貫穿首尾，遠遠望去猶如飛龍出海，氣勢恢宏。

此乃明宗皇帝龍淵重整河山，聽從軍師諸葛運春建議在瑤池湖心縹緲山兩側雕刻而成，其中蘊含風水局，意喻大康龍騰四海，龍氏江山千秋萬載。

縹緲山的南麓乃是一道瀑布，瀑布從山頂靈霄池飛流直下百丈落入瑤池之中，其中的水系循環系統乃是大康史上最有名的工匠南宮奢所設計，周而復始，循環不息，歷經數百年，瀑布始終雄壯如一。

上山的唯一途徑乃是在縹緲山的北側，北側乃是一道筆直險峻的懸崖，崖壁光滑寸草不生，沒有任何的手腳攀附之處，崖壁之上鐫刻著縹緲勝境四個大字。

船身狹長，水面中行進的速度奇快，破開水浪，拖出一道長長的白色水痕，很快就已經來到縹緲山的北側，在長橋的另外一端靠了岸，那船夫和侍衛馬上又將小船蕩走。

岸上有專門負責迎接之人，兩名侍衛臉上都帶著青銅面具，看不清本來的面目，其中一人手中舉著燈籠，沉聲道：「兩位隨我來。」

胡小天本來覺得這裡的安防也不過如此，可來到縹緲峰之後，方才感覺到有些不對頭，他們先被引入了前方的房間內，那帶著面具之人向兩人道：「公主殿下，前往縹緲山之前，按理是要沐浴更衣的，從山下帶來的任何東西都不允許帶到山上。」

胡小天聞言心中大驚，什麼意思？豈不是要脫光了洗澡，然後再換上他們提供的衣服？真要是如此，老子豈不是要露餡？他壓根沒有想到這裡會有這樣的關卡，早知如此，說什麼也不會過來。

而今之計，唯有留在山下，方可能保住自己的秘密。

胡小天向龍曦月道：「公主殿下，那小的就在山下等候。」

為了躲過檢查，也只能打起了退堂鼓。

那名面戴青銅面具的侍衛道：「不妨事，慕容統領交代，胡公公可以陪同公主一起上山。」

龍曦月何等冰雪聰明，一聽就明白胡小天在害怕什麼，她也不知道縹緲峰居然會有這種規矩，顯然是害怕山下有人帶著不該帶的東西上山，沐浴更衣是為了杜絕這種可能，她對胡小天是個假太監的事實清清楚楚，自然明白倘若沐浴更衣，胡小天必然過不了這一關，早知如此就不該讓他過來，自己反倒害了他。

龍曦月道：「我和父皇相見，你在一旁也不方便，就留在山下等我吧。」

胡小天點了點頭，順坡下驢道：「是！」心中正慶幸逃過了一劫，卻聽到一個冷酷的聲音道：「屬下參見公主千歲！」

胡小天抬頭望去，卻見前方站著一人，白髮灰瞳，夜色之中雙眸熠熠生輝，臉上的肌膚蒼白異常，彷若從墳堆裡爬出來的死人，正是大內侍衛總統領慕容展。

胡小天慌忙見禮：「慕容統領！」

說起來大家也算是老熟人，慕容展應該不會為難自己吧。

慕容展點了點頭，他的身後站著一名宮女，一名太監，宮女引著龍曦月前往沐浴更衣。那太監顯然是負責胡小天的。

龍曦月離去之前不忘向胡小天道：「小鬍子我自己上去，你留在這裡等我。」

胡小天笑了笑道：「是，奴才就在這裡等著，免得打擾公主父女相見。」

望著龍曦月離去，心中暗自鬆了口氣，還好龍曦月冰雪聰明，隨機應變，幫著自己躲過了這一劫。

慕容展卻冷笑道：「胡公公還是貼身護衛公主的好。」

胡小天只感覺到自己背脊後一股冷氣一直躥升到脖子根兒，自己百般謹慎，卻想不到一遭疏忽大意竟然在這裡翻了船。慕容展為何一定要自己上山？難道他猜到了自己的秘密？胡小天心中一陣陣發毛。

慕容展做了一個邀請的手勢：「胡公公請！」這是請他前去沐浴更衣。

胡小天想想自己的命根子，心中不由得暗暗叫苦，看樣子慕容展根本是要堅持到底。

胡小天笑道：「慕容統領，咱家又不準備上去，就不用沐浴更衣那麼麻煩了吧？」

慕容展道：「這裡有這裡的規矩，就算胡公公不想上去，只要來到縹緲山的範圍，也必須要沐浴更衣。在下職責所在，還望胡公公不要為難於我。」

胡小天心中暗罵，我為難你？根本是你在為難我。為什麼非要逼著老子脫衣服洗澡？難道老子的秘密被你知道了？他笑道：「用不著那麼麻煩吧，大冷的天，脫來穿去的多麻煩……」

「胡公公請！」

慕容展再次邀請，他手下的兩名侍衛出現在胡小天的身後，看來壓根是沒任何人情可講了。如果胡小天不脫，他們也要強行把他給扒光。

胡小天真是悔不當初，今晚真是自投羅網，若是脫了衣服，自己的什麼秘密都公諸於眾了，眼前只有一條路除非跟他們拚了，可慕容展的武功高深莫測，更何況他身邊還有那麼多的幫手，硬拚絕不是辦法，打又打不過，逃又逃不掉，我該如何是好？

第九章

一個符號而已

龍椅仍在，可是坐在龍椅上的人再也不復昔日之威，太上皇！
一個符號而已，大半年的囚禁生涯已經讓龍宣恩徹底明白了自己的位置，
他是一個囚犯，兒子的囚犯，之所以讓他在縹緲山靈霄宮內苟延殘喘，
無非是想堵住悠悠之口，掩飾謀朝篡位的事實。

龍曦月顯然並沒有意識到胡小天的尷尬處境，認為讓胡小天留下就已經給他解圍，卻沒有想到她離開之後慕容展會不依不饒，再度向胡小天發難。

慕容展鐵面無私果然名不虛傳，前兩天還委託胡小天幫忙勸說他女兒離開神策府，明明知道他閨女和胡小天的親密關係，居然不給胡小天任何的情面，現在搞得跟不認識胡小天一樣。擺明了要讓胡小天脫個乾淨，檢查個清清楚楚明明白白。

胡小天在無路可退的時候忽然想起了一件事，他練過提陰縮陽，入宮之前權德安就教給了他這手功夫，要說這功夫應該是他練得最為持久最為頻繁的一個，畢竟想在宮裡好好混下去就得學會當一隻縮頭烏龜，自己藏了這麼大一根私貨在皇宮中討生活，可謂是驚心動魄，雖然一直僥倖沒出事，可天知道什麼時候會不巧露餡？

胡小天的提陰縮陽始終沒有練成，不過他對於那套功法的路數是清清楚楚的，危急關頭又想起了這件事，於是乎一邊走，一邊開始提起內息默運玄功。

走入浴室之中，那小太監走了過來，想伺候胡小天脫衣服，胡小天舉手道：「不用你幫忙，咱家自己來！」

慕容展居然也跟了進來，這是要檢查到底。胡小天一陣頭皮發麻，這慕容展畢竟是慕容飛煙的老爹，我跟你女兒那可是出生入死，相濡以沫的感情，我是你未來女婿啊，你對我步步緊逼，真要是把我逼上了絕路，你閨女只怕永遠也不會原諒你。雖然胡小天不知道他們父女之間到底發生了什麼事情，可從慕容展上次的表現也能猜到他們關係不睦，以慕容飛煙的剛烈性情，誰要是欺負了自己，就算是她老子也不會給面子。

看到慕容展冷漠的眼神，胡小天知道今天若是提陰縮陽不能奏效，恐怕這一關是過不去了，他笑道：「慕容統領，你們可不可以迴避一下，當著那麼多人脫衣服，咱家有些不習慣。」

慕容展點了點頭，胡小天的這個要求並不過分，示意其他人退了出去，只有他自己留在室內，冷酷的目光始終不離胡小天左右，顯然對胡小天的奇怪舉動產生了疑心。

胡小天這會兒功夫已經將內力蓄滿，過去練提陰縮陽的時候從未有過任何的感覺，今天卻感覺到氣海丹田一陣空虛，似乎在自己的下腹形成了一個虛空之所，他不敢大意，一點點將命根子吸納進去。脫褲子的時候，不忘朝下面一摸驗證效果，呃……居然真的有效！內心感到一陣驚喜，正所謂山窮水復疑無路，柳暗花明又一村，老子可真是一個武學奇才。他隱約猜到，自己在武功上的突飛猛進應該和在《無相神功》上突然取得了突破有關。當然還有更重要的一個原因，壓力越大動力越大，如果不是到了生死關頭，他也不會在此時完成困擾他許久的突破。

慕容展看到胡小天脫衣服慢慢吞吞，似乎意識到了什麼，冷眼看著他，低聲道：「胡公公快些，千萬別耽誤了公主的正事。」

胡小天點了點頭，總算將褲子脫了下來，慕容展的雙目陡然瞪大了，灰色瞳孔射出急電般的光芒，在胡小天的兩腿之間掃了一眼，他有些不能置信地眨了眨眼睛。

胡小天轉過身，然後雙手捂住雙腿之間：「慕容統領，你盯著咱家作甚？每個人都有隱私，難道想要取笑咱家嗎？」

慕容展臉上的表情流露出些許尷尬，他緩緩轉過身去：「請胡公公沐浴！」

慕容展這邊剛轉過身去，胡小天撲通一聲就跳下了浴池，他感覺兩腿之間夾藏的私貨倏然之間就竄了出來，哪怕是晚上半步，就會被慕容展抓了個正著，胡小天驚得一身冷汗，好險好險！看來我這提陰縮陽的功夫實在是太不到家，剛縮進去就長了出來。

還好慕容展已經親眼見證了剛才的一幕，他沒有繼續跟到浴池旁邊。

胡小天在水池中又悄悄練功，費了一番功夫方才將這禍根重新收納回去，一邊裝模作樣的洗澡，坐在熱水池內，只感覺劫後重生的感覺心情大爽，朗聲道：「菩提本無樹，明鏡亦非台，本來無一物，何處惹塵埃！」

慕容展聽在耳中，總覺得胡小天是借著這番佛理來影射自己，搖了搖頭緩步走出了浴室，他又怎能想到，胡小天居然在自己的眼皮底下蒙混過關。

胡小天換上衣服，有驚無險地過了這一關。說來奇怪，直到他穿好衣服走出浴室，也沒見命根子再度探出頭來，胡小天不免有些忐忑，萬一縮進去再也不出來，老子豈不是活生生把自己給閹了？這廝的功夫遠沒到收放自如的境界。再說當時權德安教給他這門功夫的時候，只教給他如何縮進去，沒教他如何放出來。

他這邊出來，安平公主沐浴之後也走了出來，看到胡小天的樣子顯然也剛剛洗過澡，安平公主不禁有些擔心，可察覺周圍情況並無任何異常，頓時又放下心來，胡小天智慧出眾，想必已經成功蒙混過關，安平公主對胡小天擁有極大的信心，卻沒有想到胡小天剛才經歷了何等驚魂一刻。心中不禁有些好奇，眼睛朝胡小天雙腿之間下意識地望了一眼，卻不知他是如何將那東西收起來的，想到這裡忽然意識到自己乃雲英未嫁之身，怎麼會想到如此羞人之事，一張俏臉瞬間紅到了耳根，嬌豔如三月桃花，幸虧夜幕籠罩，並沒有被他人看到她的表情變化，饒是如此，安平公主也羞得恨不能找個地縫兒鑽進去。

既然混過了檢查，胡小天沒理由不去縹緲山上逛逛，否則不是白白被嚇得心驚肉跳？

慕容展始終板著一幅死人面孔，胡小天對他不覺生出了怨念，總覺得慕容展今天的所做所為不僅僅是鐵面無私那麼簡單。龍曦月都已經提出讓他在山下等候，而慕容展仍然不依不饒，若說他沒有圖謀，傻子都不會相信。此人到底是何方陣營？為何今天處處針對自己？

在皇宮之中知道自己未淨身的有幾個，權德安、葆葆、龍曦月、李雲聰，至於七七，畢竟是個小姑娘，未通男女之事，或許她真以為自己當初在褲襠裡藏著一條蛇。李雲聰想要利用自己查探縹緲山的秘密，應該不會出賣自己，葆葆和龍曦月對自己芳心暗許更是沒有可能，最大的可能性就集中在權德安和七七的身上，前者的嫌疑應該更大一些，難道權德安和慕容展之間有勾結？可權德安現在就將這件事捅出來似乎起不到太大的作用，以權德安的老謀深算，這不像是他的做事風格。

胡小天心中越想越是奇怪，可一時間顯然是無法找到答案的。

想要抵達縹緲峰頂，唯一的途徑就是通過吊籃升降。胡小天和安平公主走入吊籃之中，慕容展並未隨同他們上去，而是將吊籃的鐵門從外面鎖死。他們的戒備極其嚴密，幾乎考慮到每一個步驟，力求做到萬無一失。

山下有侍衛向上方揮舞燈籠作為信號，山上得到信號之後，方才啟動絞索，將吊籃慢慢升空。這種吊籃全憑人力攪動，肯定和現代社會的纜車電梯無法相比，上升的速度極其緩慢。

安平公主看著他們一點點升空，芳心中忽然感到有些害怕，伸出手去抓住了胡小天的手臂。胡小天低聲道：「有什麼事情，回去再說。」他擔心有人在偷聽他們說話，即便是只有他們兩人身處懸空之中，仍然保持警覺，自從來到縹緲山之後，到處都透著一股說不出的詭異。這種壓抑的感覺讓人透不過氣來。

龍曦月點了點頭，纖手抓緊了胡小天的手臂，美眸向下望去，卻見下方的燈火漸漸變弱。遙望遠方，整個瑤池就在他們的腳下，遠方皇宮各處燈火點點，宛如螢火。她不由得想起和胡小天一起困在陷空谷的那個夜晚，無數螢火蟲縈繞飛舞在他們的身邊，旖旎浪漫的景象讓她永生難忘。

天空漆黑如墨，新年前的除夕之夜少有的沉寂和平靜，夜風從四面八方吹入這四面透風的鏤空吊籃之中，冷風無孔不入地鑽入他們的衣領中袖口裡。龍曦月感到有些寒意，不禁向胡小天的身邊靠近了一些。

胡小天靜靜站在那裡，一手抓住吊籃的鐵柵欄，目光遙望著下方，慕容展的身影已經模糊，可是他卻始終覺得慕容展那雙灰色的眸子在看著自己，盯著他們的一舉一動。俯瞰腳下的瑤池，湖面上升騰起乳白色的薄霧，水面因為薄霧而生出了許多層次，隨著夜風不停變幻著濃淡，眼前的一切顯得虛幻而不真實，如同走入一個迷幻的夢境。

遠方的天空忽然綻放出一朵絢爛的煙花，伴隨著一聲悶響，驚醒了這沉寂的夜，可煙花的燦爛極其短暫，很快便消失在夜色之中。

龍曦月呆呆望著遠方的天空，喃喃道：「煙花好美，可是好短暫！」

胡小天笑了起來：「午夜時分煙花才漂亮。」

龍曦月美眸閃爍著星辰般的光彩，可很快又黯淡下去。

胡小天正想說話，吊籃卻震動了一下，龍曦月嚇得挽住了他的手臂，卻是他們已經到了峰頂。

兩名戴著青銅面具的侍衛走了過來，龍曦月將通關文書隔著鐵籠遞了過去，對方借著燈光仔細看過，確信無誤之後，方才拿出鑰匙打開了門鎖。

這一層層的關卡如此嚴密，尋常人想要進入縹緲峰真是難於登天。

胡小天環視周圍，試圖記住周圍的環境，那兩名侍衛向龍曦月行禮之後道：「冒犯了！」然後兩人分別用黑布蒙住胡小天和龍曦月的眼睛。胡小天暗歎，看來慕容展將所有可能出現的破綻都計算在內，提防外人來救，老皇帝只怕是插翅難飛了。

龍曦月將手放在胡小天的肩頭，他們在兩名侍衛的引領下走向靈霄宮，胡小天眼睛被黑布所蒙，只能憑藉自己耳朵的聽力儘量感知周圍的環境，聽到水聲淙淙，應該是走到了靈霄池的附近，聽到風吹草木的沙沙聲，從聲音發出的動靜，依稀能夠分辨出樹木的高低位置，腳下的道路曲折伸展，走過一百多階台階，總算到了目的地。其間胡小天隱約聞到香燭的氣息，應該是經過祠堂廟宇之類的建築。

有人為他們解開了蒙在眼上的黑布，胡小天發現他們已經處在一間燈光昏暗的宮室之中。

一個弓腰駝背的老太監顫巍巍來到龍曦月的面前，顫聲道：「老奴王千參見公主殿下……」這老太監一直貼身服侍皇上，如今龍宣恩被軟禁在縹緲山，他主動跟了過來，仍然侍奉左右，可謂是忠心耿耿。

龍曦月和他也是極熟的，看到王千衰老的如此厲害，心中不禁一陣悵然，輕聲道：「王公公，許久不見，是否安好？」

王千道：「托公主殿下的福，老奴身體還算硬朗，陛下在等著公主呢……」雖然龍宣恩已經不再是大康天子，可王千仍然習慣性地稱他為陛下，反正到了現在這種境況，也無人管他，任由他隨便稱呼。

龍曦月點點頭，轉向胡小天道：「小鬍子，你在這裡等我，我去見過父王。」

胡小天道：「公主放心去吧！」

龍曦月跟著王千走入內殿，越是臨近父女相見，她的內心就變得越發緊張，即將邁入門檻時，又轉身向胡小天看了一眼，胡小天向她笑了笑，用眼神給她鼓勵。

龍曦月深深吸了一口氣，平復了一下情緒，這才走入內殿。

燭光之下，太上皇龍宣恩靜靜坐在龍椅之上，這張龍椅曾經陪伴了他四十一年，被大兒子龍燁霖謀奪皇位之後，這是他留下的唯一紀念。

龍椅仍在，可是坐在龍椅上的人再也不復昔日之威，太上皇！一個符號而已，大半年的囚禁生涯已經讓龍宣恩徹底明白了自己的位置，他是一個囚犯，兒子的囚犯，之所以讓他在縹緲山靈霄宮內苟延殘喘，無非是想堵住悠悠之口，掩飾謀朝篡位的事實。

大康的江山雖然還是龍姓，可皇位卻已易主。

望著出落得楚楚動人的女兒，龍宣恩的目光中卻並沒有流露出任何的慈愛和溫情，他的目光一片茫然，表情呆滯而麻木，彷彿是一個被抽離生命的軀殼。

龍曦月望著高踞龍座上的父親，自從他退位以來，還是第一次見到，眼前的父親已經失去了昔日睥睨天下的傲慢氣勢，頹廢而沮喪，再不是君臨天下的一國之主，只是一位行將就木的老人。這段時間發生了天翻地覆的變化，唯一沒變的就是他們之間的距離，依然如此遙遠，如此陌生。

龍曦月止住向前的步伐，站在大殿之中，靜靜仰望著父親，這是她最為熟悉的角度：「孩兒參見父皇！」

龍宣恩瞇起雙目，試圖看清女兒的樣子，可他的視力已經無法達成他的這個簡單願望，視野中只看到一個影影綽綽的輪廓：「曦月……」他的聲音似乎有些不能確定。

龍曦月道：「父皇，是我！」在她過去的宮中生涯中，對父親的印象始終模糊，始終記得父親的形象就是百官朝拜，高高在上，卻記不起父親清晰的面容，來到父親面前，她方才意識到一直以來父親在她的心中竟然是如此陌生。

龍宣恩點了點頭，向她招了招手道：「來！走近一些，讓朕……」話嘎然中止，龍宣恩忽然意識到一切早已成為過去，如今的大康只有一人才有這樣自稱的權力。

「……讓為父……好好看看你……」

龍曦月還是第一次聽到父親用這樣的語氣跟自己說話，她抿了抿櫻唇，慢慢走了過去，來到父親身邊矮身蹲了下去。

龍宣恩伸出手去，瘦骨嶙峋的手慢慢落在女兒潔白細膩的俏臉上。

龍曦月感覺到父親的掌心極其粗糙，這絕非一雙養尊處優的手掌。

龍宣恩緩緩點了點頭道：「長大了，我的女兒長大了。」閉上雙目，直到現在他都無法想起女兒小時的模樣。一直都在身邊，卻完全錯過了她的童年，同樣，龍宣恩對這個女兒也沒有太多的記憶。

龍曦月道：「女兒此次過來，一是給父皇拜年，二是要跟您說一聲，新年之後，女兒就要前往大雍了。」

龍宣恩的目光陡然變得犀利起來，在這剎那之間，仿若又回到昔日那個雄霸天下的君主，他低聲道：「那逆賊竟然將你送到大雍和親？」

龍曦月沒有說話，她的沉默等於承認。

龍宣恩歎了一口氣，充滿悲憤道：「豎子何其歹毒，絲毫不顧及兄妹之情，竟然親手將自己的妹妹送入虎狼之國！」他說這番話的時候似乎全然忘記了自己在位之時，為了維持西方邊境穩固，要將女兒遠嫁沙迦和親的事情。

「父皇的身體還好嗎？」

龍宣恩點了點頭：「還好，難得你還記得有我這個父親……我自從來到這靈霄宮，便再也沒有一個孩兒過來探我……」說到這裡，龍宣恩的心頭湧現出一股難言的悲哀進而演變成強烈的憤怒，龍宣恩隨著年齡的增加，性情也變得越來越乖張怪戾，被軟禁縹緲峰之後，長期的孤獨讓他的性情越發古怪。

他的手從龍曦月的臉上收了回來，忽然緊緊攥在一起，咬牙切齒道：「你們的心中何嘗有過我這個父親，何嘗有過半點的骨肉親情，你們尊敬的不是我，而是朕手中的權力！」他的情緒突然激動起來，宛如猛虎一般咆哮起來。

龍曦月被父親突然激動的情緒嚇住，顫聲道：「父皇，您冷靜些，冷靜些。」

龍宣恩在女兒的呼喊聲中平復了下來，他望著龍曦月：「看到我現在這個樣子，你是不是覺得很好笑？很可憐？」

龍曦月含淚搖了搖頭道：「父皇，女兒只是想在離開大康之前再見您一面。」

「你已經見到了，只怕你來見我不僅僅這麼簡單，說吧，到底為了什麼事情？」龍宣恩的目光中充滿了狐疑。

龍曦月咬了咬櫻唇道：「父皇，女兒還想問一件事，我娘她……她究竟葬在哪裡……」

龍宣恩呵呵笑了起來：「你果然不是過來看我的！朕這麼多兒女，無一不是在圖謀和算計，竟然沒有一個真心對待朕……」他一激動，朕的自稱脫口而出。

龍曦月含淚道：「父皇，女兒只想知道母親埋在何處？難道連這件事您都不肯告訴我？難道做女兒的連這點權力都沒有？」

龍宣恩忽然停下笑聲，深邃如千古深潭般的雙目冷冷注視著龍曦月：「你想知道，我便告訴你，我將那賤人挫骨揚灰，投入這瑤池之中餵了魚蝦，她屍骨無存。」

龍曦月聽到這驚天噩耗幾乎無法相信，她顫聲道：「你在騙我……父皇，你是騙我的……」

龍宣恩哈哈狂笑道：「騙你？我為何要騙你？」

龍曦月用力搖了搖頭道：「您一向疼愛母親，您不可能這樣對她……」

龍宣恩咬牙切齒道：「正是因為朕對她太過縱容，她才敢做出對不起朕的事情，那賤人死有餘辜，連你也一樣，你們全都想害朕，都該去死，全都應該去死！」龍宣恩忽然衝上去，雙手竟然扼住龍曦月的脖子。

「父皇……」龍曦月只叫了一聲，便被父親強有力的雙手扼得透不過氣來，她拚命掙扎，卻無力逃脫出父親的魔爪。

龍宣恩爆發出一陣陣瘋狂的大笑，整個人完全陷入了瘋魔狀態，咬牙切齒，殺氣騰騰，宛如一頭嗜血的惡魔。

就在這危急關頭，宮殿內出現了兩人的身影，守候在外面的王千和胡小天一直都在留意傾聽裡面的動靜，覺察到情況不對，兩人匆匆趕了進來，看到眼前的一幕，兩人都是大驚失色。王千畢竟年紀大了行動緩慢，顫聲道：「陛下放手，陛下放手哇……」

胡小天幾個箭步竄了上去，雙手抓住龍宣恩的手臂，硬生生將他的手臂扯開，一把就將這老皇帝推倒在地，扶住龍曦月的肩頭，關切道：「公主殿下，公主殿下！」

龍曦月被扼得差點就要窒息過去，不停乾咳，好半天方才緩過氣來，看到胡小天趕來，才知道他又將自己從死亡關頭拉了回來，龍曦月驚魂未定。胡小天怒不可遏，這老皇帝當真陰狠歹毒，竟然對自己的親生女兒下此毒手，若是他再晚來一刻，只怕龍曦月就會死在他的手裡。虎毒不食子，這種毫無人性的老傢伙活該落到眾叛親離的下場。

王千將龍宣恩從地上攙起：「陛下，陛下！」

龍宣恩仍然不住狂笑，咬牙切齒道：「你們一個個全都想害朕，謀奪朕的江山，謀奪朕的社稷，謀奪朕的財富，謀奪朕的女人……」

胡小天心中暗罵，這老東西根本就是個被害妄想狂，假如他不是什麼太上皇，假如不是在靈霄宮，自己一定衝上去結果了他的性命。龍曦月恢復過來，看到胡小天憤怒的表情，擔心他衝動壞事，抓住他的手臂，緩緩搖了搖頭，低聲道：「咱們走！」老皇帝發瘋，留下來也沒什麼必要。

王千老淚縱橫，呼喚道：「陛下醒來，陛下醒來！」

龍宣恩此時忽然停住笑聲，雙目茫然望著龍曦月，似乎頃刻間清醒了過來，他喃喃道：「曦月……曦月……你來看朕了……朕剛剛對你做了什麼？朕做了什麼？」他掙扎著起身向龍曦月走去，王千試圖拉住他，卻被他狠狠甩開。

龍曦月對剛才的事情仍然心有餘悸，雖然聽到父親呼喊自己的名字，仍然不敢走過去。

龍宣恩顫巍巍向前走了一步，卻不料一腳踏空，從台階上滾落了下去，周圍人都有一段距離，來不及上去扶他，龍宣恩的額角撞在台階之上，竟然磕得淤青。

龍曦月看到父親這般情形頓時忘記了害怕，不顧一切地衝上去扶起他：「父皇！」

王千也來到一旁將龍宣恩從地上扶起，胡小天雖然在第一時間趕到近前，卻沒有出手相助，他並不關心老皇帝的死活，真正關心的那個人是龍曦月，擔心龍宣恩再次傷害龍曦月。

龍宣恩望著龍曦月，雙目中流露出前所未有的慈祥之色：「曦月，曦月！」

胡小天望著龍宣恩喜怒無常的模樣，心中暗忖，這老東西八成是受不了刺激，已經瘋了。

龍曦月道：「父皇！您累了，回去休息吧。」

龍宣恩歎了口氣道：「朕的確是有些累了，曦月，你剛剛說要離開大康？」

龍曦月點了點頭：「女兒不在父皇身邊，父皇要多多保重。」說到這裡，鼻子一酸，眼淚又落了下來。

龍宣恩道：「走吧，走得越遠越好，免得那畜生害你，他想奪朕的皇位，沒那麼容易，朕一日沒有將傳國玉璽交給他，他就不是名正言順的大康天子。」

胡小天聽到這個消息心頭一震，老皇帝說的究竟是真話還是瘋話？假如他所說的一切屬實，那麼龍燁霖到現在都沒有得到傳國玉璽，自然算不上名正言順的皇帝。

王千慌忙阻止道：「陛下，陛下，您累了，還是儘快回去歇著。」

龍曦月歎了口氣，向父親道別之後起身離開。胡小天跟著她走出靈霄宮，借著燈籠的光芒，看到龍曦月的俏臉之上充滿了失落黯然的表情，此次見面，老皇帝的絕情和冷酷深深傷害了她，果然是相見不如不見，見面徒增傷悲。

胡小天一旁勸慰道：「我看太上皇的頭腦已經老糊塗了。」目睹龍曦月如此遭遇，有這樣的父親還不如沒有，和她相比，自己至少父母雙全，對他的關愛也是無微不至，在這方面要幸運許多。

龍曦月咬了咬櫻唇道：「想不到，父皇居然變成了這個樣子。」她的表情落落寡歡，心情無比難過。

王千從後面趕了上來，來到龍曦月面前恭敬行禮道：「公主勿怪，陛下自從來到了靈霄宮，就變得精神恍惚，這幾個月情況變得越發嚴重了，整個人瘋瘋癲癲的，要麼就坐在那龍椅上發呆，要麼就說些不著邊際的話，公主千萬不要跟他一般見識。」

龍曦月黯然道：「以後勞煩王公公多多照顧他。」

王千道：「公主放心，老奴一定盡力伺候好陛下。」王千自己也是風燭殘年，想來時日無多，若是這老太監走了，龍宣恩的身邊只怕再沒有一個貼心人照顧，一國之君晚景居然如此淒涼，讓人看在眼裡，心中不禁感歎命運無常。

王千又道：「陛下說的那番話，公主千萬不要往心裡去，現在連他自己都不知道在說什麼。」

龍曦月點了點頭，正準備離去之時，卻聽到王千又道：「公主既然來了，不妨去雲廟一趟，那裡擺著李貴妃的牌位。」

龍曦月美眸圓睜，流露出感激之色，輕聲道：「多謝王公公！」

望著胡小天和龍曦月走遠，王千方才顫巍巍返回了靈霄宮。

太上皇龍宣恩半躺在龍床之上，雙目半睜半閉，離合之間精光隱現，他的表情無比清明，此時的龍宣恩再不是剛才那個瘋瘋癲癲的老人。

王千來到床邊，壓低聲音道：「公主走了。」

「說了？」

王千點了點頭。

龍宣恩唇角泛起一絲冷笑：「你猜猜，他會不會過來探我？」

其實剛才龍曦月和胡小天前來靈霄宮的途中就已經經過了雲廟，胡小天從這熟悉的檀香味道就做出了判斷，回去的途中仍然將他們的雙目蒙住。龍曦月提出前往雲廟上香的要求，護送他們前來的侍衛稟報之後得到了允許。

雲廟並不大，只有三間房，院子也非常狹窄，院落之中只種了一棵桂花樹，如今那棵桂花樹也已經完全凋零，只剩下光禿禿的枝椏，如同一個被扒光衣服的老人，瑟縮站在寒風之中。

大殿上供著一尊佛像，兩側偏殿，存放著一千嬪妃的牌位，在龍宣恩退位之前的幾年，他便沉迷於修煉長生之術，遠離了後宮嬪妃，有五年後宮內沒有新晉一人，而這五年之中有不少嬪妃鬱鬱而終，其中就包括龍曦月的母親李貴妃，到龍燁霖篡位成功，此次政變中又有不少嬪妃被殺，還有不少被他遣散出宮，所以老皇帝被軟禁在縹緲山靈霄宮之時，身邊竟然沒有一位嬪妃隨同。原本跟過來的還有兩名宮女，可後來不知怎麼觸怒了這位太上皇，被他活活扼死在靈霄宮內，自此以後只剩下那位忠心耿耿的老太監王千在他身邊伺候。

龍宣恩被迫讓位，成為太上皇之後，他提了兩個要求，一是將本屬於自己的龍椅帶過來，還有一個要求就是在縹緲山頂修建一座小廟，平日裡他可以念經誦佛，順便超度昔日身邊人的亡靈。

龍燁霖對父親的這個要求給予滿足，龍椅被龍宣恩坐了幾十年，早已陳舊，既然是新君就得有新氣象，換一張更大更舒服的龍椅。不過將舊椅子送上山之前，姬飛花還讓工匠將龍椅拆了個七零八落，名為方便運送，實際上卻是害怕老皇帝在其中暗藏了什麼寶貝，仔細檢查了一番，最後證明這龍椅並無任何的玄機，這才讓人送上山來。

至於這座小廟算得上是縹緲山上唯一的一座新房子，開始的時候只有大殿中的那尊佛像，可後來老皇帝閑來無事便自己刻起了牌位，有死去的嬪妃，有死去的皇子皇孫，大半年的時間過去，竟然將大殿兩側的小屋中都擺滿了。這些牌位的共同特點有一個，所有人都是死在老皇帝的手裡。

太上皇龍宣恩為這些人親手雕刻牌位，一是為了打發山頂寂寥的時光，二在某種意義上也有贖罪的意思。

胡小天幫著龍曦月在林立的牌位中好不容易才找到了屬於李貴妃的那個，龍曦月在母親的牌位前跪了下來，想起昔日母親的音容笑貌，再聯想起自己剛才在父親那裡的遭遇，頓時泣不成聲。

胡小天無意打擾她對亡母的追思，悄然退了出去，去另外一間偏殿，逐一查看擺放的靈位，假如這些嬪妃都是死在龍宣恩的手中，那麼這位太上皇的雙手之上還真是沾滿血腥。除了靈牌之外，在房間四壁還掛著不少的人像畫，老皇帝擅長丹青之術，書畫雙絕，胡小天的目光很快就被這牆上的一幅幅美女畫像吸引了過去，看到其中一幅的時候不由得吃了一驚。

畫像上的美女赤足立於水面之上，手姿綽約，宛如凌波仙子，巧笑嫣然，顧盼生輝。讓胡小天驚奇的卻並不是她的美貌，而是這美女看起來竟然非常的熟悉，五官眉眼之間像極了小公主七七。

胡小天敢斷定這畫上畫的絕不是七七，畫中的美女顯然要比七七成熟，身材豐滿，珠圓玉潤，七七卻是沒有長開的青澀，胡小天舉起燈籠借著燈光看去，卻見上面寫著那女子的名字——嘉紫。

胡小天從未聽說過這個名字，對著那畫像越看越覺得和七七相像，胡小天在室內的牌位中尋找，終於找到了一個名為凌嘉紫的牌位，上面寫著她的出生去世的時間，說來也巧，此人的忌日居然是大年初一，也就是明天。凌嘉紫的一生不長，只活了二十一歲，卒於十三年前，就算活到現在也就是三十四歲。聯想起七七的年齡，此女和七七莫非是母女關係？

胡小天心中牢牢將這女子的生卒年月記住，這些畫像之中，唯有凌嘉紫的畫像最為用心，一個畫者的用心之作，必然在其中傾注了深厚的感情，胡小天雖然不知道老皇帝和凌嘉紫是什麼關係，可他單單從畫像上就能夠看出龍宣恩對畫像中的凌嘉紫感情頗深，極濃於情，方能專注於畫，這幅畫所花費的功夫和心血和其他的畫像是顯然不同的。

回到龍曦月的身邊，看到龍曦月一雙美眸已經哭得紅腫，胡小天從旁勸慰道：「公主殿下，逝者已逝，我想貴妃娘娘若是在天有靈，也不想看到你如此傷悲，只有你活得幸福過得快樂，才能告慰她的在天之靈。」

龍曦月嗯了一聲，接過胡小天遞來的手帕擦去臉上的淚水，鼻翼抽動了一下道：「我也該走了。」

胡小天陪著龍曦月離開了雲廟，兩名守在門外的侍衛，仍然將他們的眼睛蒙住，然後才將他們帶上了吊籃。

等到了山下，還需要再去浴池沐浴更衣。這是為了防止他們從山上帶下來東西，這次對胡小天的檢查顯然沒有剛才那麼嚴格，慕容展並沒有親自隨同他前往。

胡小天此時方才意識到這次提陰縮陽的效果好像比較持久，直到現在命根子都沒有露頭的跡象，換衣服的時候又不禁偷偷摸了一把，雖然有跡可循，可仍然是隻縮頭烏龜，心中不由得忐忑起來，自己這門功夫雖然修煉日久，可真正派上用場還是第一次，而且這門功夫叫提陰縮陽，權德安教給他的時候，只教他縮進去，可沒告訴他如何再挺出來，想到這裡，胡小天開始有些害怕了。

換好衣服來到外面，看到慕容展靜靜站在碼頭前，於是緩步走了過去，慕容展今天的所作所為顯然在針對自己，種種跡象表明，此人甚至懷疑自己太監的身分。

慕容展白森森的面孔上仍然不見絲毫笑容，低聲道：「胡公公感覺如何？」

胡小天道：「洗個熱水澡真是舒服。」

慕容展點了點頭道：「胡公公若是喜歡，以後可以經常來這裡洗澡。」

胡小天心中暗罵，你當老子這麼無聊，臉上卻露出人畜無傷的笑意：「謝謝慕容統領的好意，不過這裡太壓抑了，讓人從心底感到不舒服。」

慕容展道：「這兒和皇宮其他地方都一樣，想來是胡公公自己心情的緣故。」

胡小天呵呵笑道：「慕容統領說得極是，做人最重要就是坦蕩。」

慕容展灰色的瞳孔漠然望著胡小天道：「忽然忘了，我還一直沒有來得及恭賀胡公公高升呢。」

胡小天笑道：「哪裡算什麼高升，小天多少還是有些自知之明，在宮裡，就算再風光始終都是做奴才的，咱們的一切都是皇上給的，您說是不是？」

慕容展聽出他話裡有話，唇角浮現出一絲冷笑：「胡公公年紀輕輕，難得對事情看得如此透徹。」

胡小天可不敢當，這皇宮裡撲朔迷離，太多讓他看不透的人物，慕容展這個人敵友難辨，直到現在也搞不清這個人究竟屬於哪一陣營。單從今晚此人對自己的刁難來看，慕容飛煙不認她這個老爹也實屬正常，居然一點人情味都沒有，就算你不當我是你未來女婿，好歹也是你女兒患難與共的朋友，於情於理你都不該刁難我。既然你對我不仁，休怪我日後對你不義。

回到紫蘭宮，那幫宮女太監已經準備好了年夜飯，龍曦月顯然因為今晚之行影響到了心情，顯得鬱鬱寡歡，只是簡單吃了幾口就獨自一人離席而去。

胡小天緊跟著龍曦月離開，看到她一個人站在院子裡望向齊福宮的方向，隱隱有鼓樂之聲從那邊傳來，今晚是除夕之夜，皇上在齊福宮宴請百官，可以想像的到，此時此刻那邊必然是觥籌交錯，歌舞昇平，一派熱鬧非凡的景象。

龍曦月緊了緊身上的斗篷，心中卻感到越發的寂寞了，遠方的天空不時明滅，傳來鞭炮的鳴響聲，除夕夜也許每個家庭都在忙著相聚吧。越是在這種闔家團圓的時候，龍曦月的心境就感到越發的寂寥孤單，過了新年，用不了太久她就會踏上征程，遠嫁大雍，明年這個時候，她應該已經身在異鄉了，不知那時候是否還有人會想起自己？牽掛自己？龍曦月輕聲歎了口氣，其實即便是留在大康，她的身邊也沒有了親人，母親去世了，父皇瘋瘋癲癲，從他的身上自己從未感到過任何的父愛，一母同胞的哥哥如今被困西州。只剩下她孑然一身，孤苦無依。

身後響起胡小天的聲音：「除夕之夜，舉國歡慶，公主一個人形單影隻，孑孓而立，不知心中有何煩惱，是否願意說出來跟小天分享一下？」

龍曦月轉身看了看他，唇角總算有了一絲的笑意，胡小天的存在讓她感到溫暖而踏實，但是龍曦月並沒有想過眼前的這個人可以改變自己的命運，雖然胡小天多次表示要救她於水火之中，龍曦月也有過短暫的期待，可她的理智又很快告訴自己，逃脫命運的安排，奔向自由的生活根本是不可能的事情，她又何苦連累多一個人為自己冒險。

龍曦月輕聲道：「只是覺得有些氣悶，所以出來看看，時間不早了，我也該回去休息了。」她顯得有些意興闌珊。

胡小天道：「今晚是除夕之夜，按照傳統應該是守歲。」

龍曦月道：「年年歲歲花相似，歲歲年年人不同。」這首古詩經她吟誦當真是音韻動人，流露出時光流逝的無情和聽天由命的無奈。

胡小天看到龍曦月如此傷感，憐愛之情油然而生，龍曦月雖然貴為公主，可是她的身世卻極其可憐，宛如風雨中的飄萍始終不由自主。胡小天道：「公主先回宮等我，小天安頓好了就過來。」

龍曦月不知他要做什麼，有些詫異地皺了皺眉頭，仍然按照胡小天的意思先回到房內。

沒多久胡小天就走了進來，手中還拿著一套他自己的衣服，笑道：「公主請換上這身衣服。」

龍曦月眨了眨美眸，怯生生道：「你這是……」

「我不是說過要帶你出宮看看，小天說過的話自然要兌現承諾。」

龍曦月心中又驚又喜，可同時又有些惶恐：「可現在是深夜，咱們就這樣出去會不會受到盤問？」

胡小天揚起那塊蟠龍金牌：「別忘了，皇上曾經賜給我一面蟠龍金牌，咱們想什麼時候出去就什麼時候出去，沒有人會過問。」

龍曦月從小在宮中長大，溫柔嫻淑，知書達理，在母親的教育下向來循規蹈矩，從不敢打破任何固有的規則，就算是受到了不公平的對待，雖然心中難過，卻從未想過去與之抗爭，而是選擇默默承受。胡小天的出現無異於是她昏暗宮廷生涯的一抹陽光，他做事不講規則，甚至可以說是不擇手段，這天下間彷彿沒有他不敢做的事情，在他的眼前，任何的規則都可以打破，而他所具有的勇氣恰恰是龍曦月所欠缺的。

龍曦月拿起胡小天的衣服去換了，從屏風後走出來的時候，已經變成了一個俊俏的小太監。

胡小天笑瞇瞇望著她，龍曦月被他看得俏臉一熱，輕聲啐道：「你總是看著我作甚？」

胡小天道：「公主天生麗質，美貌無雙，就算是穿上太監裝也是天下間最漂亮的小太監，當真是人比人得死，貨比貨得扔，跟公主一比，小天這個真太監實在是自慚形穢，無地自容了。」

龍曦月有些難為情地皺了皺鼻翼：「油嘴滑舌！」心想你也不是什麼真太監。正準備跟著胡小天出門，忽然想起這皇宮內不只是他們兩個，頓時又有些猶豫了：「小天，咱們就這樣出去，那些宮人不會說什麼吧？」

胡小天笑道：「放心吧，我跟紫鵑打了招呼，就說陪著公主去宮裡面四處逛逛，有什麼事情，她應該可以應付。」

龍曦月點了點頭，她跟著胡小天一起向西門走去。雖然是除夕之夜，皇宮內的守備依然不見任何放鬆，不過對胡小天來說，這些關卡都不成為問題，憑著皇上賞賜給他的蟠龍金牌，帶著龍曦月一路暢通無阻，在皇家馬廄還徵用了一輛馬車，由胡小天親自駕馭這輛馬車，大模大樣出了宮門。

沿著朱雀大街一直向南而行，馬車沒走多久，就聞到街道兩旁瀰漫的煙火味道，鞭炮聲此起彼伏，龍曦月在車內掀起了車簾，望著道路兩旁，家家戶戶張燈結綵，歡笑聲此起彼伏。她的心情也被這從未感受過的新鮮所感染，一雙美眸變得異常明亮。

雖然鞭炮之聲不絕於耳，可是街道之上卻少有行人，除夕之夜，團圓之夜，這種時候大多數百姓都留在家裡享受著團圓時刻，很少有人來街上閒逛。胡小天一路驅車來到天街，將馬車在一旁的拴馬樁上繫了。

龍曦月掀開車簾從車內走了下去，望著張燈結綵的大街，卻看不到任何的路人，她輕聲道：「我還以為除夕之夜，這外面會很熱鬧呢。」

胡小天笑道：「今兒是大年三十，所有人都在家裡吃團圓飯，很少有人上街。」

龍曦月聽到團圓兩個字心頭又是一陣黯然，眼前張燈結綵的喜慶景象在她的視野中也突然變得黯淡了許多。

天街兩旁的店鋪全都歇業，胡小天指了指前方的一座小樓道：「我們上去！」

龍曦月順著他所指的方向望去，那小樓有三層高度，應該是天街最高的一座建築了，搖了搖頭道：「人家關門了。」

胡小天笑道：「所以才沒有人打擾我們，來，你趴在我背上！」

龍曦月俏臉一熱，看到胡小天已經背身蹲了下去，她順從地趴在了胡小天的背脊之上。還沒有完全反應過來，就感覺自己的雙腳離地而起，驚呼聲中胡小天帶著她凌空躍起，龍曦月牢牢摟住了胡小天的脖子。

胡小天施展金蛛八步，沿著那小樓的牆壁屋簷攀援而上，翻牆越戶，如履平地，轉眼之間已經帶著龍曦月爬到了小樓的屋頂，找到屋脊處將龍曦月放了下來。

龍曦月睜開雙目看到已經身處在小樓屋頂，禁不住又發出一聲嬌呼，下意識抓住了胡小天的手臂。胡小天笑道：「放心，有我在，你不會有事。」

龍曦月點了點頭，此時正北的方向發出蓬的一聲巨響，龍曦月舉目望去，卻見皇宮上方，一朵燦爛無比的煙花在漆黑如墨的夜空中綻放，瞬間已經絢爛無比，迸射出璀璨奪目的五彩光華，龍曦月目不轉睛地望著那朵綻放的煙花，還沒有來得及完全將它印在心裡，煙花就已經迅速消散。龍曦月驚詫於這美麗的瞬間，又因為這短暫的美麗而生出惆悵。

夜空在短暫的沉寂之後，銀色、金色、紅色、綠色，一朵朵的煙花在夜空中競相吐豔，天地間傳來一聲聲隆隆炸響，宛如春雷陣陣，振奮人心。

胡小天將自己的大氅解下，為龍曦月披在肩頭。摟著她的香肩，讓她在屋脊上坐下，有些美麗必須要保持一定的距離才能充分體會地到。前往縹緲山的時候，他就已經偷偷下定決心，要帶著龍曦月好好看上一場煙花的表演，要讓這個除夕之夜牢牢印在她的腦海之中。

龍曦月的美眸之中閃爍著晶瑩的淚光，不是因為哀傷，而是因為幸福，她默默抓住胡小天的手，嬌軀偎依在他的肩頭，此刻，天空中的五彩煙花完全淪為了他們的背景，她好想將這一刻永遠留住，讓這個美麗的夜晚成為永恆。

在龍曦月這位單純善良的公主面前，胡小天會不由自主地收起他的邪念，近朱者赤近墨者黑，跟純潔的人在一起的時候，人的思想也會不知不覺地變得單純起來，胡小天這會兒居然沒有非分之想，就像一個純愛小說中的男主角。

老天爺似乎決定要給這對年輕人再增加幾分浪漫的氣氛，一片片晶瑩的雪花從夜空中飄落下來。大朵的雪花輕柔而清幽地落在他們的頭上、肩上。小心地鋪在瓦片上，彷彿害怕驚動沉浸在幸福中的他們，害怕破壞了這除夕之夜的祥和氣氛，瓦片和地面在無聲無息中變得臃腫，很快就變成了一個白色的世界。

「冷不冷？」胡小天柔聲問道。

龍曦月抬起頭望著胡小天溫暖的笑臉，她咬了咬櫻唇，然後報以一個讓人迷醉的笑靨，搖了搖頭道：「不冷！」嬌軀靠緊了胡小天，心中忽然想到，只要能夠和胡小天這樣相守在一起，即便是天寒地凍也是人間仙境。可肚子不爭氣地發出咕咕的聲音，卻是感覺到餓了。

看到胡小天一臉的笑意，龍曦月的俏臉紅了起來，小聲道：「我餓了。」

胡小天笑道：「你不說我險些都忘了，我帶來了一包食物，還有一壺美酒，全都放在車裡。」他讓龍曦月坐好，起身拍了拍她的肩膀，微笑道：「坐好了，我去去就來。」

龍曦月笑盈盈點了點頭，胡小天足尖輕輕一點，在虛空中翻了個跟頭，然後張開雙臂宛如一隻大鳥般飛掠而下，佳人就在身邊，胡小天明顯有心賣弄。

龍曦月發出一聲嬌呼，雙手掩住了嘴唇，一雙美眸瞪得滾圓，目光先是驚歎和關切，然後又轉為欣慰和崇拜，胡小天早已成了她心目中的英雄。

胡小天穩穩落在地上，極其得意地抖了一下身上的雪花。栓在拴馬樁上的馬兒似乎也看出了這廝的意圖，有些不屑地噴了個響鼻，噴出兩道濃濃的白氣。

胡小天得意洋洋，打開車廂，剛才他帶來了一包食物就放在包裹內，準備帶龍曦月來到這裡觀賞煙花，順便過上一個讓伊人終生難忘的除夕之夜。

可讓胡小天詫異的是，他留在車廂內的包裹居然不翼而飛，不對啊，雖然他陪著龍曦月在屋頂觀賞煙花，可這輛馬車自始至終都在他的視線範圍內，沒看到任何人靠近。胡小天有些納悶地摸了摸後腦勺，抬頭向上方望去，卻見一個黑色的身影佇立在屋頂之上。他肩頭扛著一人，那人分明正是太監裝扮的安平公主龍曦月。

第十章

變調的除夕夜

雖然是姬飛花出手盜取了自己的東西，可胡小天卻有種做賊心虛的感覺，
第一次帶公主私自出宮就被姬飛花給抓了個現行，
以姬飛花的智慧，很可能會推斷出他和安平公主之間非同一般的關係。

胡小天大驚失色，他萬萬沒有想到自己僅僅離開了這麼一會兒，就發生了這麼大的事情。

那黑衣人身材魁梧，立在風雪之中，雙目望著胡小天，直到胡小天察覺他的存在，方才點了點頭，扛起已經失去知覺的龍曦月，從屋脊之上騰空而起。胡小天哪還顧得上找什麼包裹，怒吼一聲：「你給我站住！」他發足狂奔，向前跨出一大步，左腳先是在地上一點，右腳跟上在地上重重一頓，然後身體騰飛而起，雙手抓住前方屋簷，一個鷂子翻身，身軀已經落在屋脊之上。

大雪紛飛，除夕之夜，康都千家萬戶大都亮著燈光，此時臨近午夜，鞭炮聲震耳欲聾，老百姓都沉浸在辭舊迎新的喜悅之中，誰也不曾留意到屋頂上方正展開了一場亡命追逐。

大雪已經將屋頂完全染白，那黑衣人扛著一人在屋頂奔跑，輾轉騰挪，兔起鶻落，如履平地。他的一身黑色夜行衣若是在平時便於隱藏身形，可是在這雪夜之中卻是異常的顯眼，成為一個極其明顯的目標。

胡小天發足疾追，無論他怎樣努力，始終都無法拉近和那黑衣人的距離。黑衣人在前方一路奔行，不知是實力和胡小天在伯仲之間，還是故意讓胡小天一路尾隨，他和胡小天始終保持著固定的距離，也無法將胡小天徹底甩脫。

胡小天越追越是感到奇怪，他漸漸意識到黑衣人的目的絕不是為擄走安平公主，在對方扛著一人奔跑的前提下，自己傾盡全力都無法追趕上他，顯然他的武功高出自己不少，倘若對方真心想要甩開自己，想必早已跑了個無影無蹤，此人應該是利用安平公主牽制自己。

胡小天心中暗生警惕，難道對方還設有圈套，只等將自己引到了地方再來一網打盡？即便是胡小天識破了對方的陰謀，現在也沒有其他的應對方法，唯有咬牙緊跟下去，即便是圈套他也認了，決不能讓對方在自己的眼皮底下將安平公主劫走。

前方突然出現了一座宅院，那黑衣人扛著安平公主，飛掠而下，落在了後院裡。胡小天隨後趕到，等他躍入院落之中，卻發現黑衣人已經從院子裡失蹤了。

胡小天心中焦急無比，看到前方院門虛掩，他緩步走了過去，快到門前，抄起放在一旁的鐵鍬，倘若裡面有人埋伏，也好有一物可以防身，湊在門縫中向裡面望去，卻見裡面院子的中心一堆篝火正熊熊燃燒，一人背朝著他坐在那裡，在篝火前烤著什麼。

誘人的烤肉香氣在雪夜中彌散開來。

胡小天看到那背影，不覺微微一怔，那背影非常的熟悉，雖然被風雪籠罩得有些模糊，但是胡小天仍然能夠從熟悉的輪廓中認出，此人正是內官監提督姬飛花。

胡小天用力眨了眨眼睛，再次確認對方的身分之後，這才悄悄將鐵鍬又放回原處，伸手推開院門，慢慢走了過去。

篝火熊熊，周圍的積雪都被蒙上了一層胭脂般的顏色，火上烤著一隻全羊。姬飛花的表情極其專注，似乎並沒有察覺到身後有人到來。

胡小天在他身後一丈左右停下腳步，恭敬道：「提督大人，小天給您拜年了！」一看到眼前一幕，他已經明白究竟發生了什麼事情，也知道安平公主究竟被何人所擄。

姬飛花道：「你不說咱家險些都忘了，今晚已經是除夕。」一雙鳳目凝望著熊熊火焰，變換著妖異而魅惑的光芒。

蓬！遠方發出一聲沉悶的炸響，看不到煙花的顏色，隨之又響起了一陣陣的鞭炮聲，炮竹聲中除舊歲！新的一年在飛雪中到來。雪花因為這此起彼伏的鞭炮聲也亂了節奏，變得凌亂而無序，全羊的外皮已經被烤成了金燦燦的顏色，一滴滴金黃透明的油脂滴落在篝火之上，發出嗤嗤不斷的聲響，隨之而彌散出讓人垂涎欲滴的香氣。

姬飛花抽出腰間的小刀卸下一條羊腿，金黃色的外皮，裡面是白裡透紅的嫩肉，冒著熱騰騰的白汽，用一方白色的毛巾包裹住羊腿的尾端，遞給了胡小天。

胡小天伸手接過，張嘴咬了一大口，但覺這羊腿外焦裡嫩，香氣四溢，入口生津，烤得真是恰到好處，想不到這位內官監的提督居然還有一手那麼好的燒烤技藝。讚不絕口道：「好美味啊！」

姬飛花道：「有肉無酒豈能盡興！」他將身邊的一個藍布包裹扔向胡小天。

胡小天一把抓住，那包裹竟然是自己剛才出宮時候悄悄帶出來的，裡面包著一些食物，還有一壺美酒，想不到被姬飛花捷足先登，順手牽羊弄到了這裡。

雖然是姬飛花出手盜取了自己的東西，可胡小天卻有種做賊心虛的感覺，第一次帶公主私自出宮就被姬飛花給抓了個現行，以姬飛花的智慧很可能會推斷出他和安平公主之間非同一般的關係。或許自己和安平公主從偷偷離開皇宮就已經被他發覺，那麼他們在天街小樓之上觀賞煙花的情景，豈不是全都落在他的眼裡，此事只怕大大的不妙！

胡小天將酒葫蘆取了出來，這包酒菜，是他準備好了要跟安平公主一起度過一個浪漫難忘的除夕之夜，看來今兒是派不上用場了，可憐的安平公主剛才肚子就餓得咕咕叫，這會兒還不知被藏在了哪裡？不過胡小天倒不甚擔心，姬飛花應該不會對安平公主不利。他完全能夠斷定，一定是姬飛花讓人將安平公主劫走。事到如今，只能靜觀其變。

擰開酒葫蘆，胡小天先恭恭敬敬送到了姬飛花的身邊，姬飛花也不跟他客氣，抓起酒葫蘆高高揚起，一條雪亮的銀色酒線奔流而下，他連灌了幾大口，將酒葫蘆扔還給胡小天。

胡小天本想學著他的樣子，可想起上次自己被困小黑屋的時候曾經喝過姬飛花的殘酒，於是對著酒壺嘴咕嘟咕嘟喝了幾口，又咬了一大塊羊肉，再次將酒葫蘆送到姬飛花的面前。看似漫不經心，其實蘊含了不少的心機盤算。

姬飛花似乎並沒有嫌棄他的口水沾過，依然高高揚起酒壺灌了一口，然後又搖了搖頭道：「這酒太淡！」右手一揚，那酒壺被他拋揚而起，飛入半空之中。

姬飛花的手指旋即在篝火上虛劃，隨後向上一挑，但見一條燃燒的木柴自篝火中彈射而出，徑直撞在空中的酒葫蘆之上，蓬的一聲，酒葫蘆在空中炸裂開來，裡面的美酒四處散射，遇火即燃，火光雪影在夜空中如煙花般絢爛。

胡小天驚歎於姬飛花強大武功的同時，又驚詫於眼前光影之美。

姬飛花緩緩自足下拿起一個精美的景泰藍瓷葫蘆，擰開瓶塞，頓時酒香四溢，胡小天雖然沒有嘗到，可是單從這酒的香氣已經判斷出，這壺酒和自己帶來的那一壺不可同日而語。

姬飛花喝了口酒道：「想不到皇上賜給你的蟠龍金牌果然派上了用場。」

胡小天聽出姬飛花話語裡充滿了嘲諷的含義，笑道：「提督大人想必是誤會了。」

姬飛花將手中酒葫蘆遞給胡小天，漫不經心道：「你救治皇上有功，可即便如此，也不要以為皇上可以容忍你的任何事。蠱惑公主，離宮私奔，這罪名若是落實，肯定要抄家滅族。」

胡小天的笑容僵在臉上，他的確有帶著龍曦月私奔的念頭，可絕不是現在，低聲道：「提督大人，小天只是帶著公主出來觀賞焰火，並沒有其他的意思，至於蠱惑公主，離宮私奔，小天更沒有那樣的膽子，提督大人知道，小天只是一個太監，哪有那種非分之想。」這會兒胡小天又偷偷提陰縮陽，悄悄將命根子往裡面收了收，事實上他自從縹緲山回來之後，壓根就沒有恢復原狀，不是怕冷，而是要以防萬一，姬飛花的出現絕非偶然，若是他對自己的太監身分產生了懷疑，還是儘早做出提防為妙。

好在姬飛花並沒有繼續延續這個話題，輕聲道：「咱家本以為你頭腦靈活，做事情向來考慮周到，卻想不到你居然會做出這麼魯莽的事情來。」

胡小天站在姬飛花的身邊，靜靜望著面前熊熊燃燒的篝火道：「非是小天魯莽，而是小天見到公主殿下身世可憐，所以心生同情。」

姬飛花冷笑道：「身世可憐？心生同情？呵呵呵，你只不過是宮中的一個小太監，又有什麼資格去同情公主殿下？說出去只怕要讓人笑掉門牙。」

胡小天道：「小天知道自己這句話有些可笑，但是小天所說的每句話都是由衷之言，公主雖然生在帝王之家，可是她未必能夠比普通百姓家的兒女過得快樂，什麼天倫之樂她都沒有享受過。」

姬飛花聽他這樣說，居然沉默了下去，一把從胡小天手裡抓過酒葫蘆，又飲了一口，雙目盯著熊熊燃燒的篝火，他的目光深處也有兩團火在跳動。

胡小天道：「除夕當日蒙皇上開恩，特許安平公主前往縹緲山靈霄宮探望太上皇，於是小天就陪著一同過去。」他深知姬飛花的耳目遍及整個皇城內外，陪同安平公主前往縹緲山的事情肯定瞞不過他，所以選擇主動說出。

姬飛花道：「骨肉親情，原本就是這世上最割捨不斷的情意，安平公主前往靈霄宮探望父親也是人之常情，只是你跟過去作甚？」

胡小天道：「小天本不想去，可公主讓小天陪著過去，小天身為紫蘭宮的新任總管，總不好推脫。」其實他之所以前往縹緲山，歸根結底還是為了李雲聰的囑託。

姬飛花瞥了他一眼道：「你不說咱家險些都忘了，丟了明月宮的差事，轉眼間又在紫蘭宮謀到了職位，咱家還沒有來得及對你說聲恭喜呢。」

胡小天笑道：「此事待會兒再說，提督大人多些耐心，容我把縹緲山上發生的事情說完。」

姬飛花打了個哈欠，顯得對他要說的事情毫無興趣，可也沒阻止他繼續說下去。

胡小天道：「小天本以為公主前往探望太上皇，必然是父女相見抱頭痛哭的情景，可等到了那裡卻發現遠不是那麼回事兒，太上皇變得瘋瘋癲癲的，突然衝上去卡住安平公主的脖子，如果小天晚一步衝進去，只怕公主的性命都會葬送在他的手裡。」

姬飛花淡然笑道：「虎毒不食子，其實就算你不插手，太上皇也未必瘋癲到殺死自己親生女兒的地步，一個人可以在皇位上穩坐四十一年，絕非是運氣使然，你親眼所見，也未必都是真的。」

胡小天點了點頭道：「提督大人教訓的是。」他接著又將陪同龍曦月前往雲廟的事情說了，在姬飛花面前說話必須陪著小心，胡小天往往是說九句實話才敢說一句假話，不然以姬飛花的精明很難蒙混過去，縹緲山上的狀況他基本上都是老實交代，當然其中沐浴更衣驗身的事情被他略過，提陰縮陽的事情不能讓姬飛花知道。

姬飛花聽他說完，輕聲道：「你看到安平公主遭到如此對待，所以心生同情，故而帶著她偷偷離開皇宮出來觀賞煙花？」

胡小天道：「提督大人英明！」

姬飛花道：「只有在乎一個人的時候，才會如此細心體貼地為她著想，你還真是用心良苦。」

胡小天頭皮一緊道：「小天對提督大人也是一樣。」

姬飛花呵呵笑了一聲，看到躬著身子畢恭畢敬站在自己身邊的胡小天，搖了搖頭道：「你不用如此拘謹，咱家也沒責怪你什麼，咱家出去了這些天，宮內發生了不少的事情，本來咱家另外安排了一些事情讓你去做，卻沒有想到皇上讓你去了紫蘭宮。」

胡小天道：「小天也沒有想到。」

姬飛花道：「本以為你救了皇上，皇上會重重賞你，這次倒有些出乎我的意料之外了。」

胡小天道：「小天總覺得這事情有些不妥，還請姬公公將我調離紫蘭宮。」

姬飛花眼神閃爍，輕聲道：「你覺得有什麼不妥？儘管直接了當地說出來。」

胡小天道：「皇上已經做主為公主和大雍國七皇子定下婚約，婚期就在三月十六。」

姬飛花淡然道：「這和你去紫蘭宮又有什麼關係？也許皇上讓你過去就是為了讓你幫忙準備出嫁之事，讓你陪著一起前往大雍當個遣婚使也未必可知。」

胡小天道：「安平公主是太上皇的女兒，又是周王殿下的同胞妹子。」

姬飛花抓起一根手腕粗細的枯枝輕輕折斷，扔入篝火之中，一串火星隨之騰飛而起。

胡小天道：「提督大人應該知道，小天的父親乃是太上皇曾經重用的大臣，而小天和西川李家曾有婚約。」

姬飛花不以為然道：「那又如何？」

胡小天道：「因為這層關係，本該讓小天避嫌才對，可偏偏要讓小天前往紫蘭宮，這其中就耐人尋味了。」

姬飛花道：「有何耐人尋味之處？難道有人想借著這件事誣陷你和安平公主意圖復辟？」

胡小天心中暗歎，姬飛花其實什麼都明白，卻裝得跟沒事人一樣，跟這種聰明人相處最好的辦法就是裝坦誠，胡小天道：「小天本是戴罪之身，能活到今天純屬上天眷顧，即便是現在死了小天也沒什麼可遺憾的，只是大人對我有知遇之恩，小天死不足惜，怕的是因為我的事情而連累了大人。」

姬飛花呵呵笑了起來：「你這小子，怎麼越說我越是糊塗了，就算別人誣你陰謀造反也罷，意圖復辟也罷，跟咱家又有什麼關係？又怎麼會連累到我？」

胡小天一臉獻媚的笑意：「誰不知道小天是您的人！」

姬飛花大聲笑了起來，笑得漫天雪花亂舞，笑聲久久迴盪在夜空中，笑得如同花枝亂顫，一個大男人笑得這麼嫵媚妖嬈也算無敵了。

胡小天卻被弄得一鼻子灰，滿臉的尷尬，心中暗罵，笑個毛啊？老子大過年的拍你馬屁也不容易，就算你不配合也沒必要直接打臉吧。

姬飛花笑了許久方才停下來：「是權公公一手將你送入宮中，你難道忘了？」

胡小天道：「若非提督大人出手相助，明月宮的黑鍋肯定要由我來背了，小天哪還有機會聽到新年的鐘聲！小天雖然沒什麼見識，可也懂得知恩圖報，無論提督大人心中怎麼想，小天對提督大人一片赤膽忠心，蒼天可見……」

蓬！一聲悶雷般的炮聲在夜空中炸響，胡小天下意識地縮了縮脖子，老子就多說了幾句恭維話，還不至於遭天譴吧。

姬飛花道：「權德安想做什麼，咱家明白，你心中想做什麼，咱家也明白。」

胡小天內心暗自忐忑，總覺得姬飛花話裡有話，難道他對自己想要營救安平公主的計畫有所洞悉？真要是如此，這件事就麻煩了。

姬飛花道：「咱家為大康殫精竭慮嘔心瀝血，怎奈一腔忠誠卻遭人猜忌，胡小天，你且安心在紫蘭宮辦事，其他的事情你無需多想，也不必擔心，務必要保證將安平公主平安無事，確保她的大婚如期進行。」

胡小天道：「大人的意思是……」

姬飛花道：「他們若不出手，我們焉能抓住他們的把柄，此次和親必不太平，咱家剛剛收到一個消息，你並不是唯一護送公主前往大雍的人，文太師舉薦他的寶貝兒子護送安平公主前往大雍，皇上已經同意了。」

胡小天聽到文博遠的名字不由得倒吸了一口冷氣，那貨豈不是文太師的兒子，文雅的兄弟，一直暗戀安平公主的那個，形勢果然變得越來越不妙了。

姬飛花道：「公主離京之日原本定在二月，可是皇上又突然改了主意，準備過了十五就讓公主前往大雍，比起既定的日程提前了半個月。」

胡小天表情愕然，這對他來說絕不是什麼好消息，這段時間他一直在籌謀帶著安平公主離開的事情，此事關係重大，必須獨自謀劃，甚至在兩位結拜兄弟面前都沒有流露出半點的風聲，卻想不到計畫突然有變，殺了他一個措手不及。

姬飛花輕聲道：「咱家準備讓你沿途護送安平公主一起過去。」

胡小天道：「小天願為提督大人赴湯蹈火在所不辭。」

「真的？」

胡小天用力點了點頭。

姬飛花從髮髻之中將白金髮簪抽了出來，一頭黑色長髮宛如流瀑般傾瀉在肩頭，忽然一揚手，髮簪落入熊熊篝火之中，輕聲道：「那就幫我將髮簪揀出來！」

胡小天望著熊熊燃燒的火焰不由得咽了口唾沫，考驗一個人也用不著這麼狠吧！手重要還是命重要？他把心一橫，擼起袖子，作勢要向火中抓去，眼看手就要探到火焰之上，火焰卻從中分開，他的手剛好探入火焰裂開的縫隙。

姬飛花在此時伸手將他的手臂拉了回來，呵呵笑道：「一個玩笑，用不著那麼拚吧！」

胡小天此時已經驚出了一頭的冷汗。

姬飛花展開右手，掌心之中精芒閃爍，卻是他根本沒有將那根髮簪投入火中，只是用假動作晃過了胡小天的眼睛。

胡小天抱拳道：「多謝提督大人。」

姬飛花淡然道：「安平公主就在西廂中休息，你儘快送她回宮，我不希望還有下一次。」

龍曦月醒來的時候發現自己已經回到了紫蘭宮，她有些迷惘地眨了眨雙眼，從床上坐起身來，驚動了一旁的紫鵑，紫鵑道：「公主醒了？」

龍曦月揉了揉有些痠痲的脖子：「什麼時候了？胡小天他人呢？」

紫鵑道：「剛過了三更，天還黑著呢，一更天的時候胡公公將公主送回來，說公主晚上沒吃飯，因為什麼低……低糖，對了，低血糖暈了過去，讓奴婢照顧公主休息，他回司苑局去了。」

「低血糖？」龍曦月還是頭一次聽到這個新鮮的詞兒。

紫鵑點了點頭道：「胡公公就是這麼說的。」

龍曦月皺了皺眉頭，努力回憶昨晚發生的一切，她的記憶停留在煙花怒放的時刻，至於這其中到底發生了什麼，她一點都不記得了。也許只有等見到胡小天才能問個清清楚楚，這可惡的胡小天究竟是如何把自己帶回了紫蘭宮，又為何把自己丟在紫蘭宮一個人就走了？

胡小天這個大年夜過得並不如意，本打算和安平公主一起坐在小樓之巔，看看煙花，欣賞一下漫天雪花，順便喝點小酒，談談人生，談談未來，甚至深入探討一下兩人逐漸加深的感情，不排除拉拉小手，親親小嘴啥的，可姬飛花的突然出現讓胡小天的一個美好夜晚完全泡湯。

更麻煩的是，幫助他在縹緲山躲過一劫的提陰縮陽這次的效力格外持久，這都半天了，絲毫沒有露頭的跡象。

世上的事情往往都是這樣，欲速則不達，越想讓它出來的時候，它偏不出來，胡小天回到司苑局之後，先泡了個熱水澡，按照熱脹冷縮的原理興許能起到一些作用，今天在外面凍了這麼久，估計留戀肚子裡暖和不願意出來，可泡了大半個時辰毫無效果。

要說這權德安實在是可惡至極，當初教給他提陰縮陽的時候就沒告訴他如何收放自如，胡小天想到了無相神功，既然無相神功如此玄妙，可以化解各方異種真力，說不定也能對提陰縮陽起到一定的效果。無相神功運行兩個周天之後，胡小天感到神清氣爽，身體的疲乏盡褪，可命根子卻依然故我，不見有恢復原狀的跡象。

胡小天真正開始有些害怕了，想起權德安的陰險手段，難不成這老太監教給自己的根本就不是什麼提陰縮陽的功夫，而是讓自己斷子絕孫的歹毒邪功，胡小天心中這個後悔啊，自己聰明一世糊塗一時，時間都過去了那麼久，居然還上了個大當，當了這麼久的假太監都沒事，眼看逃離皇宮有望，卻樂極生悲，自己把自己給太監了。

胡小天想來想去，能想到的辦法全都想了一遍，最後實在沒轍，他開始在腦海中幻想一些香豔旖旎的場面，永遠不變的男主角是自己，女主角從慕容飛煙到霍小如、樂瑤、夕顏、秦雨瞳、葆葆、龍曦月、七七、文雅甚至連林菀、簡皇后這樣的，但凡是他認識的女性都被他想了一遍，要說大過年的本不該如此邪惡，可治病要緊，心病還須心藥醫，胡小天不認為自己的生理上有問題，肯定是心理上出了毛病，第一次練成提陰縮陽的時候，那不是轉瞬間就冒了出來，可這次怎麼會如此持久？

胡小天躺在床上翻來覆去，輾轉反側，一張張俏臉在他腦子裡走馬燈般變換，可命根子如同睡著了一樣，始終毫無反應。胡小天折騰得實在是有些疲倦了，迷迷糊糊歪在床上睡了過去，朦朧間，卻看到一個妖嬈嫵媚的女子婷婷嫋嫋向他走來，走到近前，胡小天依稀認出這女子竟然是姬飛花，愕然道：「大人怎麼穿成這個樣子？」

姬飛花忽然伸手抓住了他的領口，嗤的一聲將他身上的衣服撕成了兩半，然後又看到火一樣的長袍從姬飛花的身上滑落，姬飛花的一雙鳳目充滿魅惑之色，靠近胡小天，伸出手臂將他抱住，然後雙目變成了綠色，張開嘴巴，露出兩顆雪白的獠牙，吸血鬼一般咬向胡小天的脖子。

胡小天嚇得驚呼一聲，慘叫道：「不要……」猛然睜開雙目從床上坐起身來，方才發現自己只是剛剛做了個噩夢，竟然驚出了一身的冷汗。低頭看了看雙腿之間，比起昨晚好了些，小荷才露尖尖角，雖然依然沒有恢復昔日雄風，可畢竟有了一個好的苗頭。難道想美女沒用，想姬飛花才有效果？胡小天被自己的這個想法給嚇著了，即便姬飛花算不上一個男人，可他也不是一個女人。

胡小天將自己如今的狀況全都歸咎到權德安的身上，如果不是老太監的那個邪惡功夫害人，自己怎麼會被整成這般模樣。可任何事都不如命根子重要，嘗試了一個晚上，用盡了所有辦法，唯有想到姬飛花的時候才有那麼一丁點的效果，病態也罷，變態也罷，為了自己下半身的幸福，也只能勉為其難地把姬飛花在腦子裡小小地褻瀆那麼一下。

胡小天閉上雙眼，忽聽到門外傳來敲門聲，卻是一幫早起的小太監過來給他拜年，胡小天心中暗罵，老子好不容易才有了點起色，被你們這幫孫子一打斷，小毛病積攢久了變成大毛病了，耐著性子接受了那幫小太監進來拜年，將早已準備好的紅包分發給他們。

史學東喜氣洋洋地湊上來道：「胡公公，大夥兒辛苦了一年，這兩天難得休整一下，我將他們分成了三班，每……」話沒說完已經被胡小天打斷：「你自己看著辦，這麼點小事也要我過問嗎？」

史學東沒來由碰了一鼻子灰，這才意識到胡小天今天心情不爽，趕緊使了個眼色帶著一幫小太監退了出去。

他們這邊剛走，胡小天關上房門正準備醞釀下情緒，以姬飛花為對象好好胡思亂想一下，外面又響起敲門聲。

胡小天的無名火頓時燒起，怒道：「誰啊！還讓不讓人好好睡覺了？」火大全都是憋出來的。胡小天一骨碌翻身下床，怒沖沖拉開房門，抬起腳準備把門口哪個不開眼的小太監給踹出去。

卻看到門外葆葆身穿大紅緞偏襟兒束腰棉袍，圍著黑色貂絨領子，眉目如畫，兩頰緋紅，站在門外。一雙柳眉豎了起來，杏眼圓睜。一大早過來給胡小天拜年，沒成想還沒等進門就先挨了一通臭罵。

胡小天看到葆葆，馬上知道罵錯了人。

葆葆道：「你吃炮仗了？大過年的火氣這麼大？」

胡小天笑道：「我還以為是那幫不開眼的小太監。」他一伸手抓住葆葆的手腕將她拉了進去。

葆葆一進門就甩開他的手道：「滾邊兒去，別拉拉扯扯的，讓人家看見多不好。」

胡小天卻將門給插上了，回到她身邊，又抓住她的柔荑，陪著笑道：「姑奶奶，你可來了。」

「怎麼？說得跟很想我似的，若是我不來，只怕你胡公公早就將我這個小宮女給忘了吧？」

「怎麼可能，我對你那可是朝思暮想，想得不能再想。」

葆葆有些奇怪地望著他：「大過年的，拜託你別那麼虛偽好不好？說！是不是有什麼事求我啊？」

胡小天連連點頭。

葆葆白了他一眼，扭著楊柳腰婀娜多姿地來到胡小天的床邊坐了，從果盤撚起一顆果脯塞到嘴裡一邊吃一邊道：「說吧！」

胡小天望著葆葆嬌俏嫵媚的樣子，感覺小腹有些發熱發漲，一臉賤笑來到葆葆身邊，挨著她身邊坐下：「我遇到點麻煩。」

葆葆格格笑了起來，在她看來胡小天若是沒有麻煩反倒不正常了，右手食指朝胡小天勾了勾，和胡小天單獨相處的時候，葆葆已經習慣了對他的勾引，鬥智鬥力始終處在下風，唯有自己的女性魅力才能讓這個假太監心急火燎，色授魂與。這種懲罰還真是有趣，葆葆附在胡小天耳邊嬌滴滴道：「說，看看人家能不能幫你。」看到胡小天的一雙眼睛就快噴出火來，葆葆心中暗笑，這個假太監越來越色了。

胡小天抓住她的手，然後趴在她耳邊低聲將自己遇到的麻煩說了一遍。

葆葆聽完就尖叫著跳了起來，捂住自己的雙眼，用力跺了跺腳道：「你這個無恥之徒，大過年的就跟我聊這個。」她以為胡小天是在故意捉弄自己。

胡小天一臉無辜：「葆葆別叫，隔牆有耳，別人還不知我把你怎麼著了。」

葆葆啐了一聲道：「不理你了，就會捉弄我，變著法子讓人家難堪。」

胡小天道：「姑奶奶，這可是關係到我終生幸福的大事，我真沒有捉弄你，你不信自己摸摸看。」

葆葆面紅耳赤，這廝真是厚顏無恥到了世間少有的地步，白了他一眼道：「誰願意摸你。」

胡小天道：「葆葆，我什麼法子都試過了，整整一個晚上，一點動靜都沒有，這次練功真是練大發了，你要是不幫我，我可就真成了太監了。」

葆葆紅著臉道：「你本來就是太監。」

胡小天牽了牽她的手，葆葆咬了咬櫻唇，重新在床邊坐下，低著頭，表情羞澀道：「你要人家怎麼幫你嘛……」

胡小天的手臂搭上了她的肩頭，輕輕一帶，葆葆掙脫了一下，還是順從地倒入他的懷中。胡小天得寸進尺低頭欲吻，卻被葆葆伸手擋住嘴巴：「我怎麼知道你是不是騙我？」

「不信你看！」

「呸！誰愛看你。」

胡小天牽著她的手道：「其實我有個不為人知的秘密！」

葆葆皺著眉頭，雖然害羞可終究按捺不住心中的好奇，終於鼓足勇氣在伸手摸了摸，雖然隔著衣服，可仍然感覺好像是空空如也，她驚奇道：「真的沒有了？」

胡小天苦著臉道：「我為何要騙你，這麼大的事情我會那麼無聊？」

葆葆望著胡小天，看到這廝愁眉苦臉的樣子，忽然忍不住笑了起來。

胡小天被她笑得愣住了，這種時候，她居然還有心情笑，簡直是沒心沒肺，胡小天抱怨道：「拜託你有點同情心好不好？」

葆葆知道自己發笑不好，可總是控制不住自己，笑得眼淚都流出來了，總算才停下。

胡小天憤憤然道：「幸災樂禍。」

葆葆道：「其實也不算什麼大不了的事情，你本來就是太監啊。」

「怎麼說話呢，這簡直是天大的事情！你想想，要是我以後都成了這個樣子，你以後怎麼辦？」

葆葆紅著臉道：「你是你，我是我，別把我扯進去，我可鄭重聲明啊，我跟你沒有半文錢的關係！」

胡小天道：「你豈不是等於守活寡，以後還怎麼幫我生小小天。」

「誰要跟你生孩子，沒了就沒了，反正我也用不著，我也不稀罕！」

「噯……別開玩笑了，我跟你說正經的，幫幫我好不好？」

葆葆道：「你在宮裡不是有那麼多相好，隨便找一個人幫你就是，為什麼偏偏要找上我？」

胡小天道：「葆葆，誰不知道你的心腸最好，你對我最好，善解人意，通情達理，最有同情心。」說了半天，看到葆葆依然毫無反應，不由得有些急了：「你這是逼我用強啊！」

葆葆的目光充滿了挑釁：「用強？你現在有那個本事嗎？」

胡小天被戳中了痛處，腦袋頓時耷拉了下去，如同鬥敗了的公雞：「你走吧！我認命了！」葆葆剛才那句話實在是太傷自尊了。

葆葆看到他如此沮喪，反倒又生起了同情心：「喂！怎麼了你是？大過年的，其實又不是什麼大事兒，看開點，人又不是只靠這種事活著。」

胡小天歎了口氣道：「今兒真要是恢復不了，我就去瑤池跳湖，淹死自己得了，愧對我們胡家列祖列宗！」

葆葆道：「你別這樣，看你這麼難過，我心裡也不好受。」她主動抱住了胡小天：「好點沒有？」

胡小天搖了搖頭。

葆葆又抱緊了一些：「如何？」

胡小天道：「時間太久了，可能需要再強……一點的刺激。」

葆葆眨了眨美眸，伸出手去閉上眼睛，在他身上揉了揉。

胡小天感覺似乎有些蠢蠢欲動：「繼續……別停下。」

葆葆難為情道：「真是受不了你，胡小天，你說天下間怎麼會有你這種不要臉皮的憊懶人物？」

胡小天摟住她的香肩，一隻手放在葆葆的身上。葆葆被他抓得嬌軀一顫：「放開！」

胡小天道：「有點同情心好不好。」

葆葆的表情明顯有些忍辱負重：「過分了啊！」心中也不明白自己為何會如此容忍他的胡作非為。

胡小天道：「送佛送到西天，好姐姐，你就幫我這一次，就算是素不相識，見到我這番模樣，也該有點同情心啊。」

葆葆恨恨瞪了他一眼，警告他道：「若是素不相識，我一定把你的這雙狗爪子給剁了。」看到胡小天一臉悲情的模樣，一顆心頓時又軟化下來，含羞道：「最多就是這樣，你再敢得寸進尺，我就送你去西天。」

胡小天點了點頭，手上卻沒有閑著。

葆葆被他摸得俏臉緋紅，手腕也有些痠了，忍不住道：「你還沒好啊！」

胡小天道：「要不你隨便叫兩聲給我聽聽。」

「什麼？」葆葆尖聲道。

胡小天道：「溫柔點，別跟吵架似的，把你所有的女性溫柔都展現出來，一邊喘一邊叫。」

葆葆有些心虛地看了看門窗，門窗倒是關得嚴嚴實實：「隔牆有耳……」

胡小天一把將她擁入懷中，附耳道：「就在我耳邊叫，只有我能聽到。」

葆葆被他溫暖的臂彎擁在懷中，感覺身軀就快被他融化，輕輕嗯了一聲，在胡小天的鼓勵下，放開矜持嬌柔婉轉地叫了幾聲。

還別說，這聲音還真是有效，胡小天感覺自己沉睡許久的某處，終於如同雨後春筍般冒生了出來。

葆葆雖然隔著褲子仍然感覺到他身體的突然變化，如同握住毒蛇一樣原地跳起了起來，手指著胡小天。

葆葆的表情古怪之極，又是想笑，又是害羞，還有種驚恐莫名的神情夾雜在一起，一雙美眸瞪得滾圓，終於忍不住笑了起來。

胡小天有種脫胎換骨的重生感，樂得哈哈大笑，葆葆笑道：「出來了！」說完之後頓時意識到自己說錯了話，真是沒臉見人了，轉身拉開房門就衝了出去。和端著果品走來的史學東撞了個滿懷。

胡小天聽到動靜趕到門外，卻看到葆葆已經風風火火地逃出了司苑局。

人逢喜事精神爽，所有人都看出胡小天的情緒變化，剛才還耷拉著一張面孔烏雲密佈，這會兒已經是晴空萬里陽光燦爛了。解決了這個困擾了自己一夜的大心事，胡小天方才想起了自己的主要職責，今兒是大年初一，首先要去紫蘭宮給安平公主拜年的。怪只怪權德安那個老烏龜把自己給害的，什麼提陰縮陽，險些縮進去再也沒機會見到天日，差點就成為了一個貨真價實的太監。

胡小天換了身新衣服，神清氣爽，喜氣洋洋地前往紫蘭宮拜年。等他到了紫蘭宮，發現龍曦月正準備出門。慌忙上前行禮道：「胡小天參見公主殿下，祝公主新年大吉，萬事如意，心想事成！」

直到現在龍曦月都對昨晚發生的事情迷迷糊糊，她根本想不起自己究竟是怎麼回來的，紫鵑說她因為低血糖而暈了過去，胡小天將她送回紫蘭宮的時候她仍然昏睡不醒，到底發生了什麼，也許只有胡小天才清楚。雖然滿腹疑竇，可當著這麼多宮人的面，龍曦月也不方便詢問，淡然笑道：「紫鵑，拿紅包給他。」

紫鵑將早已準備好的紅包遞給了胡小天，胡小天連連稱謝，將紅包收好了。恭敬道：「公主這是要去哪裡？」

龍曦月道：「去馨寧宮給皇后拜年，你跟著我一起過去吧。」

胡小天想到簡皇后的那張冷臉，打心底就有些抗拒，不過他也看出龍曦月美眸深處的期待，又怎麼忍心讓她失望，微笑道：「好啊！」

龍曦月轉向紫鵑道：「你們幾個就留在紫蘭宮，我和胡公公去皇后那邊拜過年之後就回來。」

龍曦月讓胡小天陪她一起同去，主要還是想單獨問他昨晚究竟發生了什麼事情。離開紫蘭宮之後，龍曦月就忍不住問道：「昨晚看煙花之後究竟發生了什麼？怎麼我一點都記不起來了。」

胡小天早已想好了應對之辭，笑道：「昨晚我陪著公主看煙花，公主正看到陶醉之時忽然腹中鳴響，說肚子餓了，讓我去找東西吃。」

龍曦月俏臉一紅，自己好糗，昨晚餓得肚子咕咕直叫，居然被他聽到。咬了咬櫻唇道：「我說的不是這個。」

胡小天道：「我說的也不是這個，我總不能讓公主餓著肚子跟我喝西北風，於是我就跳下去給公主拿吃的，錯就錯在我不該把你一個人留在屋頂，當我拿到酒菜正想返回屋頂，就發現公主失足從上面滾落下來，幸虧我眼疾手快，一把將公主抱在懷中，不然只怕公主要摔個鼻青臉腫了。」

龍曦月雖然沒有看到昨晚的情景，可聽他的描述當時的情況也是驚險無比，小聲道：「多謝你了，要不是你，只怕我從那麼高的地方掉下來，可能要摔死了。」

胡小天道：「我怎麼捨得。」

龍曦月含羞道：「只是我仍然想不通，怎麼會突然暈倒。」這件事總覺得有些奇怪，自己好像沒有那麼弱不禁風。

胡小天道：「低血糖的緣故。」

「什麼叫低血糖？血中怎麼會有糖？」龍曦月問完之後又有些不好意思：「你不許笑我，在醫學方面我一竅不通。」

胡小天笑著耐心解釋道：「人體血液中的糖份稱為血糖，絕大多數情況下都是葡萄糖。人的身體是由一個個肉眼看不到的小東西構成，這種小東西通常被稱之為細胞。而這些細胞活動所需要的能量大部分都是來自於葡萄糖，所以血糖必須保持一定的水準才能維持我們的生存需要。正常人的空腹血糖濃度有一個標準，如果血糖的濃度低於這個標準就叫低血糖。公主身體較為瘦弱，加上昨天長時間沒有進食，所以才會有低血糖的症狀出現，往往會覺得眼前一黑，頭暈目眩，嚴重的甚至會昏迷，短時間失憶。」

龍曦月聽到這裡已經信了九成，胡小天本身擁有深厚的醫學基礎，想要糊弄一個沒有任何現代醫學知識的單純公主還不容易。他說得有理有據，再加上龍曦月昨晚的確出現過他所說的症狀，聽他說完已經深信不疑。

胡小天道：「公主該不會懷疑我趁著你人事不省時，對你做出了什麼吧？」

龍曦月嬌羞無限，搖了搖頭道：「我可沒有懷疑你，你是一個真正的君子，是我心中最坦蕩無私的人。」

向來以厚顏無恥著稱的胡小天，此刻居然臉紅了，沒辦法不臉紅，龍曦月對他的評價太高了，沒想到自己在安平公主心中竟然這麼高尚這麼純潔。

原本還想趁機挑逗一下這位美麗公主，現在看來還是相敬如賓的好。想起龍曦月的不幸命運，胡小天不由得心生憐意，輕聲道：「對別人我或許做不到，可是對公主，小天絕無一絲一毫的褻瀆之念。」這話說完，連胡小天自己都想狠抽自己一嘴巴子，能要點臉乎？

龍曦月明眸閃爍著動人的光彩：「我信你！」

還好前面就是馨寧宮，如果再多走一段，胡小天肯定會被臊得找個地洞鑽進去，原來信任和尊敬有時候也可以成為生命不能承受之重，想要維護自己在安平公主心中的君子形象，這難度還真不是一般的大。安平公主好像對自己還不夠瞭解啊，我不是君子，我寧願做一個小人。

請續看《醫統江山》卷十　天道難言

醫統江山 卷9 驚心動魄

作者：石章魚
發行人：陳曉林
出版所：風雲時代出版股份有限公司
地址：10576台北市民生東路五段178號7樓之3
電話：(02) 2756-0949
傳真：(02) 2765-3799
執行主編：劉宇青
美術設計：許惠芳
行銷企劃：林安莉
業務總監：張瑋鳳

初版日期：2020年4月
版權授權：閱文集團
ISBN ：978-986-352-799-2
風雲書網：http://www.eastbooks.com.tw
官方部落格：http://eastbooks.pixnet.net/blog
Facebook：http://www.facebook.com/h7560949
E-mail：h7560949@ms15.hinet.net
劃撥帳號：12043291
戶名：風雲時代出版股份有限公司

風雲發行所：33373桃園市龜山區公西村2鄰復興街304巷96號
電話：(03) 318-1378
傳真：(03) 318-1378
法律顧問：永然法律事務所 李永然律師
北辰著作權事務所 蕭雄淋律師

行政院新聞局局版台業字第3595號 營利事業統一編號22759935

定價：270元

國家圖書館出版品預行編目資料

醫統江山 ／ 石章魚 著. -- 臺北市：風雲時代，
2020.02- 冊；公分

ISBN 978-986-352-799-2（第9冊；平裝）

857.7 108022924